愿你已放下 常驻光明里

寒露 吖丫 / 主编

目　录

愿你已放下，常驻光明里　1
叫爸爸　6
找妈妈　22
英雄梦想　39
单身四年　43
我哥　50
隔壁老王　55
你也一样哦，么么哒　59
篮球往事　63
痛，溃堤以及不幸的诗意　74
水龙头和一滴水的故事　76
除夕拜山　79
屠户　84
岁月静流　97
一条金鱼的自白　103
一个和尚的自白　106
一个数学家的自白　109
野味　112

秋生与桂枝　116

蜂蜜　128

一生与艺清言　133

红与橙　137

柱仔奶奶　146

梦想不一定在远方　153

生活，一边怀念，一边继续　161

乐乐　166

漫长日落　172

春日的温度　177

好朋友为什么会变淡　181

可惜不是你　187

消失的麻花辫　198

非常态而无害的存在　208

天堂监狱　215

破烂的人生在裙子里飘　223

既然来了，好不容易的　230

一边，一边 234

江湖 240

节操 245

茴香城堡 250

渡山 256

我在山南，你在海北 273

知何处 281

念去去 292

伽蓝 301

会计的江湖 310

Yes，I do! 317

给我未来儿子的一封信 323

愿你已放下，常驻光明里

文/吖丫

昨晚做了一个梦。眼前是绵延无尽的送葬队伍，我身在其中，遥望远处是高高举起的黑色长布，回头看去尽是身穿白色麻布孝服的人群。

然而并不知道是送谁往生。

看到了熟悉的老家祠堂，路过爷爷的房子，他仍旧坐在门前，双腿放在高高的门槛上，瘦干的两腿支撑着宽大的深色长裤，脚踝处空荡荡耷拉出一大片空间，套住黑色布鞋鞋面，头发花白，面容消瘦，老年斑大块大块分布在面部皮肤，颧骨明显凸出，两颊深陷，双眼却深邃有神，他没有说话，就那样静静地坐着，静静地看着。

一如他生前的模样。

一如我第一次见他。

爷爷和奶奶的大半辈子都住在一个老房子里，黑色的瓦，灰色的墙，简单的砖木结构江西传统民居。屋顶往下一层层斜向铺叠着黑色瓦片，左右两端屋脊翘起高出一节，屋檐下方刷过一条水平白色横纹，连接着青灰色的墙面，水平的墙面正中间四块大红石堆砌出正门，门槛前方延伸一块长方空地高出路面，中间砌出几段石板阶梯。门前左侧是一口老井，右边有一棵青枣。走进屋内，大块的木料和石柱撑出宽敞的大厅，间隔出左右前后的卧室以及厨房。正厅背景是一面木墙，贴着硕大的大红寿字，下方一张长柜子一张八仙桌，柜子上摆放着早已过世的太婆的遗照，爷爷年轻时的一些照片，以及年代比较近的全家福。

他坐在自己的黑色皮质转椅上，双脚踩着门前的大石板门槛闭着眼睛晒着暖暖的太阳，时值初夏，身上穿得还是有点多，因长年生病身体早已骨瘦如柴，厚厚的黑色外套显得很宽大，见到我们他睁开眼笑了笑，口里的牙齿已经掉得七七八八，只剩下零零散散几颗分布在口腔。他眼里满满都是喜悦，嘴里模糊不清地说着一些话，奶奶一边听爷爷说一边翻译给我听，偶尔我也能猜出意思，奶奶拿来一块长方形小黑板和几支白色粉笔，放在爷爷的大腿上，给了我一支粉笔。

"何莹。"

我写下了自己的名字。

最后一次见他，是他走的那天。

高先生带着我和一念赶回家的时候，已经是下午了。我回家放下行李带着一念去爷爷家，他躺在床上，身上穿着非常单薄的短袖和长裤，大概是因为天气太热了，他两手使劲要把上衣往上捋起。高先生坐在床边，两只手紧紧握住爷爷的手，看我进来便起身让出位子,我喊了声爷爷,他头仰着,张大嘴用力地呼吸着,他没有回答,但却是知道的。

高先生说,爷爷,你看,这是我老婆,还有我女儿。他们来看你了。

他已发不出音,我走上前,把一念抱起,从上方凑到他眼前,他努力地把头转向侧边,眼珠动了动,看着一念。我想他看到了。

抱着一念离开,身后只剩下沉重的呼吸声,在宽大的木质前厅里幽长地回响着,每一次呼吸,仿佛都用尽了全身的力气,很长很长,很慢很慢,生命在一点一点地流逝,时间在他的身上一滴一滴地剥夺着肉身,似乎是明眼可见的。

当天晚上八点五十五分,爷爷离世,高先生陪着他走完了人生最后一程。

守夜,入殓,进祠,追悼,送葬,入土。

这是关于爷爷的最后一段记忆。难过久了,就不会掉泪了,悲痛长了,就不再撕心裂肺了,接受了事实,心绪就反而平淡了。

又是一年初夏,门前的枣树结了许多青枣,一如一年前我第一次来时看到的模样,那房那瓦那墙那门,没有丝毫变化。大概这就是人生吧,你轰轰烈烈也好,你平平凡凡也罢,都在成长,都会老去,你存在也好,你离开也罢,对于这广阔的天地,这世间的万物而言,你不过是匆匆过客。如尘土于宇宙,如浮游于海洋。

我拍了一张照片发表在朋友圈,写了一段心情:树欲静而风不止,子欲养而亲不在。屋旁青枣年年绿,从此门前少一人。

八年前奶奶的去世,让我知道了人生不只有生离,还有死别。八年后爷爷的辞世,我却百感交集。看着怀里一天天长大的一念,

3

此时的我对于生命有了另一番的认知，谁又不是从无到有，从有到无。人生其实就只是一个历程，看重的不看重的，得到的得不到的，想要的不想要的，到最后都没什么意义了，眼睛一闭，什么都带不走，黄土一埋，什么都留不下。

我们都欢天喜地迎接生命的到来，悲天怆地告别生命的离开。我总在想，如果换过来会是怎样，有的宗教里说人生来是受罪的，死了才去天堂享受喜乐，也许对于我们来说，一个生命的消逝是悲痛的、不可逆转的，而在另一个世界，他正接受着另一群人的欢迎。这样一想，似乎心里释然了些。

大概往生者正以我们知道或者不知道的方式仍然存在着吧。

只是对于我们来说，此生，便再也见不到了。无论如何想念，都无法传达，无论如何呼唤，都无法回答，我们与他们之间的联系，就这样断了，不是单线的，而是断了，真的断了，无论如何都是联系不上了。

可是我们还有羁绊啊。血缘相承，子孙繁衍。清明中元，点一盏灯，放一扎炮，烧一篮纸，敬一杯酒，捧一抔土，便是思念了。然而我们的子孙呢，子子孙孙呢，是否还会有思念？怕是不可能了，对于他们而言，我们只是个名字称谓罢了。

所以归根结底，我们都会消失在这世间，彻彻底底的，当那些记得和思念我们、拥有我们相关回忆的人离开时，连同我们存在的任何痕迹，都一同消失了。

于是那些不能介怀的，不能原谅的，放不下的，都无妨了。我们都只是在这世间走一遭，何必惦记那么多的不快呢。

我们彼此之间的缘分，也就在这一世，走得近离得远都无妨，能够在对方仅有的生命里出现，那就感恩吧，如果还能携手走一段，那就珍惜吧，不论长短，都是这一生特别的不可复制的旅程。

其实从一念出生时起，我与高先生就是在为有一天她离开我们，亦或是我们离开她做准备。从离开我的身体时起，我们就引导帮助她学会如何获取食物，如何爬行、站立、行走，如何发现自我，如何掌控自己的情绪，如何学习掌握技能，如何在这个社会生存，获得自己想要的。

都是在帮助她长成自己想要的模样，选择自己的路。

有一天我们会目送她离开，让她走向只属于她自己的人生。而我们终将会以年老死亡的方式在未来的某天，彻底告别她的今生。

想到这里我有些伤感，深知这是不可避免的，不愿再细思那必定会到来的将来。

那就这样吧，不要再去计较任何，不要介意谁对谁错，不要悔恨该不该做，想念的时候尽情想念吧，相爱的时候努力相爱吧，愿每一天都不被浪费，愿每一个我爱的人都不遭罪，就这样平安地度过这一生吧。

时间很长，生命很短，愿你已放下，常驻光明里。

叫爸爸

文/青桥

脑膜炎，是一种头骨和大脑之间的一层膜被感染而引发的疾病。此病通常伴有细菌或病毒感染身体任何一部分的并发症，比如耳部、鼻窦或上呼吸道感染。常见症状有发热、头痛、呕吐、精神差等。病发期间，如不及时住院治疗，将有生命危险。

壹

从出生那一刻开始，我的生命就注定和这位脑膜炎母亲捆绑在一起。无论走到什么地方，街坊邻居总是在背后指指点点，"啧啧啧，这就是那个疯婆娘的女子！"

他们嘴里的疯婆娘，每天除了瘫在床板上睡大觉，就只管等着男人回来给她做饭吃，听说吃饱后才能干正经事。床沿边的木头桌上永远放着一杯凉白开，杯子是塑胶的。实际上这哪里是杯子，不过是男人从工地上捡回来的、在超市里随处可见五块钱饮料的空瓶。早上出工前，男人会在瓶里灌上一整瓶开水。起先，他总是倒刚出锅的沸水，只听见一阵「哧哧哧」的声响，瓶被烫坏了好几个。女人在床上躺着笑，"你个瓜男人！瓜日戳戳！"

后来男人改换用隔夜开水，临睡前烧好，临走前只管倒。

疯婆娘之所以被叫疯婆娘，是因为她有病，还病得不轻。她打小体弱，出生时只有三斤多重。村里人说这女子难养，恐怕日后会害了她家人，叫赶快扔掉。可家畜都不舍得扔，更何况是一个活生生的人呢。

不知道在几岁，她的脑子被一场高烧给烧坏了，从此说话疯疯癫癫，走路抖抖闪闪，有事无事就爱咧嘴傻笑。她是疯婆娘这件事，大抵已经在整个村传遍了。

可说也奇怪，挨到了十九二十，居然有人主动上门提亲。对方是同村老王，三十岁还未娶头婚。想来他是知道周家闺女脑子有病，嫁不出去。向疯婆娘提亲，一来没有人与他竞争，二来流程简便，用不着礼金。毕竟活到他这岁数还没成家，已经够遭到村里白眼和唾弃了。虽然疯婆娘脑子有病，可婚后却享受到同样女人应有的待遇。每一次干正经事，她都会发出母猪临宰前的惨叫声，那声音忽高忽低，忽上忽下，丝毫没有节奏感可言。与此同时，那声音惊为天人地大，盖过了村口野狗的狂吠，盖过了田里青蛙的争鸣，更盖过了隔壁身着大裤衩的邻居跑他们家来强有力的踢门声和辱骂声。

后来我才知道，我就是在这种反复杀猪与被杀声中给制造了出来。

贰

自从怀上我，男人带着疯婆娘走出了村。听在西宁的同乡说那边有活可干，他们便风风火火地连夜坐上了从成都开往乌鲁木齐的火车。

这种列车我坐过，每年寒暑假，我都会从小村里出来，到西宁和他们待上一两个月，再被送回去。

去的时候，正值新疆棉花盛开，硬座车厢里塞满了人。他们大多面黄如蜡，皮黑如煤，颧骨以下永远有两团挥散不去的高原红。张嘴一说话，便能得知这是一群从川西高原来的少数民族同胞。他们被某个民营企业统一招工，每年一到这个时间，就得全体到新疆摘棉花。

我坐在刚好能放下两瓣屁股的板凳上，但要是一个不留神，三分之一的屁股就被挤出了原位，悬吊在空中。身边突然会多出一个人，好像从一开始就在这，两颗黑葡萄似的大眼睛瞪着你，让你看不见半点关于这件事的疑问。

我生性胆小，又不敢与人对视，每回遇到屁股飞在空中的情况，只能收紧尾骨缩作一团，尽量让自己减少占用空间。

起始站西宁，终点站成都。同样是硬座，回程的车厢里人明显少很多。四周充斥着熟悉的四川口音，屁股也不会突然飞到空中，人开始下意识变得放松起来。

第一次听这个男人向外人谈起我妈的病,也是在回程的火车上。

那年我六岁,没有买车票,上车后被他用黑外套裹在里面,放在两座一排的桌子下。外围有和我蹲下来一般高的涂料桶,正好将我挡得严严实实。车子刚发动没多久,我妈便开始睡大觉,像是得了软骨症,整个人瘫在了窄小的桌面板上,不给对面座留一丝空间。

她脱了鞋,两只脚翘在排气口上,时不时上下摆动,前后伸缩,我有点喘,被那恶心的怪味弄得在桌板下直咳嗽。

"让小妹妹坐上来嘛,查票来了往厕所跑!不怕,我们这么多人看着呢。"对桌的女大学生看我在下面实在难耐,出于好意,她向我爸给了建议。

我爸尴尬地伸出头朝左右车厢望了望,看着列车长消失在混乱的人群中后,才慢慢推开涂料桶,示意让我从下面钻出来。

涂料桶很沉,原本里面的涂料在工地上就给用完了,剩余一些在桶盖和桶檐边结了壳,用手得劲掰都很难掰掉,早已凝成了一团。现在里面有一堆榔头棒槌,和冬天的棉袄混在一起,最顶层有几本书,是我带过去的假期作业。

我侧身从四双腿的夹杂中穿过,像是刚刚走出一道死亡迷宫,连衣裙的后背有点湿,披散的头发早已没有原来的型。

他一面用手把我从下面拉上来,一面撬开油漆桶盖,从上面拿出语文课本:"这不之前没买着票吗,现在又得送她回去上学。本来打算上车补票,你看这人也挺多的,我们担心连站票都没有。"

女大学生在耳朵两边挂上了白线,好像刚才的话没说过,两只眼睛望向了窗外。

"来,坐桶上。开始写作业!"

事实上坐火车根本没法做作业。毕竟列车要横跨三省,且频繁地进山洞穿隧道,再加上两白昼一黑夜的缘故,眼睛长时间被极明和极暗的光影响,自然无心学习。

就室内环境而言,车厢内人来人往,不时有错不开身的人将我挤向桌面板,胸腔抵靠在板弦上,很是疼。或者一个大力,桶被踢走了位,我整个连人带作业本,也都成歪曲状。不过在火车上就是这样的,身为一个逃票的人,即使闻到浓香的泡面味,听见大口的滋溜声,也只能一遍又一遍往喉道儿里吞口水,眼睛死死地盯在作业本上,丝毫不敢抬头往上看。

不知过了多少时间,女人开始流起了哈喇子,像糖浆,黏稠度极高。掺和着白色气泡,掉在手背上随火车的运行来回滚趟。她气息不稳,喉咙和鼻子配合胸腔发出震颤,呼吸里带有厚重的塌气音。

"她感冒了吗?"女大学生扯下耳机。

"没有。这,这里有问题。"我瞥见我爸用手指着脑门儿,不尴不尬地说道,"脑膜炎。"

女大学生看看我妈,再看看我,脸上露出了一种奇怪的表情。她把身子往椅背上贴了贴,用手捂住鼻子,继续挂上耳机,望向窗外。

叁

关于我妈得脑膜炎这件事,在我上学以后才有深刻体会那是一种什么样的病。

六岁以前,我一直跟着奶奶生活。听说,在我出生后没三月,我就被送到了她家。我妈是没有奶水的,加上她的病,自然无暇顾及到我。

她的奶子很大,捏上去松松软软。和街上那些时髦小姐不同的是,别人的胸部往往坚实挺直,而她的那俩部位,像两颗跑了空气的大水球,天生下坠。

在我六岁以后,他们随我一同回村,此后就少有机会出去了。

每天天不亮疯婆娘就把我叫起来,待我梳洗完后她才开始慢悠悠坐在床头,好像是电机器在发动前需要提前预热一般,她一动不动,比罗汉还罗汉。

天有些蒙蒙亮,我们便出门了。

从住的地方到学校,有半小时的路程。有一大段土路,一小段石子路。临近学校周围,才能看到明晃晃的水泥路。那狭小的一片区域呈圆形,环学校而造。七点一刻就能看见四面八方的人沿不同的道儿赶来。我们走的是学校背面正对的那条路,每回到了后门,还得绕着铁栅栏围着学校走半圈。为了防止闲杂人等进校,后门放学可以出,但进校只能从前门入。这是学校规定,谁也没胆违抗。

她送我上学,男人接我放学。走在路上,我们几乎不说话。她一定要让我牵她的手,这就有一种我随时都有可能扔下她跑掉的感觉。事实上我通常只在一种情况下会撒开她的手,那就是在她奶子被村里小孩用石子砸的时候。

那些死小孩随他们家大人叫,"疯婆娘,疯婆娘,你又出来装疯了啊!"他们一群人站在马路前面,边跑边喊,边喊还不忘在路边上捡小石子。

她早上出门是不穿胸衣的。透过一件白布衣裳,两个大水球往下坠得更加厉害了。她走路本身已经抖抖闪闪，加上被村里小孩用石子砸，更加失去了重心。一会砸中肚脐，一会砸中大腿，但他们的目标是那两个巨大的奶子。偶尔砸中了，他们在带风的路上欢呼，"耶！疯婆娘的奶奶要憋咧！"偶尔砸到她的头，她开始变得异常恼怒，一摇一晃地拽着我加快脚步，她想要跑上去逮住这群死孩子，然后狠狠地教训他们。

每当这个时候，我心里有一团火一冲而上。我挣开她的手，在路边捡了比他们大十倍的石子接连砸过去。由于石头体重，射程并不能达到想象中那么远，每回石头飞到一半变呈自由落体时，我便十分沮丧。我是多么希望将他们脑门挨个砸中，从此再也不能出现在我眼前。

然而这样的想法太过于偏激，因而也从来没有被实现。

疯婆娘好像知道我心中所想，每次当我搬起比砖块还大的石头时，她总是一把将其推倒在地。有时候在慌乱中力气使错地儿，我连人带石头也跟着摔倒在地上。看着那群逐渐远去的背影，我气得牙疼，慢慢爬起来，站在地上和她对峙。

我哭着在她身上不断拍打，又是挥拳，又是脚踢。她起先没反应，直到我开始骂"你个害人精！你是一个害人精！"后，她开始和我扭作一团，在地上相互撕扯。

"老子把你白养了！"她口齿有些含糊，但我能清楚听见她说的话，"早晓得就不该引你，没想到把你引出来就是个祸害！"

我气急败坏，眼里好像要喷出火花来，一把捏住她的两个奶子得劲儿往里掐，"你才是祸害！你才是祸害！"

有关于我和疯婆娘打架的事情就是这样，我爸从来不知道她身上的印痕从哪里来，她不提，我也不会说。

肆

我极少叫我爸作"爸"，而他对于这件事好像也并不在意。

每次遇上写作业笔芯断了，我将笔往他身上一送，还不等我开口他便老大老实地拿出去削。看到别家小孩在泥巴地里玩玻璃球，我一面将眼神定位在那几颗弹珠上，一面用手将他的大腿紧紧抱住。直到他感觉到强有力的拉扯让他迈不开步时，他便清楚应该掉头带我去村口的小卖铺买那玩意儿了。

有时家里来客人，出于礼貌我会在众人面前叫他"爸"。每当听到我唤他作"爸"时，他总是会先愣上几秒，好像在寻觅着接下来是否有人抢先答应，待到周遭一片沉寂后，他那张并不着肉的脸上露出前所未有的欣喜，黝黑的皮肤随着面部神经的牵动被拉出无数条向上的褶子，之后像是费了好大劲才从一口昏黄的牙齿里冒出一声"诶！"来。从这些行迹上来看，他又理应是希望我叫他作"爸"的。

夏天的时候，我时常陪他去河边给疯女人洗月经条子。好听一点讲叫月布，那是一种棉麻质地、吸水性极强的浅白色布条。去河边之前，他会先从床板下面端出一个土瓷盆，瓷盆里面有一根塑胶口袋，口袋里塞满了冒着腥臭味的月经条子。

我对这些东西极为反感。因为每当疯婆娘要用到它们时，除了月经条子被染成血色外，外裤也同样会被浸成另一种颜色。和她一同走在街上，这便意味着我也会遭到过路人在背后的指指点点。

她无法判断自己什么时候换月布,所以这也在无形中给男人增加了不必要的活路——在洗月布时往往又得连带外裤一同清洗。

男人在很多方面都特别将就疯婆娘,但唯独一点,如果疯婆娘打我,他是将就不得的。

疯婆娘离开人世那天,她打了我。

那天是我爸生日,我们一家三口坐在中厅吃饭,疯婆娘将自己身前的一大杯橙汁端起来,递到我手里。她示意我敬酒。"喊,喊人!"

我接过杯子,立身朝男人的方向站起来。两手握着将其推送出胸膛外,"生日快乐——"

男人似乎在等待着什么,但接下来是一片哑语。

手在空中举杯的时间过长,开始变得有些发抖。橙汁像是要即将经历一场余震,已经在杯里摇晃地不停。

"我喊你叫爸爸!"疯婆娘好像很生气,一把将筷子摔在桌面板上。

"不叫!"

"你再说一遍!你叫不叫!"

"不!我不!我不叫!"

男人一脸严肃,从始至终都没有说话。突然间空气中划过一声清脆的声响,紧接着一声"哐当",杯子被打翻在地上,橙汁沿着水泥地的痕呈四周分布状开始向外蔓延。

我的脸有些微微发烫,然后一片惨红。

"我让你叫你爸!"疯婆娘此时已经站起身来,和我呈对立面。

"我说了,不叫!我不叫!"我用手捂住那片红,一脸憎恨地望着她,两只眼睛开始止不住地往外飙泪。她扬起了手,准备第二次在空中划出完美曲线,不过这次并没能如愿,男人一把扯下她的手,掐着脖颈把她拖到墙角边。"她说了不叫,你听不懂吗!"紧接着是一连串头碰在墙壁上的"咚咚"声。

我甚至都不敢回头看究竟发生了什么。只听见疯婆娘连哭带骂地说:"我要回娘屋!这日子没法过了!男人打婆娘,你不得好死!"

她言语不清,踉踉跄跄地走出了家门。男人没追,只是朝我说了句:"坐下来,吃饭!"随后便拿起筷子,若无其事地吃起饭来。

直到村口小卖部来人说:"不好了!疯婆娘被拖拉机碾死了!"他走一路,喊一路,从声音里丝毫不能分辨这究竟是高兴的捷报还是悲伤的讣告。

我清楚地记得那天天空呈土灰色,像是被涂上一层厚厚的水泥粉。走出门的那一瞬,身背后仿佛有千斤重担压着,让人喘不过气。加上空气里到处都有街坊邻居的哄闹,大家从家里跑出来,这一次不用在背后指指点点了,他们一个个面朝我和我爸,满嘴地碎叨:"啧啧啧,这下可咋个子办咯!"

事故现场围了很多人,拖拉机斜放在路中央,肇事者早已消失得无影无踪。留在地上的,除了一摊猩红的沸血外,就剩一具撞得脑浆开裂、面目全非的疯婆娘的尸体了。待到我们走到村口时,地上已经招来了些许苍蝇,红的、绿的、黑的,让人见了直犯恶心。

我爸一句话也不说,就把尸体抬了回去。血浸染了他的全身,仿佛他才是这场事故的始作俑者。他把疯婆娘扛到房屋背后的山上,连夜用锄头在半山腰中挖了一个坑,随后便把她埋了进去。第二天,他找人修了一块墓碑,屹立在昨天的坟头前,显得格外庄严而肃穆。

伍

疯婆娘死后，每天上放学都只能是男人来接送。

刚念中学没多久，我开始来例假。当微热的血打湿里裤，顺着大腿内侧由上往下淌时，走在路上的我来不及做任何反应。我拼命地跑，希望以最快的速度赶回家，无奈这个过程漫长而又艰辛。由于奔跑过快，流血速度也跟着变快，自然一些血滴子掉在地上，变得极为醒目。

有时被一些不害臊的男同学瞧见，他们三两成群地躲在后面大声讲道："哟，屁股上出血了！她是不是遗传她妈的脑冒烟哦。"

他们甚至都不能准确叫出"脑膜炎"这个名字，还曾一度以为这仅仅是一种发病期脑袋顶上会冒黑烟且不能被治疗的怪病。这其中包括他们不能理解的某些生理现象，也通通归为怪病的一类，比如：少女初潮。

男人在看出了某些端倪后，迅速从床板下端出那个破瓷盆，里面有一根新的塑料袋，他一面解，一面望向我说："这些月经条子你先拿去用，用完以后爸给你洗——"

还没待他解开，我一把从他手上扯过那根黑胶塑料袋，使劲往地上扔："我不会用这些破东西，别给我！"

他先是一阵愣住，接着从地上捡起袋子就往外扔。"好，不用。咱不用！"他好像在尽力讨好我，只见口袋飞出门房，一大堆崭新的月布在空中飞舞，透过光的照射，白得那样刺眼。

往后他每个月会固定在桌匣子内存放几块钱供我使用。我通常会拿着这钱上村口小卖部买袋装的卫生棉,这东西我在女厕看见同班女生用过,包括使用方法,也都是在那儿偷学来的。

中二那年开设了英语课,老师站在讲台上挥动着竹篾条指着黑板说:"father,father,是爸爸!"她边说边要求我们跟着重复:"father,father,是爸爸。"

我很难用中文念出最后两个字,每次跟着大家一起重复时,我甚至都无法模仿口型。嘴巴像是被强力胶黏上了,拿铁锤也撼动不得。

无法张嘴还有更重要的一个原因。在疯婆娘死后没多少日子,一天夜里我听见外面鸡鸣狗吠,吵闹至极。我甚至分不清是天快要亮了还是后半夜刚起头,但我能肯定的是男人在楼下说话。

"钱,你要的钱都在这!"透过玻璃窗我看见他把一叠皱巴巴的钱递到了一个女人手里。天太黑,我几乎看不清她的样子,从上往下看,那一头波浪卷发却显得格外突出。

女人接过钱,随后便跟着进了里屋。但不会一会,她又跑了出来,边跑边摆弄她衣衫不整的身体。

楼下一阵乒乒乓乓响个不停,男人打着赤身冲出房门,一把抓住了女人的胳膊。"你不能走,我女儿需要有人照顾。"他自知站不住脚,"钱,我会挣来通通给你。留下来!"

女人的胳膊被越拖越长,透过一些零星的光,在地上倒映出一条长长的影子来。

"我看你是疯了吧,拿干活的钱让我当孩子妈,这买卖可不是这样算了啊。"她使劲从男人手里挣脱了出去,想要撒腿往篱院外面跑,此时男人一个反扑,将她猛地撂倒在地上。

男人像一头公狮一般骑在女人身上,一把扯开她还未穿戴好的衣裳,暗夜里我分不清是梦还是现实,直至女人不再反抗挣扎后我便失掉了之后的记忆。

陆

中学以后我去了县城读书。临走前男人用蛇皮袋给我打包了两捆,里面扎扎实实地全是棉絮。他去村里找人新弹了两床,加上旧的两床刚好够我春夏秋冬轮换着用。衣服不多,一根猪饲料口袋就能解决,剩余一些杂七杂八的玩意儿,被拾掇进了那个从西宁带回来的涂料桶里。

当坐上县中学派来接我们的长途巴士时,他和其他家长一样,站在车身前不断叮嘱:"丫,照顾好自己!"

我坐在靠里的位置,隔着旁边座的同学和一大面玻璃窗,隐约通过口型能猜出他说的话。

"家里别挂念,认真读书!"

"丫,别委屈自己!"

"……"

车身开始慢慢抖动,车尾的引擎发出一阵轰鸣,窗外的人头随着巴士的前行也在不停地来回攒动。

列车忽然一阵飞驰,男人使出浑身的劲儿用力敲打着玻璃窗:"爸有时间来看你!"

空气中掀起一片尘沙,他站在马路中央望着行车的方向,久久不愿离开。

高中时期我谈了一场恋爱，对方是班长，也是校长的儿子。我们同在冲刺班，他性格开朗，为人低调。相比于一些爱搞特权的插班生，他反倒看起来另类很多。

他对我很好，两年来每天早上七点准时去食堂打两包子一馒头，外加一盒豆浆，当女寝楼下开门时，他就已经站在那儿等我出来了。

我们喜欢在午饭后的操场上散步，一圈两圈地走，边走边聊对未来的打算。他很诚实，希望将来我能和他一起填报医学专业，因为治病救人是他的梦想，而我则满口答应。

事实上我并没有把握能和他走到最后，就连是否能挨过高中毕业，我也曾打上了极大的问号。

学校通常对于两类学生的早恋会持放任不管的态度。一类是坏到骨子里的坏孩子，口头教育和皮肉教育用在他们身上均是无效。和老师对碰面都还轮不到他们躲，老师自然会掉头转向放小跑。还有一类就是像我和徐文这样的，两人都是年级的优生，升学率百分百全中。相较于学业，老师更关心我们的情感，如若遇上吵架或是其他生活问题，学校还有专门的人进行一对一的心理辅导。

这点对于我们来说理应是好事，但时常又感觉自己像是被监视的思想犯，一旦脑子里出现任何不该存在的东西，就得有一帮子人负责轮流清洗，以便重新塑造。

想到这一点，我又是极为厌烦的。

柒

当接二连三的诊断考试来临时，就意味着离高考不远了。我自知医学院的收分极高，所以丝毫不敢懈怠，压力大的时候，我选择和徐文去操场快跑。那种加速心跳、大脑放空的感觉，往往能把眼下所有的疲惫统统消除掉。

快跑的过程中，我俩的样子都不会好看。特别是我，逆风将脸上的肉泡子吹得上下摆动，呼吸急促到也只能张大嘴，任由风灌进嘴里、喉咙道，再不经回味地进入肺部、腹部和脾部。碰上男人来学校看我的时候，我就是这个样子，一脸狰狞，夹杂着错愕。

自从我和徐文在一起后，我便在每年寒暑假回家提醒男人不要到学校来找我。他有问到过理由，我随口拿作业繁重门卫刁难以及禁止探视来胡乱搪塞。可他终究还是来了。

"你来做啥子！"

他的脸上写满了疑问，对于我身后的男生，更是一番仔细打量。

"丫，马上考试了。爸给你炖了土鸡汤，补脑！"

我一把扯过他手里的麻布袋，掏出鸡汤碗就往地上砸，瓷碗铁勺散落一地，金黄的汤汁也开始慢慢浸入塑胶跑道里，地上冒起一阵白烟，周围陆续围了一群人。

"谁说你是我爸，我爸死了！早就死了！"我近乎是用嘶哑的嗓音吼道。

惊恐错乱的神情布满男人的脸上，我看不过意，便疯快地跑掉了。

自从来到县城，我向新环境里的所有人都撒了谎。我说我爸死了，和我妈死在同一天。我是个孤儿，如今和奶奶在一起生活。

而刚才那一跑，我便彻底地消失得无影无踪，直至出现在考场上，才被临班同学认出来。

考完试当天，我连夜赶回了村里。早几天前村口小卖部打来电话说我爸死了，在家喝农药死的。生前说的最后一句是："丫过得好，我就好。"

我叫王玉梅，小名二丫，我爸爱叫我"丫"，他说这是对丫头的昵称。高考结束后，我在志愿表上填了临床医学。现在的我是一名脑科医生，平均每三天就需要做一台大型手术。我早已习惯了医院里84、戊二醛，以及来苏水的味道，甚至这些东西在我家里堆满了整个储柜。

我好像患有严重的清洁癖，不允许有一丁点儿的脏，所有东西都必须得洁白、光亮。身在医院，我却不大喜欢看到离别，每回听闻有人死在手术台或是赶来医院抢救的路上时，我都会犯有极强的恶心。随着时间的加长，这种反应呈现得越来越明显。

不知道从什么时候开始，每周末我都得到心理诊所去问诊。事实上我又大可不必这样做，我的丈夫学了七年心理学，他对于我的一切心理活动都了如指掌，但我却对他极不自信，这些年来总是拒绝他的帮助，想尽办法地换着医生来看。

但唯独今天有些例外，当我主动走进了那件间并不太熟悉的诊室时，我的丈夫，正背对着我，站在玻璃窗前望着楼下行色匆匆的人发愣。

"徐文，你要当爸爸了！"我慢慢地走近他，最终以一位病人的姿态向他拥抱。

找妈妈

文/青桥

"**美丽**的西双版纳,留不住我的妈妈。上海那么大,没有我的家。爸爸啊爸爸,妈妈啊妈妈,你们究竟在哪啊?"

壹

每当这首被改编后的《哪里有我的家》响起时,就该轮到我出场了。不用刻意擦脂抹粉,穿着上一个节目还未褪下来的道具服,也来不及拍腿上的灰土,就这样从休息室里走出来。

二楼灯光师已经将灯位移向我出场的位置。隔着幕布,我开始收整脸上的笑容,倒吸几口凉气以便让自己快速静下来。几个小动作完成之后,我回过头向幕布后方的主持人挥了挥手,示意一切准备就绪。

"好了,各位亲爱的观众朋友们。下面让我们以热烈的掌声,欢迎这位寻亲小孩——汪!明!阳!"

背景音乐的切换速度有些过快,让台下观众还没从有刚才的伤感中走出来。我步调缓慢,目视前方最后一排的观众开始陆续退场。

"且慢!请大家稍作留步。待我讲完最后一个故事,再做离场。"我快速站上舞台中央的定点位置,头顶上方的三盏大灯"砰"地一声被打开了。此刻观众一阵哄闹,前面几排被大灯晃得有些睁不开眼,四周开始询问接下来会是什么节目。

我清了清嗓,然后高举话筒,"大家好!我叫汪明阳!"阳字刚落音,音响师便把背景乐调到"Guardian"。他说,这样的音乐才更能让大家果断掏腰包。

"这不是一个节目,而是我想请大家帮帮忙。帮我找妈妈——"我的音量开始由弱到强,抬起耷拉的脑袋,借由惨白的灯光将我的眼耳口鼻都照得十分透亮。

大家看清了我的长相后,又陆续回到座位上继续听讲。

"我是一个孤儿,生下来就被遗弃在血色青春歌舞团的车门口。团长见我可怜,收留了我,可这么多年过去,我依旧没能忘记找自己的妈妈。亲爱的朋友,你们要相信我、帮助我,让我找到我的妈妈!"

在我说话的同时,工作人员开始依次端着塑料小胶盆走向台下,一排座接着一排座地行走。他们每经过一位观众跟前,都会停下几秒钟,说上几句话,"有钱出钱,有力出力!好人好报,一生平安!"

整场下来，我在台上说得越是声嘶力竭，眼泪流得越是稀里哗啦，而台下的所得，就会越来越高。

团长说，这些钱叫善款，留着给我找妈妈用，剩余的就做团队建设。可这么多年过去了，我早已打消找妈妈的念头，或者说，麻木了。

贰

掀开退场幕布，我随手将话筒扔进阶梯旁的储物柜里。步子开始迈得很大，我边走边扯衣襟，脖子上早已分不清是汗渍还眼泪，总之摸上去湿揪揪、黏糊糊的。

我并不喜欢这样的感觉，总叫人瘆得慌。但由于从小在歌舞团长大的缘故，每一次练基本功、做排练，乃至是上演出，都依旧无法避免这样的情况出现。站上舞台的时候我总是在想，如果台下是一条望不着边的河，那我铁定扎进去头也不回。

休息室的门大打开，昏黄的灯光印出了所有工作人员的疲惫。团长坐在正首的位置忙活着数钱，姑娘们也在利索地卸妆。我将手中的上衣拧成一捆麻绳，递给前不久刚来的清洁阿姨。

团长瞧我进来，停下手边的活说，"好小子，今天表现不错啊！你看看，这里一半是你的功劳！"他一脸横肉，笑起来额鬓两角露出了数层褶子。

我不说话表示默认，头也不抬地盯着小青，看着她精致的脸庞一点点被抹花，再一点点被洗净。

"黎叔，没什么事我先回旅馆了。"我习惯性地点燃一根烟，朝着天花板吊灯的方向吐气。

"好好好，你去忙。记得明天早走啊！"这次换他没有抬起头。临走前我朝镜中人努了努嘴，用手在空中比划出"待会来找我"的形状。

小青是我女朋友，不过我们的关系还没有公开。她来血红青春不满一年，不想被人说是图我一小台柱上位。

台柱是老班辈的人起的。自我记事以来，就生活在这歌舞团里，嗷嗷待哺期，我是一个道具，被他们抱在怀里，拍拍屁股就能哭上几声。能跑能跳了，开始被安排到舞台上做配角儿。到能说会唱以后，团里为我量身定制了一个节目——《找妈妈》。虽然其他节目也上，但这个节目仿佛从成立之初起，就成为了血色青春的压轴重头戏。

这二十多年来我一直在演，当不再被人打我也能哭笑自如的时候，对《找妈妈》这个节目我再无从前的热情。

我没爹没妈是事实，有人说我是在大巴车门口捡回来的，用背篓裹着一件大花棉袄。也有人说，天快亮的时候，看见一个女人鬼鬼祟祟来到车门前，故意将孩子扔在这儿。那会恰巧团长媳妇儿刚生产不足六月，大伙嫌孩子可怜，就一并带上路了。

他们说的话，我全信，也全都不信。我从未怀疑过自己的身世，也一直努力扮演着那个找妈妈的人。我相信自己是被遗弃的孤儿，但不信我能找着妈妈。小青说："不管能不能找着，反正我要一直陪着你。"

她是一个农村女孩，在乡下到了适婚年纪不肯嫁，就风风火火跑了出来。小青算不上美人胚子，但倘若将五官拆分开来看，又定能发现一些别样的美。我尤其喜爱她那双丰满厚实的大嘴唇，不仅能唱出好听的歌，就连用它印在脖上的痕儿，也是格外地好看。当爱情发生的时候，总是如洪水猛兽般来得惊天动地，且没有夹带任何疑虑。

在等待小青的过程中，我回到旅馆第一时间跑去冲凉。当凉水从上至下布满全身后，我闭上眼睛、高举双手过头顶，试图用手握住喷水器来水的方向。而此刻我感到身体的每一个毛孔都在用力收缩，好像被她的千万缕发丝拂过，猝不及防，又带着万分紧张。

我将调水扳手逆转，一阵热腾腾的白烟开始从地面升起。皮肤开始放松，人也疲倦地一动不动。而此时小青推开洗浴室大门，一把从后背抱住了我，我睁大眼睛，透过盥洗池前的镜子看着那个被我挡住的娇小的身体。在这个狭小的空间里，我们亲吻、拥抱，甚至用尽一切办法宣泄出对对方的爱。

叁

办完正经事后，我和小青分头回到了大巴车上。

这种长途汽车最多时共容纳了近五十人。虽然有严格的载客限制，可跑着跑着人就不由自主地增多了起来。

血色青春共三十五人。三个男歌手，三个女歌手，两男一女主攻小品，十个舞蹈演员，外加三个司机，一个音响师，一个灯光师，两个清洁员，五个场控，最后就剩下一支乐队了。

我们的吃喝拉撒睡大都能在这辆车上解决，来人只需要带床棉被，甚至连枕头都不需要，便能即刻入住。床位的选择是自主且随机的,这里男女混搭的现象很严重,所以团长和几位老班辈睡在前面几排,后面的任由他们组合。但有一点切记,睡觉时间禁止吵闹,不然会被直接扣工钱。

我是一个在女人胸脯堆里长大的小孩,所以大巴车上的每个床位,几乎都被我睡过。遇上小青来那会,我们其实并没有很快熟络,鼓手阿彪对她一见钟情,每天换着法子寻她开心,可对于阿彪的邀约,小青似乎并不太感兴趣。软磨硬泡了好长一段时间,阿彪打起了下药的主意。

那晚我们在一个镇上表演,接到的活动是两天,一部分人选择住旅馆,剩下的人,大都会上街闲逛以及购置生活用品。我找了一间旅店,演出结束后便很快回到房间冲凉。下楼买烟已经近十一点钟了,镇上铺子大多关了门,我在前台找了一包蓝娇,正借火点燃一根烟时,阿彪从门口走了进来。

小青在旁边,被他用胳膊圈在胸前。她双手下耷、浑身无劲,眼睛一张一合的样子像极了在山林中被猎人逮捕的野兔。她样子无辜,神色之中又透露着一丝楚楚可怜。

我好奇地问他们从哪来,阿彪回答说刚吃完消夜,喝了几瓶啤酒,谁想小青就醉了。他边说边熟练地从前台取出钥匙,我本不想多管闲事,但看着那位不省人事的女孩,又忍不住问:"是单人房吧?"

阿彪不说话,点头表示承认。

"那今晚咱俩睡,我把房间空出来给小青。你看她醉得厉害,老板,快帮忙去弄点开水来。"老板望了一眼阿彪,赶忙尴尬地从柜台里出来,走进开水房提水瓶。

将小青安顿好以后，阿彪径直走进房间，一句话也没和我讲。他把枕头移向脚的那头，就这样背对我睡一晚。

第二天醒来时发现床上没人，去楼下一问，才知道他昨晚连夜就走了。大巴车上也没人，团长说他清早接到阿彪的电话，留下一句"不干了"就走人。

后来我才知道，小青酒量极好，普通的酒水根本喝不醉。那晚阿彪在杯里下了药，说自己即将去北京发展，让小青给饯行。也正是因为那晚阴差阳错的举动，小青和我便开始真正意义上的交往。

肆

二十多年来，长途大巴换了三辆，血色青春也几乎将整个中国全跑遍了。黎叔是湖南人，所以在建团初期，他很好地将红色根据地这个概念融入血色青春的名字里。

他出身农民家庭，从小爱扯着嗓子瞎吼。有一次队上搞活动，他被安排进大合唱的队伍，一首红歌结束后，他便打定主意将来得走艺术这条道儿。

那时候谁听了都笑话他，说你一农村娃，异想天开个什么劲儿。有那闲工夫，田里的土都能给重新翻上一遍咯。黎叔不管旁人的冷嘲热讽，只身一人从湘潭到长沙，到处打零工的同时，他招揽到第一批建团成员。

建团那会听说黎叔的老丈人帮了很大忙。他是一个乡镇干部，本身极为反对女儿和他在一起，认为歌舞团就如同旧社会的马戏团，既没地位，还相当低贱。但女儿一口咬定这人将来有大出息，死活都得跟他。老干部暂时松口，给黎叔资助了几千块钱，并要求他五年内混出名堂。

开初活动很难接，一方面排练时间少，节目不够精致，另一方面人们在那会对物质需求远远大于精神享受。血色青春一度资金短缺，同时也面临解散，后来有人提议用毛泽东思想：从农村出发，再包围城市。就这一条，让歌舞团一直保留到今天。

没过几年文艺市场开始走向繁荣，从以前观众寥寥无几，到现在演出几乎场场爆满，每天收入两三千块是再正常不过了。

我从没见过黎叔的老婆，听说也生的儿子，比我大四月。自从怀上身孕回家后便养胎，生完孩子回来过一次，之后就再也没有回来。听说是娘家人不同意她带着孩子过颠沛流离的生活，可黎叔也不愿放弃血色青春，再后来他老婆带着孩子嫁给了家乡人。

在我长大的这段日子里，黎叔很少谈及过去的事。他经常喝酒，高兴也喝，不高兴也喝，小时候经常听他在醉酒后说："走了一个幺娃子，来了一个幺娃子。老子不缺儿子！"紧接着，他便一把将我抱起来放在腿上。

我习惯性地圈着黎叔的脖颈说："叔，不难过。以后我来当你的幺娃子！"

伍

黎叔年轻时善于人际交往，乃至到我长大成人，每一场演出的业务，都是他给协商好的。

想要寻找一个合适的演出场地,首先得和当地的影院或是电影公司进行洽谈。就租金来说,通常有两种方式能够实现合作。一种是歌舞团一次性给影院租金,院方不得参与任何分成。另一种则是参与分成,院方和演出方各占不同比例收益。

如若选择第二种方式,加上工商、城管、派出所、文化局,甚至连交警队都将收取一定费用。

作为一团之长,黎叔自然希望每一次演出都以第一种方式实现。轻松的时候,找到院方聊几句话就能敲定演出时间。但大多时间,他都得和院方乃至相关人员周旋很久,陪酒吃饭是再正常不过的事情。大概嗜酒的习性,也是在成立血色青春之后养成的。

那天车子开进一个县级市,比普通的县城大很多,街道也格外干净。阳光透过玻璃窗照得每个人都昏昏欲睡。一开始我们并未打算来到这里,但师傅走错路。黎叔说:"没事,先到城里歇着。"

我们就是这样,像蒲公英,被风吹到哪,就在哪停歇。

在多次问路后,我们把车开进一间小型露天停车场,大家开始陆续下车,闲逛的,采购的。也有小部分人,趁着大好天气,在车上持续昏睡。

小青和姑娘们去逛街了,我陪着黎叔朝当地影院走。一条笔直大路走通头,就看见公安宿舍家属区,穿过家属区的大院,隐藏在最里角的就是影院。那是一间老式影院,大门用木头方子给拦住了,我们向守门老大爷说明来意后,他朝我们指着隔壁办公楼二层,说那里能找着负责人。黎叔让我在楼下等,说完他便走了进去。

没过一会,他从办公楼里出来,说:"搞定了,明晚就演!"他说这次按分成算,能少很多麻烦。

第二天晚上我们腾出前三排的位置，听说市上来人检查，也正好在会议结束后集体来看表演。所有节目都照着流程走，不管是小品，还是舞蹈，包括缺少吉他手的乐队，也依旧没有出现任何差错。我跳完一支集体舞后，赶忙换下衣服准备上台压轴。

主持人在后台说："好了，各位亲爱观众朋友们。下面让我们以热烈的掌声，欢迎这位寻亲小孩——汪！明！阳！"

我同样走上事前划出的定点位置，拿出话筒开始讲述身世。一切都进行得十分顺利，端着小盆走下台阶的工作人员嘴里依旧念叨："有钱出钱，有力出力！好人好报，一生平安！"可就在这时，入场的四扇木门全都"哐当"一声，同时被大打开。一群黑衣警察拿着探照灯，大声喊道："停下！所有人原地别动！"

我感受到一阵巨大的压力由外至内，心脏也快跳出嗓子眼。台下的人开始不断回头、尖叫，没人知道发生了什么。我像被人点了穴，说不出话，也丝毫动弹不得。眼看着这群人从各个过道走上来，迅速将拿小盆的工作人员抓住，大家的手开始被手铐铐上，盆子在混乱中被打翻，钱散落一地。没人顾得上去捡，也没人意识到还能去捡。

我目睹这一切的发生，包括三个高大的男人从台阶下跑上台，一把将我反手铐上，我如同罪犯一般，脸色也越渐惨白。这似乎是一个并未提前彩排的闹剧，我不知该怎么结束，也无法下场。一个貌似队长的人夺过我手中的话筒说："大家安静，刚才经相关人士举报，我们严重怀疑此地正在非法集资。"

现场再一次骚动，大家开始交头接耳，有人甚至破口大骂："骗子！统统关班房，别出来危害社会！"后台的人被统统带了出来，开始在所有人鄙夷的眼光中走出影院，穿过大院走进派出所。

陆

我们被分进了单独的审问室，头顶有一杆不太亮的白炽灯在闪动。

一位民警走进来，手里拿着夹板和纸笔，"你哪儿人啊？"

"不知道。"

"父母呢？"

"不知道。"

民警脸色有点不对劲："身份证拿出来看看！"

我从包里摸出证件，透过钢架缝隙递过去。

"汪明阳，家住湖南……"

"嘿，你小子还真叫汪明阳呀！"

"我是黎叔收养的。"我打断他的话。

"那你到底是哪来的啊！"他一脸戏谑。

"我是垃圾桶里捡的，石头缝里蹦的，我他妈如果知道自己哪来的，我还用到处找吗？"

民警吓一跳，声音立马比我高一倍说："你瞎嚷嚷什么，我不正在了解情况吗。给我消停点。"他半天问不出个名堂，又自觉气氛有些尴尬，没一会便转身走出了审问室。

大约过了一个小时，审问室走来一个西装革履的男人，他望着我说："你就是汪明阳？"

"你谁啊？"我有点不耐烦。

"我是谁不重要,重要的是我能帮你找到你妈妈。"

他将身体靠近我,嘴巴凑上耳边开始慢慢说话。最后,他说:"你好好考虑下吧。"

我有点慒,体内被锁上的大门忽然间打开,我不知道里面住着是凶猛的怪兽还是温顺的小猫。我趴在桌上,做着一道二选一的题目,想着想着我竟闭上眼睛。脑袋放空的时候,又好像睡着了……

几个小时之后,我和那个男人签署了一份文件,同时也被提前释放了出来。接着黎叔被放了,小青也被放了,血色青春里的每一个人都陆续被放了出来。他们站在派出所的大门口起哄,嚷嚷着我们没有非法集资,也根本不怕你们把我们怎样。倒是我自己心虚了,毕竟我搞不清真实情况,也生怕做了什么见不得人的勾当。

所有人回到大巴车上后,我拉着黎叔径直往闹市区走。我们随便找了一间烤肉店坐下,点了一些串儿,叫了两箱酒。白的、啤的掺杂着都有。黎叔喜欢喝白酒,一次最多能喝下一斤左右。而我擅长啤酒,胀肚子最多去撒几泡尿便能完事。这么多年来,黎叔很少带我出去应酬,他总说:"小孩不能喝太多酒,对身体不好。"

"叔,我要去上海了。有一家公司签我,他们说我有潜力,打算捧我。"黎叔什么话也没说,自顾自地端起酒杯往喉咙里灌下一大杯白酒。

"哐当"一声,杯子强有力地被摔在木头桌上,杯身虽然没碎,但黎叔此刻带有说不出的无奈。他一边倒酒,示意让我陪他一起喝。我手握酒瓶,一口气喝下一大半。

我们喝到凌晨,直到烤肉店打烊了,我俩还游荡在空旷的大街上。我拍着黎叔的肩膀说:"叔,帮我照顾小青,等我两年回来!"

天快亮的时候，我把黎叔送到大巴车门口，我什么东西也没取，就这样光杆走掉了。

柒

坐惯了大巴车，当飞机起飞的那一瞬间，我竟然特别想撒尿。但我强忍着，努力抑制住面部表情，尽量让自己看起来镇定无比。事实上我依旧没能抵抗住飞机遇上云层的颠簸，我在机舱里吐得一塌糊涂。旁人投射嫌弃的表情，只有空姐偶尔递来新的口袋和纸巾。我突然想念起大巴车，想念起血色青春的每一个人，想念想尿就能跳车的场景。而现在，我除了在位置上坐立难安以外，其他什么也干不了。

来到上海，我跟随那天在派出所见面的男人走进一幢大楼。这家公司规模不算大，几间办公室也是租的。听说艺人每天在家候着，有活儿干自然有经纪人联系。但每个经纪人手上都有十几二十来号艺人，各个经纪人之间也存有强大的竞争，所以排上号出演，也是一件非常不容易的事。

男人说："你不用担心，你的日常都将由我亲自安排。"

他是县城人，独自打拼到上海，现在做到了公司合伙人的位置。他说他看人准，相信我一定会红。

在后来的日子里，他果然没有背弃之前说的话。我开始活动不断，因为有从小在血色青春锻炼的经历，我不需要像其他艺人那样进行前期培养。我已经是一个完美的产成品，就等放进玻璃柜里进行展示，接着售卖。

我依旧在找妈妈，只是这一次是在大上海的每一个夜场、深夜电台，以及各种商业演出上。当我在上海滩有了一定名气后，我开始走进演播厅。没有道具服，也没有躁动的音乐，只有一套单色系的西装和一架摄像机。

当导播进入倒计时，我变得有些紧张。按着之前和主持人的对稿，我开始一段看似从容不迫又感人肺腑的讲述，从血色青春讲到来上海发展。故事自然已经被公司包装过，泪在适当的时间也顺利地落下来。就连主持人递的纸巾，也是在最容易拍到的方位传来的。

听说节目播出以后，很多热心观众都打电话进电台，说着自己身边丢掉孩子的人，看看是否能对上号。

我像男人说的那样，凭借自己独特的背景以及成长环境，真的火了起来。有大大小小的晚会、各类访谈类节目找上我，他们说我是一个励志的小孩，理应得到更多人的认可。我不再去找妈妈，而是去表演歌舞。不到一年时间，公司搬离了原来的大楼，租了更高档的写字楼。而当初在派出所碰面的男人，现在也赚得盆满钵盈。

可当初的承诺，只是实现了一半。而另一半，还能实现吗？

捌

两年的时间一晃眼就过去了，这期间我联络了黎叔，他说一切都好，让我安心工作。

我原本在派出所签了两年的合约，但不到两年，我便在某次喝大的情况下续签了五年。我问黎叔："小青过得好吗？"

黎叔说："她走啦，听说回去嫁人了。姑娘家的岁月蹉跎不起啊！"

当初我的不告而别，也想着她会离开。但始终还保有一丝念想：她会等我，她会等我回来。

事实上我没资格让她等我。当爱的人从身边消失时，我骨子里仿佛早已安装好了防护装置，对于一切的离别，我都能表现出淡然，甚至是漠视。或许世间所有的悄无声息，都是另外一种的别有他意。

我一如既往很忙，全国各地不断演出。除了飞机、火车、高铁，我也依次坐了个遍。公司给我配了一辆保姆车，供演出专用。交通工具对我来说，也仅仅只剩交通了。

半年前，我接到血色青春老班辈打来的电话，他们说黎叔死了，让大伙都回去送他最后一程。电话里没说明具体情况，我只知道是酒精中毒。在回去的路上，我心里一直在想，一个活生生的人，怎么说没了就没了。后来才知道，黎叔为了接下一个场子，在酒桌上洋白啤三种混着喝，听说场子谈下来了，可他就在准备起身的时候，整个人倒在地上，此后再也没有起来。

第一次到湖南湘潭——黎叔的老家，现场人很多，曾经参与血色青春的人差不多都来了。小青也来了，带着近三岁的小孩。我们没时间闲谈，打完照面就走进了灵堂。黎叔家里的亲人很少，整个葬礼的组织者，是一个瘦高的年轻小伙。

他是黎叔的儿子，但却是第一次见到自己的生身父亲，听说他从小就能力超群，考上名牌大学后，放弃一线城市的发展机会，甘愿回当地做公务员。一切都十分正经，反倒是我们，显得另类又格格不入。黎叔的前妻没有过来，一问原由，老班辈们说他俩曾经发誓老死不相往来，所以即便是葬礼，依旧也不肯露面。

待到所有人都去灵堂鞠躬时,黎叔的儿子叫住了我:"你就是汪明阳?"

"是的,我是。"他一边和我握手,一边以打量的眼光将我全身上下扫射了一番。

"听说你在找妈妈,冒昧地问一句,找着了吗?"

"呃,暂时还没有。"我露出无奈但又十分自然的表情。

他一副意料之中的模样:"有些话我不知当讲不当讲,虽然我是汪黎的儿子,但我还是认为这件事你理应知情。"

"但说无妨。"我稍有戒备,但又显得无端正经。

他拍着我的肩膀,把我带进一个角落的边缘。几句话之后,他便笑着离开了。而我,整个身体好像被掏空了一般,剩下一具躯壳在墙边一动不动。

"私生子""外遇""不要脸""破坏别人家庭""狗杂种""你活该"……

我不知道他是否已经将这二十多年来的怨念一次性发泄了出来,但这些粗鄙的字眼,就像被打上烙印一样,在我脑子里挥散不去。

我匆忙离开了湘潭,没来得及跟任何人道别。

玖

回到上海以后,我把自己关在房间里几天几夜不见人。

我想了很多事,过去的、现在的,以及未来的。有一瞬间我好像想明白了什么,走出单身公寓后,我独自漫步在外滩街头,和当初来的时候一样,这里的人依旧行色匆匆。车水马龙你侬我侬的场景,闪现在每个不经意的小角落。在这座充满无限可能的城市里,我不禁疑惑,那我的可能究竟在哪里呢?

虽然离合约期满还有不到两年时间,可就目前的我来说根本无法再安心工作了。我开始找公司谈解约,经纪人不愿放我走,他便拿合约上条条框框的内容来压制我。没人知道我心理变化的过程,大家都认为是我想自立门户了。在几次谈判不成功的情况下,我坦诚地说出内心想法:这人我不打算找了,钱我也不想赚了。离开上海,回到血色青春,这便是我目前唯一的想法。

和当初签合约一样,这一次我也依旧没看上面的条款就把字给签了。走完最后一道流程,我便重回了自由之身。

现在我是血色青春的团长,团里有近百名成员。我们的长途大巴从一辆换作了三辆,团员的自由活动时间也变得十分灵活。这里有月假、年假,以及各种福利制度。

在召集老一批成员的同时,我也丰富地扩招了来自全国各地的有志青年。我们接受邀约,更能以一批优秀的节目参与全国竞演。但这里再没有《找妈妈》这个节目,此后也不需要再有了。我们依旧像蒲公英一样四处飘落,但这一次很幸运,因为在出发前看到了根在哪里。不知道什么时候我有了嗜酒的习性,可联络场子的事儿压根也不再需要我去谈。每当我在后台拿着传话筒催促下一场演出时,身边的小孩都会拉着我衣角问:"爸爸,什么时候我也能上台表演啊?"

我摸摸他的脑袋,透过镜子向小孩身后的女人努了努嘴。像当初一样,镜子里的小青把精致的脸庞一点点抹花,再一点点洗净,接着她便很自然地把小孩带了出去。

英雄梦想

文/阮绵绵

　　我第一次当伴娘是在八月份，高考完的暑假里。结婚的是原来乐队的贝斯手，那天他理掉蓄了好多年的长发，打着黑色的领结，还特意穿了长袖的白衬衣遮住胳膊上的文身。我看到他这副模样跑过去调侃他："你平时不这样儿啊，花臂呢？怎么不躁起来了啊？"他转过身按着我的头："能少说两句么你，我岳父母到现在都不知道我有文身，这要是让他们知道了能把闺女给我吗？"我笑着跑开，心里酸溜溜的。

　　贝斯手是个好人，今年二十六岁，在无数次我们喝得酩酊大醉的夜里，他都跟我说他只爱过一个姑娘，就一个。

　　贝斯手其实也不算好人，中学的时候从不上课，打老师，打主任，打校长，打保安，进过号子蹲过局子，后来为了排练还去我们学校装我二叔把我从学校领走。直到现在我班主任都记得他，有一次在街上偶遇的时候还问过我:"你那个一胳膊文身的二叔最近在干嘛?"我悻悻然无以作答。

可是他结婚了,结婚的对象也不是那个他唯一爱过的姑娘。

乐队里的人好久没再聚在一起过,那天借着机会又被拉拢在一起,心里总觉得怪怪的。推杯换盏间我知道吉他手乖乖回他爹的公司做了会计,鼓手回老家开了琴行,教熊孩子们打鼓。这个结婚了的贝斯手留在西安,而我马上要跑去千里之外上学。

"你他妈这是为爱走天涯啊傻×。"他们骂我,我就举着杯子打哈哈:"来来来,让咱哥儿几个也听听梦破碎的声音。""去你妈的。"骂声一片。

其实在相当长的一段时间里,我都觉得我们这几个人,是永远没办法回到正轨上生活的。

那阵子哥儿几个全部愤青一样先后从学校退了学,因为我是个姑娘,被我妈圈在学校上下学来回接送才保住了学业。为了聚头方便,他们在我的学校旁边租到了一间小房子,哥仁全部搬了进去。吉他手的爹不乐意了,他是整个家里唯一的男孩儿,他爹还替他打下了千万家业。说白了,吉他手是个富二代。可是这货拉着大箱子背着琴就从家里消失了,每天闷在出租房里苦练琴技,只是为了一些不能够出名的小演出玩儿了命地奋斗。那段时间整个乐队的开销都是他掏,直到现在我们都觉得,在我们最热血沸腾的那几年里,最辛苦的是吉他手的爹。

鼓手是西藏人,天生身体肥硕,酷爱抽烟喝酒。在那段不上学的日子里,他每天都只负责灌醉贝斯手,听他唠唠叨叨他最爱的姑娘，只有到了快要演出的时候，他才可以从梦境一样的生活里惊醒，傻×一样唠叨："又断了根儿鼓棒，不能给个质量好一点儿的吗？"其实有的时候梦做多了，就真的会以为这一切都可以是真的。那时候我们都觉得，每个人技术都不差，只要好好写歌好好排练，就一定能混出点儿名堂，至少不用再回到父母安排好的既定轨道里，过像普通人一样的生活。

于是我逃课去找他们排练，没日没夜地练，唱哑嗓子都不管，就觉得这一切都值得。

那段时间里除了排练最兴奋的就是让吉他手掏钱请我们去看音乐节，哥儿几个拉着行李全国各地跑，把能看的现场都看了个遍，回到家静下来的时候才意识到，我要高二了，我要完成我妈的心愿，好好准备高考了。

当我跟他们说出这话的时候期待的其实是一场鲜血淋漓的批斗，我觉得他们肯定会像原来一样拉我蹲去墙角手抱头然后开始批斗我，顺带拍照留念，转身我就一个起跳蹦起来去揍个还击他们。可是这一次没有，他们全窝在沙发里不说话，整个屋子烟雾缭绕，没有人说话。我们就这样从早上拖到了傍晚，鼓手说哎呀你傻×吧，赶紧回家好好学习，哥儿几个等你丫出来啊。除了他，我们都没笑出来，然后我们还是像往常一样，他们帮我背着书包，赖皮赖脸地出去吃饭了。那天晚上我们都喝大了，哭的哭，笑的笑，贝斯手念叨的还是他最爱的姑娘，我为自己马上要投身题海哭得喘不上气儿来。

之后的日子我就被我妈锁住了，手机没收，电脑没收。他们几个为了让我专心学习也不再找我，以至于我离开之后的日子他们是怎么过的，到现在我都不知道。

不管你承认不承认，青春里最令自己骄傲的那几年一定是最傻×的。我们做着各种自以为特立独行的事情去证明自己是与众不同的存在，又在之后的日子里回头大骂那个脑残的自己，我们都这么长大，谁都没办法逃脱。

那天的婚礼上，新郎官甩掉新娘子来我们桌上蹭酒，他喝得晕晕乎乎，嘴里念叨的不再是自己曾深爱过的姑娘。吉他手骂着自己专制的爹。我骂着自己。鼓手笑眯眯地看着我们出糗。他总是喝不醉，又吃得多。我们又像原来一样脚踩凳子满口脏话骂得昏天黑地，完全顾不上身旁还有老人在场。

一晃三年，我们终于脱掉了不良少年的帽子回到各自的轨道上。我们用长袖衬衫遮住花花绿绿的文身，摘掉耳朵上亮晶晶的一排耳钉，又装模作样地回到校园接受老师的改造和批评，甚至变成别人的老师，开始左右别人的成长。我们都像不曾热血过一样，过着和别人相同的生活，也终于融入社会，变成了面无表情的一员。

自从我们散伙儿后各自都不再组队了，我乖乖按照父母的安排学了自己不喜欢的专业，吉他手和贝斯手也都只在闲暇的时候抚摸抚摸他们曾经的命根子，鼓手开始祸害下一代，也不再去看音乐节了。

我们都知道，那些最好的东西都被时间冲走了，那些曾经不可一世的少年们也都不能再回来，要是时间能退回去就好了，让我再去看看那个时候的自己。真想去问问她，到底是什么，让你那么真实又鲜活地存在过。

单身四年

文/阮绵绵

周末小聚，闺蜜和我说起她和男朋友分手的事情，我听罢摸了摸小拇指上的戒指才忽然意识到，我这么一个人摇摇晃晃，算到今年，已经是第四年了。

壹

我开始一个人的那年是二〇一二年，人们口中争相传颂着一个消息：二〇一二年十二月二十五号就是世界末日了。那个时候我还待在陕西，在人们相传流言的这几个月里，陕西刮大风下暴雨，大风吹倒了我家门前已经种了六七年的小树，大雨淹没了离家不远处的一个立交桥。于是那个时候还没成年的我，就相信了这种荒谬的流言。我发短信给我的前任，我问他："如果真的世界末日了你会干嘛呀?"他说:"我会找到你,然后陪你等世界末日来。"收到短信的时候我一个人走在路上,那个时候的手机还不像现在这样发达。我捏着那个满是按键的诺基亚,心脏怦怦直跳,那个时候的我红着眼睛,头一次觉得漂洋过海从几千公里之外传来的讯息有了温度。这条短信至今还留在我那个已经不能好好工作的诺基亚里,连同那些感人的誓言一起,替我留在了那个回不去的最好时间里。

好景不长,不久后我和前任分了手,我戴上了尾戒,并且患上严重的抑郁症,后来还因为胃溃疡住进了医院。不知道有没有人和我一样体会过抑郁症的滋味,那种别人不能理解你,你也无法拯救自己的感觉,让我至今不能忘记。

我真正拥有孤独感,就是从这里开始的。

那段时间我把自己关进了屋子,吃饭的时候父母把饭放在我的门口,我饿了就去取进来吃掉。我吃饭的次数从一天三次变成一天两次,后来逐渐变成了两天一次。我在房间整日拉着窗帘不见阳光,我爸踢烂了房门进来,看到我躲在床和阳台的缝隙里,脸上沾满了灰尘。我拉扯着垂下的窗帘当玩具,眼睛里不停地淌眼泪。

那个时候是真的难过啊,房间里所有可以结束生命的东西都被父母收起来,我醒了就哭,哭累了就睡。我有电脑,可以上网。于是我找来各种小众音乐填补我浪费也浪费不尽的时间,越听越极端。我在大夏天里,让眼泪流皱了脸颊,整个鼻子都红通通的,掉了不知道多少层皮。我几乎一刻不落地握着那个满是按键的诺基亚,一条接着一条发一些莫名其妙的话给我的前任,同时期待烦我入骨的他会不会传些消息给我。发了些什么内容,时至今日其实我早就记不得了,而与此同时急于开始新生活的他,任凭我怎么骚扰,也没有再对我说过只言片语。

就这样过了好久,我开始想要去看看外面,于是在两个月之后我自己走出房间。因为好久都没有见过阳光的缘故,在走出房间后我眼睛一疼昏了过去,醒来的时候我在医院。

就这样,在医院经过一系列检查后,我变成了一个持证的抑郁症患者。

由于药物的帮助我开始逐渐好转起来,见我如此痛苦,父母对我的管辖开始宽泛了起来,于是我开始没日没夜地喝酒,企图用酒精麻痹我脆弱到再也经不起打击的神经。

出院不久我参加了高考,不出所料,一塌糊涂,父母觉得我只要调整心态就还有希望,于是不由分说送我进了补习学校,可我却几乎没在学校待过,整天跑出去喝酒。

喝酒数月,我开始由胃疼转变成没有固定时间的吐血,不敢告诉爸妈,我就自己去医院检查。医生说这是胃溃疡啊,要住院。于是我在逃脱医院后不久,又被关了回去。

住院的时候没告诉爸妈,我说我去了远方比赛。于是在那个难熬的冬天,我一只手举着吊瓶,另一只手拿着各种单据在两栋楼间跑着缴费取药买饭。因为虚弱的缘故,我不止一次在走路的时候把手中的吊瓶打破,手忙脚乱地放下手里的单据给自己拔针。出院的前一天我又一次在去卫生间的路上打破了吊瓶,护士终于忍不住骂了我,她说:"年纪轻轻不学好,喝酒喝得住院也没人来管你,净知道给我们添麻烦,不治就滚回家去,啥态度你这是?"这句话我到现在还记得,我忍着眼泪给护士赔笑脸,再一次扎上针我自己回到病房,坐在床边面无表情地掉眼泪。那个时候是真的难过啊,我深呼吸对自己小声地说:"没事啦没事啦明天就能回家啦,"抱了抱因为打针而肿胀的手臂,那个时候我就觉得,我要是不这么好强就好了。

我在医院度过了那一年传说中的世界末日,世界的末日没来,我却像是死了一回一样。

贰

过完了那个世界末日就是新的一年。我在新的一年出了院。我去剪了头发,做了指甲,在医生的帮助下我的抑郁症逐渐好转。我开始想要在旅行里忘了那些不能让我释怀的事情。

这是我一个人的第二年,我要起飞了。

由于从小就习惯了在外比赛的缘故,父母对我的外出并不惊讶,我伪造了各种外出比赛的假象,拎着箱子,独自踏上了外出的道路。

一个女孩子出门其实并不顺利,并且我是个健忘的人,我会随时忘记各类证件的存放地方,忘记火车时间,忘记登机时间,忘记日程安排,忘记有没有吃过饭。我在旅途里被黑车司机倒过车,被小偷偷过包,我曾经身无分文站在昆明街头徒步找警察帮忙,也在夜幕中的贵阳的旅馆中被贼撬开过窗户。

我是个不敢一个人吃饭的人,也不敢一个人睡。我特别胆小,害怕一切女孩子害怕的东西。可是在我一个人之后,我知道再也没有人可以为我挡风遮雨,为我处理我不能自己处理的所有事情,于是我开始假装特别强大,我开始变得无所不能。其实在旅行的那段时间里,我在丽江望着指甲盖大的蜘蛛一整夜都不敢睡觉,看着它在我的枕头和床头织网。在去桂林看音乐节的时候半夜找不到车和旅馆，坐在马路牙子上从夜深到日出。那个时候我抱着箱子想啊想，看着喝醉了的青年在街头耍酒疯，我在心里唱过了几乎学过的所有歌曲，给自己壮胆。

在我从陕西出发，走过了除去新疆和福建的所有省份之后我回到了家。又是一年高考，没在学校待过几天的我毫无悬念地去了我前男友所在的省份，念了一个说起名字都没有人知道的大学。

叁

第三年我大一，这一年我在安徽，我的抑郁症全然康复，我开始有了新的生活。

这一年里我学会了手绘，学会了化妆，学会了扎染，学会了茶道，学会了制香，又学会了四种乐器。我不停地看电影看书，把所有用来想念的时间都用在了学习新鲜事物上。我捡起了多年不弹的吉他，和学长重新组建了小乐队。我尽可能地去看音乐节，去看现场，去看展览，去写字。我学会了如何做电台，我通过写字和电台，认识了一群乐天的好朋友。我去他们的城市和他们相处，我为认识他们而感到自豪。

你问我孤独吗？

我孤独。

我仍然在无数个夜里不能成眠，和别人待在一起的时间并不能缓解我的痛苦和孤独。我整夜整夜不睡，黑夜被拉得无限长，而白天却越发短暂。

可是这都算什么呢，在经历过死亡一样的寂静之后，反而寂静变成了我的常态。我用拒人以千里之外的姿态拒绝了所有好意的陪伴，我不是不想找个人和我一起打破这样的生活，只是我一个人经历过了那么多的事情，反而不知道该如何让一个人和我亲近起来了。

肆

今年是我一个人的第四年，我开始逐渐变得平和起来。

我学会了一个人吃饭，把吃不完的剩饭剩菜打包留给流浪狗吃。我在每个睡不着的深夜记录一天发生过的所有事情，或者看着电影，喝掉白天没有喝光的饮料。在家的时候我就点上一支香，沏一壶茶认认真真地看书或者弹琴写点东西。我也敢一个人睡觉了，我的朋友告诉我："你这么善良，又没有做亏心事，牛鬼蛇神雷公电母才不忍心伤害你。"没有事情的时候我也不再发呆了，我会拽上好朋友在学校操场溜达，听听她的成长，再把我的故事告诉她。我看光了前男友向我炫耀过的文学大家的书，在不经意的时候我才会发现，原来我看过这么多东西了啊。

而更多的时候，我可以什么也不做。我不需要再担心因为说错话而导致的离开，不必担心因为自己不够好而招来在乎的人的嘲笑，也不必在不想说话的时候还要装出热情的腔调，也不需要讨好。我与自己独处，耳鼻喉眼却能清晰感受周遭的一切。或许这样是孤单又冷清，可我内心不再空虚，我想和世界接触的时候就走出去，想要独处的时候就把自己关起来。我暗暗地和自己聊天、思考，和外面那个纷繁复杂的世界短暂失联。

我在这些年认认真真地分析过上一段感情失败的原因，也多少站在他的立场上看清了当年发生的一切，我在这四年里孤单又痛苦地长大，变成了好几年前，我想都不敢想的样子。

有时候我在想啊，人这一辈子，注定有一段时间是要独自一个人挨过去的，痛苦也好，快乐也罢。你会在这段时间里看清自己的内心，并且坚定下来虔诚地跟随它。孤独并不是猛兽一样的坏家伙，它会带着你长大，带着你走向自己想要去的地方，比起喧闹后的落单，这样的孤独不知道要好出去多少倍。你所要做的就是等，等待最痛苦的日子一点一滴一分一秒地流走，然后你就会在不经意的时候收获一个全新的自己。并且如今的我也开始相信，总有一天会有新的人住进你空洞到再也无法容纳爱的心里，将你之前所有孤单的时光填满。

总有一天。

我哥

文/突突 2.0

国庆在家的时候,我哥在他刚开没多久的饭店里和我说,要我给他写一篇文章,准确说,是一篇软文。他开的饭店名叫"1949新概念",所以他希望我把1949新中国的成立和饭店文化饮食文化以及这一家饭店等结合起来,弄一篇美美的文章出来,印到菜谱上,给人一种高端大气上档次的感觉。

我自问我自己没这个扯的能力,当时回绝了。他说要不你就试试噻,我说好吧,可最后,试他一试证明果然还是无济于事。

把新中国的成立与饮食文化捆绑到一起,这听起来着实是有种高端大气上档次的范儿,哪怕单是把饭店名取成"1949",都是很有想法的事情不是么?我哥在准备开这家饭店的时候,我第一次听到店名,当时便有种给跪的冲动。更别说饭店的包厢名分别命名为"1997""1999""2008"了,比起那些什么荣华厅,鸿运苑,双喜门，宝气阁霸气多了好吗？总而言之，我哥给这饭店想出来的文案，简直就是低调奢华有内涵，狂拽酷炫屌炸天。

我哥比我大一岁多一点，俩人从小便是穿一件衣服长大的，当然大多情况下，是我穿他剩下的，至今我还有一两件衣服是他的。我们小时候形影不离也老打架，我哥大多数情况下打不过我，我一双腿踢功高超，变化多端，唯快不破。但不幸破解之后扭打到一块时，我哥往往轻而易举便将我锁住，输得够呛。现在我们不打架了，我哥如今那体魄，我是决然没有任何胜算的把握，所以现在的状况对我来说，是个明智的选择和变化。

我哥小时候是个好玩的主，读书成绩不咋地，但很喜欢上学，早上起床上学积极得很，有好几次，我跟着我哥去到学校，浓雾还未散开，学校大门也都没有打开。没办法，只好傻呵呵地等。开学时报到，我哥也积极，但那时家境不好，俩小孩读书，我妈往往要四处筹书钱。开学大多要好几天之后才能去到学校，我哥便很是委屈，发脾气，说什么，每次开学都要好几天才领到书，全是烂书。眼泪汪汪，摆脱我妈牵着的手，独自走到前头。

一年夏天，我哥得了某种皮肤病，整张脸肿得跟包子似的，我妈用了各种办法，一段时间过去，病也不见好。我妈愁云满布嘀嘀咕咕，办法都试了怎么就是不见好呢？我哥又委屈，发脾气，天天吃青菜，肉都没得吃，病怎么会好？

又一年秋天的晚上，外婆阿姨什么的都在家里做客，夜深了，我哥因为我妈不准他再看电视或是催促他赶紧去洗澡抑或别的什么小事，几句言语冲撞，我哥脾气一来，推开门便跑了，家里人四处找寻不到，最后见他躲在果园的一棵树上，求爷爷告奶奶，就是不愿意下来。等到我妈拉着人全部散去,我哥方才闷声闷响地避开众人视线回到二楼房子睡起觉来。

我哥十五岁之前,我们俩总是终日厮混在一起,干什么事情都得两人一起。当然,我不跟他厮混又能跟谁呢?这都是天注定的,跑不掉。村里老人见我们总是连裤脚似的你走哪我跟哪的节奏,总笑着说,这对兄弟像极当年我爸我叔那一对兄弟呢,感情真好。

情感这个东西当时我不懂,何况是大人们的情感,但总觉得我爸我叔一年到头难见几次面,这也不太好的样子。但我哥十五岁辍学之后,我和我哥也就开始一年到头难见几次面的节奏了。

我哥性格奔放,脾气大,好交朋友,喜欢四处乱跑,认识很多人。我与他截然相反,经常一副傻逼兮兮不吭声的样子,所以相比我,大部分人更愿意跟我哥玩到一起。很多年来,偶遇一些朋友和亲戚的时候,我会经常性地被叫成我哥的名字,即使交谈起来,三两句过后,便开始问,你哥现在在哪?在做什么?什么时候回来耍?

在读初高中时的很多年,我经常性地回答着类似这样的问题。不厌其烦,絮絮叨叨。

小学时,在我跳级帮我哥写作业的时候,我就知道,早晚一天,我哥这书是读不下去的。但没想到,事情是这样的。读初一时,我是住校制的重点班,我哥当时读的是初二,是走读制的普通班。一天放假,我回家,我哥就已经辍学离开家里了,无影无踪,我竟一点不知晓。那几年,我爸妈早已在珠海开始长期的打工生涯,叔叔和婶子在衡阳也稳定下来。家里就我,我哥,我妹,和我奶奶。

我奶奶告诉我,我叔回来了一趟,我哥跟着我叔去了衡阳市,去学厨师了。我哥当时还给我留了字条,在一盘磁带里,我找出来,上面写着,你去找那盘周杰伦的磁带,里面有一张字条,我找出来,上面写着,你去找那盘四大天王的磁带,里面有一张字条。如此反反复复,最后从一支笛子里找出一张他写着自己真正想说的话的字条。上面写着:"我走得急,有一封信你帮我给那个女孩子,还有一个打火机你帮我还给我班上那谁。"果然,我又反反复复,从另外某处找到一封信和一个造型是花生模样的打火机。瞅那打火机,也就最多十块钱的样子。我哥竟然如此上心。如今想来,觉得完全不可思议,那封信就另当别论了。

我哥确实是一副五大三粗的样子,但很多时候,我哥竟然满怀一些极其违和的小心思和情怀。年少时,我哥会经常性地买一些流行音乐磁带,买一些比如笛子一样的小乐器,买一些字帖。可事到如今,我哥仍然只会摇头晃脑地欣赏一些嗨歌,自顾自地唱着"没有钱你会爱我吗?"。笛子大概也没法再吹出声音了。一手字也始终歪歪扭扭纠正不过来。言而总之,这就是一个典型的先天普通青年想后天修炼成文艺青年适得其反而变成二逼青年的失败案例。

如今,我哥有了女儿,似乎也有意识地把这些小心思和小情怀种到女儿的心里去,总是会想着在家里堆着一些书,买来电子琴,给女儿播放一些英文原声的动画,尽可能地让孩子在他营造的美好文艺温馨的氛围下成长。

我哥的小心思,还包括经常给女儿拍各种各样的照片,想要做一个以女儿的一切为主题的博客,喜欢在淘宝上给家里买一些造型独特的小装饰和灯饰,经常性地委派我写一些读起来美丽又俗气不知道用来做什么的句子。但有时,我分不清,这是我哥历来便一直存在的小情怀,还是因为女儿的出生,勾出我哥心中那些女性化的细腻和美好的温柔，化成这些显而易见却又微小的点点滴滴。

我哥自从结婚生子后，确实变了不少，以前他四处游荡，在一个地方做事时从来没有一种安定感，花钱如流水，有点钱时狐朋狗友一大堆，落魄时真心朋友寥寥无几，经常性身无分文，拆东墙补西墙。从来都是我爸我妈给他擦屁股。我爸有次甚至要我给作证，要和我哥断绝父子关系，真是吓坏了我的小心脏。那时，我总是只会说着，没事的，一切会好起来。

现在看来，我哥身边的一切都是在慢慢地变好。虽然仍然是个穷光蛋，但有个美好的家庭，有个可爱的女儿在呀，这可是我哥人生中最重要的财富啊。我想，成长虽然跌跌撞撞，只要去走，总是在向前的。以前我总觉得时间残酷，但时间却也是个温柔的小姑娘呢。

我哥与我是截然不同的两种人，我哥从来不会像我一样总是感慨万千，牢骚满腹。

但我始终记得那年我是在读高中，那日是我奶奶过生日，我哥从衡阳市回到乡里，因为工作忙连夜就要回去，黄昏，我陪我哥去坐车，走过一大片已经收割的油菜田，走过我曾坐在我哥的自行车后座上经过的道路，走过我哥留的那封信的收件人的女孩子家门口，我哥突然说，还记得我们小时候的事情么？然后提起一些好笑的陈年往事，后又说着，转眼，我们就长大了啊。

后来，天慢慢黑了，看着我哥远去，白日沉闷的余热也渐渐散去，三三两两的蛙声四起，原野里有些人家的灯火开始点亮。我独自走在回家的路上，突然感到一种深入骨髓的成长的孤独。

隔壁老王

文/突突 2.0

很早就想写一写隔壁老王的事情了,但老王其人比较卑微,我时常觉得写他似乎没有那些大众价值观上的意义,毕竟世界是大多数人的嘛,总是该写些大家都喜闻乐见的东西比较好,于是便一直拖拖拉拉,没当成正经事。但老王的事情还是要写的,现在必须要写了,不写我于心不忍。

老王是谁,叫什么名字,大家都忘却了,很多年来,我也只是听旁人的口中,把他唤做老王。他们有时大喊:"老王,你晾的衣服被风吹走啦,赶紧去收吧!""老王,今儿个咋没去河边溜溜啊?"说是老王有点耳背,非大声不能听到,也有调皮的小孩时常顽皮地蹦达到老王的跟前,问说"老王……八,你家儿子呢?"老王抬起头笑笑,也不作声。老王不只是一个人,他可能是你家隔壁的老王,兴许是他隔壁家的老王。也不管这个了,天下的老王,还不都是一个老王样。

老王孤身好多年了，也从没见什么像样的亲戚往来，当然是要除去几个时常找他一起下下象棋打打牌的邻家老汉老太什么的。不过近一两年来也越发地稀少了，说是死了的死了，动不了的也都动不了了。但老王身子骨却一直还算是硬朗，恐怕能活到八十岁呢，左邻右舍谈起老王，总是如是说。但当真老王有没有活到八十岁，又有谁知晓呢？恐怕他现在不止八十岁了也不一定。对于谈论老王的年龄，我一般都要这么回复一句，但大家仿佛都不大感兴趣，闷闷声地说两句也就散了。

但显然大家对老王的身世很感兴趣，时常在一起扯闲话的时候，说着说着就说到了老王，说是老王年轻时曾经蹲了十几年的监狱，亲朋好友什么的就都好似食尽鸟投林全都散了，出来后就一直独身；又说是老王身世凄惨，独生子因为各种原因死在了前头，老伴后来也服毒自杀，至此老王渐渐成了独居老人；说是老王年轻时风流倜傥种下太多孽债，老来如此实属报应；又说是老王曾是国民党分子，大逃亡时掉了队，孤零零一个人不得不隐居在此……说是老王这样，说是老王那样，说的一个比一个传奇，一个比一个说得起劲，就连我的远房三舅妈每每来做客也喜欢凑这份热闹。但我听了好些年，究竟老王是怎么变成老王的，还真没人能说明白。

其实也没什么所谓，不论原来怎样怎样，老王还不就是那个老王，身形瘦弱但却硬朗，戴一副老花镜，不大说话也不爱探闲事。以捡破烂为生，早年，无事时，就和几个老头老太耍一耍。这两年，也就换成在河边独自散散步打发时间了。说是有些凄凉，反过来一想，倒也乐得逍遥自在。

但最近，老王死了，是的，被人发现尸体漂在河岸边，说是发现时有好几天了，尸身有点发臭。

老王死了后，大家都蛮热情地讨论其死因，说是自杀，"没理由啊，这段时间难得看他总是喜笑颜开的，最艰难的日子都过去了，自杀不大可能"，这个说法太牵强，我远房的三舅妈都极力驳斥。我只是觉得有点好笑，我三舅妈这段时间来我家虽然也比较勤快，那总的来说，也见不了老王几次。那不是自杀，又是怎么死的呢？这可能性就太多了，亲戚朋友左邻右舍的就都积极地发挥着劳动人民的智慧，有说是被抢劫杀的，有说不小心跌河里淹死的，有说被雷打死的，有说是上天的报应，有说是终于被查了水表……说着说着，大家也便都各自忙各自地去了，终于没能讨论出个结果，但我知道他们说得都不对，因为，我知道，老王是怎么死的。

这也就是我为什么要写隔壁老王的原因所在。我有个朋友与警察有点关系，给我透露说他们正在调查此事，说是有人最后看到老王在河边时，我正和老王纠缠些什么，所以我必须写出来。其实，我也根本不关心隔壁老王的什么"古往今来"，但就老王的死，我必须要写出来，不写出来，我又怎么能心安？

老王死之前的那段时间，我确实也经常在河边，那几日我心情不大好，被女朋友甩了之后就常到河边散散心。这小河其实没啥风景可看的，只是在这镇子里算个清净地，平日大多时候都没人，除了老王。那日，我躺在河岸边的草地上无所事事，就看到老王慢吞吞地过来了，我忽地想来个恶作剧，我发誓，这绝对只是在百无聊赖之下，我突然萌生出来的念头。我躲起来，老王经过时，我伸出一脚，就绊了老王个狗吃屎。老王在地上躺了小会儿，之后就开始大笑了起来。拍拍身上的泥土站起来。我看到他眼睛里闪有泪花。老王的行为着实让我感到狐疑。我连忙说对不起，说我犯浑了。老王说不不不，刚才这一刻是他这些年来最幸福的一瞬间。我全身打了个冷战。我虽然刚和女友分手，倒也不想就此走向和老王的搞基之路啊。幸福这词实在是顿时听得我莫名的紧张，心想人离群索居久了，果然心理都不大健康。我正想走，老王拽着我的手，开始说话。这让我感到后怕，我从来没有听到过老王，说过那么多话。

老王说自己独居这么多年，一直以来，虽然有时觉得孤独，平日里倒也没什么念想，只是早年离家出走的儿子让老王一直放心不下，老王说刚才我绊他一脚时，他正思念着自己那此生再也见不着的儿子，说是年轻时，儿子时常恶作剧，也常常来伸脚绊他。老王说到这里，又是落泪，又是笑，好不悲凉。老王央求我能不能时常来伸脚绊他，就像他的儿子一样。老王这卑微又不合常理的请求实在让我感到心痛，我也是有父母的人啊。

往后的几天，我确实经常和老王玩着这样的游戏，一来我自己也确实百无聊赖，二来能够给老王带来一种我无法理解的安慰倒也令我高兴。老王自己也越发精神抖擞，笑容也多了。一天，我们又准备重复这样的动作，但那次可能老王跑过来的速度稍微快点，又或者我下脚的力道稍微重点，老王倒地之后就没再起来，死了。

这就是老王怎么死的。人是我丢下水的，为的是造成老王自己不慎失足跌水而死的假象。你若问我为什么不早早地报案，早早地说出来，我只想反问一句：这样的故事，你们信吗？

其实，老王究竟是怎么死的又有什么重要。谁他妈关心隔壁老王啊？

你也一样哦,么么哒

文/突突 2.0

二〇〇八年的时候,我爸买了电脑,起初他只会在网址导航栏的人民网里看看新闻,在腾讯游戏里玩玩斗地主什么的。我见着觉得我爸实在太低端了,这不明摆着浪费资源嘛,那时候我们都在玩 51,于是我给他申请了 51,我爸倒也机灵,一段时间下来,我见到我爸的马甲飘荡在我每一篇日志的最近阅读人员里,飘荡在我每一个好友的主页里,同时也飘荡在我最常混迹的群组里。

那时候,我是个十七八岁的少年,一没事就喜欢伤了个春悲了个秋什么的,有话不好好说,天天过得就跟个加长版的郭敬明似的。现在想来,真不知我爸当时看到那些矫情的日志时,心里是不是在打鼓,心想这孩子是不是有病啊,该治了吧。不过我爸倒也从来不留言不评论,省去了我很多尴尬。你想,要是我爸像小伙伴们一样在日志底下评论,"要坚强哦""你是最棒的",我要不要像回复他们一样回复我爸,"你也一样哦""么么哒"。

这,这,真太恶心了。

我发现我不能继续在那玩下去了,于是,我开始玩qzone,换个地儿继续我那伤春悲秋伤感寂寞和朋友们隔空抱团取暖的伟大事业。不过,没多久,我便发现我爸跟了过来,他还真是爱跟风啊,一点立场都没有,差评。他刚开始没有头像,昵称叫什么"开心每一天"或者"走好人生每一步"之类的,当时我便直接改备注了。这太low了,一点儿也不酷炫,又没创意,干瘪瘪的。不过,这次,我倒没有那么快地让出我的网络领土,凭什么我爸在这,我就不能撒野?于是,我不管不顾,继续我指点江山矫情文字的事业。不过我倒是变得更加注意发表状态和更新内容时的措辞了,每每有冲动更新的时候,也总是下意识地问自己,老爷子看到这个,心里不会添堵吧。

后来,我发现我发表的东西越发讲究了,越发理性了,都不再伤春悲秋了,腰也不酸了,腿也不疼了,一口气文章也能码到几千了,qzone访客越来越多了。而访客列表里,不仅是我爸,我后来还发现了我叔叔,发现了我堂叔、舅舅、乡里乡亲什么的,随着我企鹅好友越来越多,我渐渐发现,我的qzone似乎要被乡亲党沦陷了。我想,他们一定想,这孩子平时看上去木讷讷的,到网上一看,心眼还真多。

虽说,一片热闹非凡,有时候还真累。刘瑜写过一篇文章,叫作《另一个博客》,她在里面说她同时有过好几个博客,其中大多数内容大同小异,只有另一个博客完全不同,而且不为人知。这是为什么呢？她说因为人多，有时在自己的博客里表达情绪是件很困难的事情，说自己隐私又是件很难为情的事情。因为人们希望你呈现出来的是睿智、风趣、幽默、深度的样子，而有时候，你真的什么也不想说，你只想说"fuck you"，只想说"今天买了件衣服，真好看"，可是认识你的人那么多，你真的不好意思在众目睽睽下表现得那么易怒、琐碎、低俗、无聊，尤其是这些人中，还有你爸，你妈，三姑六姨。

我们需要网络，有时候只是因为它是现实的出口，可随着实名制技术的更新，随着web2.0时代的到来，社交网络的全面化，如今的网络其实更像是现实的一种延伸、注脚和外传。当你想要暂时性地爬出这出口时，难免会有人站到这出口处，问你：你为什么要爬出去啊？你什么时候再爬进来啊？也会有人指着你大笑，哈哈哈，这个人爬起来好像一条狗啊。

2012年以后，我就几乎不再在qzone上简单直白地表达自己来自于生活中的无聊琐碎和支离破碎的情绪了。不是没有了情绪，而是不愿意赤裸裸地将之暴露在众人的眼前，有时候也很想表达点什么，也很想痛痛快快骂一句："老子根本不在乎爱谁谁"，也很想简简单单说一声"好心痛啊"。但一想到那么多的人都能看到，有人会不当回事地戏谑评说，有人会视而不见地眼不见为净，有人会太过上纲上线地担心受怕，倒又徒增一些无端的烦恼、莫名的失落以及于心不忍的自责。——又给大伙心里添堵了呢。

从以前到现在，还真是变了不少。以前总是以自我为中心，总是将自我内心中的小痛小痒无限扩大，全盘托出。然后在小圈子的虚幻围绕中感受自我的存在，现在却不再愿意发布过多私人的东西，明白了这些表达的虚妄，也了解很多自我存在的卑微，开始懂得从别人的角度去看事物。渐渐地，我开始变得要么表达就要将一件事情讲清楚，要么什么也不说。

事到如今，我以为我的 qzone 已经没有什么值得我爸太上心的了，可事实证明，我还是图样图森破。

我妈是一个很好玩的人，她也会经常性地用我爸的 qq，进我的 qzone，果然不是一家人不进一个门。早段时间我妈还一直打电话跟我说，那之前和你一直在网上说话的女孩子是女朋友吗？怎么都没出现了？我说谁啊，她就指出我的哪一条说说，我们又大致在底下聊过些什么，我说那只是朋友呢，我妈又说我和你爸都看过了，这女孩不错，人也蛮高的，去追啊；我说你从哪看出来人的身高了啊，她又说，你相册里不是有照片吗？

哦哦，我说不行呢，那真的只是朋友呢，没戏的。

我妈又说，哦，另外也有个女孩子也很不错，你要用力去追啊。

我不想再说什么，只是后来翻看以前的东西时发现，几乎我的每一条说说，每一篇日志，每一个相册，最近访客里的前列，赫然便是我爸的 qq，这么些年，从 51 到 qzone，我爸我妈还真是孜孜不倦啊，依旧不留言也不评论，不卑不亢地做了我这么多年僵尸粉，太辛苦了。这一次，我特地取消了他的备注，清楚地看到我爸的 qq 昵称，是——走好每一步，过好每一天。

我突然很想回复他，你也一样哦，么么哒。

篮球往事

文/王瑞

壹

你一定还记得吧,那时我们打球总是输,大学四年我们输了四年。我说的输是真输,无论再怎么努力打,一场不赢的那种输,你一定比我记得清楚。

你一定还记得吧,大学时代的最后一场篮球赛,我们依然大比分落后,终场哨响起的瞬间,我迎着夕阳投进了一个三分球,和我们那些年的努力一样,被判了无效。坐在场边陪我们一起接受最后的失败的有小影子、聪聪、娜娜,还有几个我已经想不起来名字的女同学。不过没关系,我还能记得她们的样子,很奇怪吧,那天的一切对我来说还都历历在目。我当然也能记得你失落的样子,你眼里无人拾取的晚霞般的落寞。

你一定还记得吧，我们第一次在篮球场相遇，你一个人在练投篮，天热得让人不想说话。在此之前，我几乎都没摸过篮球。在连续投了几个"三不沾"之后，我开始捡到球就笨拙地扔给你。你没打过球是吗，老六，你问我，那你干嘛来打球天这么热？他们在宿舍抽烟太厉害，我回答你。你听了哈哈大笑，把球一扔，往地上一坐，从包里翻出一包烟，递给我一根。那是我第一次抽烟，一大口下去，直接蒙了，有些晕眩和恍惚。我不知道你们为什么都爱抽这玩意儿，难抽死了。

可是现在，我听说连你也把烟戒了。真讽刺。我们宿舍里六个人，还在抽烟的就剩跟着你们最后学会抽烟的我了。

很快，学院里的联赛开始了。我们第一次和学长打球，对方实力强劲，特别是两个后卫，一个持球突破，一个定点跳投，打得我们丢盔卸甲无力招架。下半场开始的时候，你让我上场。我吓得直哆嗦，运着球好几次差点走步，好几次在后场直接被人断球，投篮也渣得不行。我以为让我上场是把我当奇兵来用了，后来才知道，换我上场就意味着你们彻底放弃这场比赛了。

"你的投篮还得练啊，老是扔给场边看球的女生算怎么一回事？"晚上大伙在一起吃完饭回去的路上，你借着酒劲黑我，还拍了拍我的肩膀。然后你蹦着跳着一个人到前面发酒疯去了，不停做着各种滑稽的投篮动作。

从那天开始，我开始练习投篮。干拔、急停跳投、后仰跳投、后撤步跳投……这些我都学不会，越着急越投越不准，而且出手姿势与日俱丑。

"算了，你还是别练了。你身体协调性不行。这是天生的。你不如剑走偏锋,练个歪把子三分什么的。你投篮的模板应该是马里昂。"　有一天,实在看不下去的你说。

　　我当时气得不轻,我寻思着自己身材如此曼妙匀称,怎么就协调性不行了,还天生的,说得跟我小脑比正常人小似的。凭什么你的模板是吉诺比利,他的模板是纳什,而我非得是马里昂。

　　慢慢地,我越投越远,而且越来越喜欢跑位到底角,踩着三分线突施冷箭。跟着你们打球的第二年,我投十个三分总能中两三个了。大家都在进步,特别是你,左右手突破都练得相当犀利。每天心无旁骛地练球,我们都晒得黑黑的,班里的漂亮姑娘一个接一个地被人挖走,我们也无暇顾及。而比赛,我们依然一胜难求。

　　你一定还记得吧,第一次输给大一学弟的第二天,我们宿舍五个人不约而同到球场练球,只有老六没去。他说他不想为一件完全没有希望的事情再浪费时间。他从脱团那天起就开始了疯狂的学习,看样子是要考个可笑的第一名或者拿个什么傻×的奖学金。也正是从那天起,那一届我们整个专业的打篮球的男生就只剩我们五个了。葫芦娃还七个呢,老六让我们失去了唯一的替补,失去了轮转阵容,我们成了绝版的残阵。那段时间,我们都对这个叛徒嗤之以鼻。

　　你一定还记得吧,大三开学,我们有三个人要参加补考。班主任把我们全宿舍的人都叫到了办公室。"你们这两年干什么呢,一个个晒得黢黑,是不是去兼职了?告诉你们,收敛一点,补考不过可拿不到学位!"班主任说,忽然我们的球衣球鞋让他看出了什么,"你们不会在打球吧?别打了,咱们这个专业从来就没打出来过名堂,这么多年了,要么没篮球队,要么没赢过。你们这一届一共才几个男生,还都这样,怎么和别人打?"

我们一起大笑着从考场直奔篮球场,原来我们专业的学长们一直这么怂,除了一心欺负学弟,压根没赢过别的专业!我们的压力颓然卸却。夏天的太阳永远都是那么大,我们二对三玩得不亦乐乎,大颗大颗的汗水滴在水泥地上,很快就蒸发掉。恍惚间我看见老六远远地从球场边上走了过去,他停下来很小心地看了我们一眼。过了一会,他拎着一箱水走了过来,对我们笑了笑,低着头自己走去自修室了。

篮球场上,实力的鸿沟难以用天赋填满,更何况努力了之后才发现,我们压根就没有天赋。我们先后输给了学院里的各个对手、各个对手的学弟以及自己专业的学弟……就这样,屡战屡败、屡败屡战到丧心病狂的我们保持着一场不胜的记录,跌跌撞撞走向了毕业。

你一定还记得吧,最后一场比赛前,老六一脸神秘地把宿舍门关上,从他的柜子里倒腾出来五个鞋盒子。是的,是五双上好的篮球鞋。只有这家伙的努力没有白费,他真拿到奖学金了。

"兄弟们加油,今天这鞋虽然我白搭进去了,但你们是最棒的!永远年轻,永远热泪盈眶,永远虽败犹荣!"老六说。

你一定还记得吧,我们最后一场比赛打的是同届的韩语专业,前三节我们僵持着比分——三十比六十二,只落后三十多分。第四节开始了,他们换上了替补让主力休息,你说这是机会,我们要抓住。可是打了那么久没休息,你的突破已经颇像现在的哈登了,踩着两团棉花一样在对方的内线里左突右晃,只不过骗不到一个犯规。老二投篮姿势已经变形得像奥尼尔的罚球,命中率则更像。老三好不容易抢到一个前场篮板,却死活找不到篮筐。没办法,他是那种你只要在篮筐下放个椅子他就不知道怎么把球放进篮筐的弱智型内线。老四在外线运球一次次假装纳什"no look pass"妙传，可惜我们没有小斯，只得和对手一起一次次默默看着篮球飞向篮板后沿。

"投进去啊，老五，一定要！"终场哨响之前，你把最后一个球扔进了我手里，大喊道。

夕阳像垃圾一样涌进我眼眶，汗水已经模糊了我面前的一切。我屈膝、蓄力、跳起、手臂舒展、左手扶球，右手手指稳稳地把球拨了出去。

球稳稳地，稳稳地……落在了你的手里。

又是一个"三不沾"。我去他妈的。

理所当然的，我们依然是最好的兄弟。同样理所当然的，毕业后没几年，我们兄弟六个逐渐断了联系。

贰

多年以后，我来到了北京，在生活中变成了一个越来越不懂生活的人。我经常会想起你们，但除非喝醉，我绝不会主动和你们中的任何人联系。这些年，生活让我不再敢去联系那些见不到却每每想起就心头一紧的人，更何况是一群五大三粗、过得好好的、让人矫情不起来的大老爷们。

有一天，苦闷极了，我无意中走进了一个体育公园，买了票，坐在篮球场旁边看别人打球。场上高手云集，有个投篮特别准的小子一下子抓住了我的眼球。天快黑的时候，他们正好缺了一个人，非让我上场。上来没多久我自我感觉良好就投了一球，打铁了。那个投篮很准的队友抓住我就骂，说我打球怎么这么独，懂不懂篮球是团队运动。我顿时无语了，只好像个傻子一样跑位，防守，直到天黑透，没有敢再一次出手。我失落极了，甚至比进来的时候还要难受。

那是我第一次在北京打球，走的时候才看见那个公园叫东单体育公园。

搬到学院路以后，每逢周末我都要去各个大学逛逛。走在那些我们考不上的好学校里，我怀念的却是我们原先每天诅咒和拼命想逃离的破学校。每到一个学校，我都会第一时间找到它们的篮球场。看着篮球场上青春四溢、生龙活虎的大学生，我会点根烟坐在旁边看着他们挥洒汗水。多么熟悉的一幕，他们也单纯地为篮球开心、奔跑、呼喊、流汗、跳跃……跟曾经的我们是那么像。也许吧，生命中任何东西都不足为奇，就连那最璀璨耀眼的青春时光也是人皆有之、人皆失之。终有一天你会发现，所有人的生活都是高度类似的。刚开始，下班以后我都会拿着篮球到北航球场自个玩一会儿，出出汗，散散心。有一天我终于敢上场了。有一拨人喊我：同学，别光自个玩啊，篮球要一起玩才有意思啊！

慢慢地，我喜欢上了跟大学生在一起打球的感觉。仿佛只要不要脸，我就还能在他们的队伍里冒充几年大学生。

我遇见了一帮又一帮大学生菜鸟，他们不嫌我喜欢投三分，也不嫌我年纪大。每当我满场飞奔，恍惚间觉得那些时间还没彻底走远。当那些年轻的面庞把球传给我、信任而期待地看着我时，有一股莫名的力量促使我跳起投出那一球。

就这样，三年过去了。

那一年夏天，北航篮球场翻修，我开始寻找别的场地。北科大、北医大、林大、矿大、地大……几乎学院路的每一所大学的篮球场我都在上面流过汗。再后来，我开始寻找更远的球场，那些在小区不容易被找到的野球场。每发现一处新地方，我都会开心不已。但我不想固定在一个场地打球，或者说我不愿相信经常一起约球、打球的陌生人的友谊是友谊。

在野球场四大怪"灵活死胖子、矮壮篮板怪、勾手老大爷、高瘦远投王"都悉数经历了一遍之后，我的球技有了一些进步。但我最喜欢的还是拉到底角投三分。

北京的球场上总有一些奇怪的人和事。

最常见的骗局就是来了几个新人，嘴里谦卑地说"加一拨可以吗，我们几个都不会打球哎"，结果就是今天别的"会打球"的都得轮流下场休息。

还有一些头戴发箍、身穿名牌、脚蹬最新款篮球鞋的小年轻，装备优良，球风炫酷。他们往往还会背个超大的运动包，里面带着两双鞋，至少花二十分钟换装备。上场以后，要么低头运球眼里只有篮筐不传球，要么一碰就喊"犯规"。这类朋友的杀伤力往往都集中在场下——通常打完球之后都会有漂亮姑娘在场边等着他们。

有一些穿戴平淡的中年大叔，貌不惊人，篮球招式也稀松平常，但往往投篮都神准，防守的时候也很会利用身体。但看着他们打十分钟休息二十分钟的疲惫样子，我害怕自己打着打着也会成为这样的大叔。

那些不传球的人最喜欢在投丢了以后大喊："我的，我的！"然后发誓说："今天没手感，再也不投了！"可是球一旦再次到他手里，你听到的依然是"我的，我的！"

球场上，我最烦的是一直叨叨说话的那种人，仿佛球场上所有人都是他的哥们，不是来打球的，而是来聊天叙旧的。嬉笑打闹代替了一切用球说话的球场规矩。这种人往往还喜欢对队友指手画脚，分分钟化身暴怒的波波维奇。这些人都有一个共同点：他们都很自信，身边有一帮兄弟，明显不孤独，或者说孤独得不明显。

你一定还记得吧，那天我给你打电话说我在球场跟人干架了，就是遇见了这样的队友。你慌忙问我挨打了没有，然后又自问自答，肯定挨打了，你这么怂。不知道为什么，和你聊着聊着我就把电话挂了，过了一会我又把手机关了。不知道多少年没哭过了，当然那天我在医院的走廊上也没哭，只是无意识地掉了几滴泪。跟我打架的同样是在附近住的外地小伙，此刻正在治疗室缝他的眼角，而他的兄弟们正在门口等着他，也有可能在等着打我。我捂着自己肿痛难忍的脸等着赔他医药费。我嘴里全是口子，感觉有好几颗牙都松动了，可是医生看了看说没事。

我不知道是繁重而无聊的工作让自己脾气变得大了，还是经历了所谓的成长。或许根本就是我嫉妒他们永远有一群朋友一起打球。反正那一架打完我没有一丝后悔，从医院出来的路上感觉爽极了。那小子看起来也过了某种瘾，分手的时候我们还互相留了微信，约定以后再一起打球。

就是晚上一个人回去的时候有些孤独，如果有一个人，你们中的任何一个，哪怕是已经改邪归正的老六，陪我走回家去，那一天对我来说就太完美了。

你一定还记得吧，我们在学校的时候也跟别的学院的对手干过一架。那天的比赛我们完全是被虐杀的。他们一个专业有一百多个男生，有一大半都打球。我们总共只有五个。不知道这种比赛我们哪来的勇气参加的。刚开始说是切磋一下，上了场就不一样了。加上来了不少为我们助威的女同胞们，这帮平时见不到姑娘的工科生更来劲了，仿佛狠狠打败我们，在某种程度上就等于征服了她们。

我记不清到底是谁先动手的了，反正看到老三倒地之后，你们就一哄而上了，像几只不怕死的小蚂蚁扑向一团大青虫。球场下面的对手刚开始没反应过来，等他们反应过来之后，潮水就迅速淹没了小蚂蚁。我被人群挤到外面，因为怕出事，我就往保卫处跑。在校医院看到你们都没事，我试着安慰你们。

"你不能一直这么怂，兄弟们都在这儿呢，你怕什么，你跑什么?!"你甩开我的胳膊，冲我大喊。

叁

你一定还记得吧，今年是我们毕业的第六年。可笑的是，因为老二结婚，我们才在上海第一次聚齐了。毕业的时候，我们约定无论如何每年要聚一下的。临走那天下午，我借着酒劲提出，我们找个地方打场球吧。我看到你怔了一下。

最后我们只找到了一个小区的水泥场。皮鞋，凉鞋，帆布鞋。西装裤，牛仔裤，紧身裤。衬衫，西装，休闲服。你们一个个久疏战阵，我们依然只能二对三玩，老六依然坐在旁边看着我们。但那又如何，我都开心得都快要忘了，篮球除了和随机遇见的陌生人组队假装磨合明争暗斗，还能和一帮兄弟亲密无间一起玩得这么开心。

直到车次和航班把你们一个个带走,最后只剩下我和你的那一刻,我才意识到原来在这个世界上我还有这么一帮好兄弟。

"老规矩,我们斗牛吧。"你说着把球扔给我。

在连赢了你五局之后,看着蹲在地上气喘吁吁的你,我确定我们的篮球水平已经不在一个水平线上了。我为自己球技的进步而感到万分难过。

天慢慢黑了,夜色像往常一样降临,昏冥围困着球场,一千瓦的大灯上萦绕着几只孤独的蛾子,而旁边两个人斗牛的声音,挺像我们这些年没有见面而偷偷发生的声音。回去的路上,我们没有再聊起篮球的事,而是像刚认识不久的朋友那样问了对方许多世俗的问题。你拿着球走在前面,我在后面默默跟着,好像我们不是要去车站,而是我们刚刚又输了一场球赛而已。之前我们已经输了很多了,但我们还年轻,还有梦想,还有很多事情可以做。

"你知道吗,我好多年没玩过篮球了。工作实在是太忙了。每天下班之后,我只想躺在沙发上看电视,看那些不需要过脑子的垃圾玩意儿。周末我会陪老婆孩子去商场玩,或者就在家,我们一起做饭,享受我们的三人生活。对了,我儿子都三岁了,哪天见见你这个好叔叔。生活嘛,生活就是个慢慢受锤的过程,我的一个球——篮球早就这样被锤掉了。希望你的事业成功,过得好,活得开心,兄弟。"在候车室,你最后对我说。

火车上,我又想起那场比赛。

终场哨已经响起了。你还是拼命从人缝中把球甩给我。

"投进去啊!五!你可以的!"你再次喊道,声音里浸透了绝望。

我知道你为啥非得让我投进去,因为最终我们的得分定格在三十八，太不吉利了，本来就有很多人说我们是外语学院的"女篮"。

那天比赛之后，我们没有像往常一样一起借酒浇愁，而是各怀心事，在宿舍里用持续不灭的烟头和前所未有的沉默互相埋怨着彼此。后来，你带头一个人先走了，他们也陆陆续续走了出去，就像夜的怪兽伸着利爪从我们的巢穴里一个接一个将我们抓走、吞掉一样。那一晚，我们各自不知所踪。

我曾听老二说，那晚你用剪刀把我们的篮球剪碎了，自己一个人在宿舍楼顶吹了一夜的风。虽然我们的篮球就此失踪，但我始终不信你下得了手。

我想应该不至于，我们都是习惯失败的人，又怎么会在乎"再失败一次"这种虚无缥缈的东西。

真的没关系，即便生活让我再失败一万次，我也会爬起来，站好，蓄力，尽我所能，投出手里的球。我们的青春早已不知去向，而你随手扔给我的烟瘾和球瘾都还在我身上流淌。不管你还有没有拿起篮球的机会，我都希望你还有再次仰望篮筐的勇气，即便我们再也无法并肩。

我一定是世界上最矫情的人，现在居然还记得这些事，还写了下来。

痛，溃堤以及不幸的诗意

文/王瑞

城市的三条河流在前方忽然汇聚成一片薄薄的沼泽。浮冰或者一只巨大的透明的蝠鲼扑向我的膝盖。浮冰，膝盖。我像刚被插入泥水的禾苗，感受着大地鱼尾般的颤栗。

不远处的水面上漂浮着破旧的布艺沙发、红色塑料小轿车、泡得发白的书籍、大捆的绝版纸币以及大量的过期的铝箔胶囊，它们颠簸着向我进发，好像刚刚在城里喝醉的一只舰队。

河流开始在那个灼亮的时刻变得浑浊。几个涌泉泛起黑色的水花，另外几个涌泉泛起绿色的水花，更多的涌泉泛起铁锈色的水花。大片浓酽的油污莲花般一圈圈扩散开来。一座座失控的小型钻井平台。

城市的废水流过我的双腿，我感觉到锉刀或者水草游过的刺痛。它们留下了无数细密而狭长的卵形伤口，为即将闻讯而来的蚂蟥预埋下无数亲吻。没有一片好心的叶子准确地为我止血。我不停想象那些鲜嫩伤口被城市的废液舔舐。那些在黑暗的水里永远无法结痂的伤口,初生的芦苇一般,永远无法将春天愈合,却反过来开始舔舐城市的废液。液化的流动的伤口。

乌云继续压榨着城市的汁液。饱含细菌病毒的污水流经我的木头,在一分钟内,我相继感染上十万种急病和一种慢性的疼痛。如同被剖开被玷污的白玉,或者被放弃的未缝合的绝症病人。

发光的城市催眠着不存在的岸。

水慢慢退去。诗意的卵石不幸地渐次露出。

水龙头和一滴水的故事

文/王瑞

从前，有一只水龙头，它在一个大院里掌管着一个小水塔，人们都得从它那打水。有一天，它觉得自己爱上了曾经流经它身体的一滴水。于是它趁着夜色，忍住一切疼痛，把自己活生生地从水管上拧了下来。

它从没有离开过水管，它的身子锈在上面了，所以它流了很多浑浊的血。但是水很大，把它冲得干干净净的，也把它逃跑的痕迹冲散了。在院子门口，它回头听那些嘈杂的咒骂声，也听到了老奶奶的叹息。老奶奶说，多么好的小水龙头，它从来不漏水，也不上冻，它只会静静地淌水，在冬天或夜里也是这样。

它跑到了河边，按照约定，它见到了另外一滴水。另外一滴水指着那条波光粼粼的大河说，她可能在这条蜿蜒的主河道，也可能在其中任意的一条支流。她可能在稻田的蓄水池，也可能在麦地的灌溉渠，还有可能在即将干涸的玉米地。她可能在村庄的胃里，在云彩的眼里，在杨树的手里，在西瓜的心里……总之，她可不好找了。

"没事的！"水龙头说，"我相信她就在不远处，只要她没有逃离大气层逃逸到外太空，我就能找到她。你知道，我可是黄铜的水龙头。上天下海都难不倒我！"

执着的水龙头把地上的江河湖泊翻了个遍，日夜寻找那一滴不知身在何方的水。蛇鱼虾蟹见了它，总是扭头就走，水草浮萍听说它要来了，也都拼命往淤泥里钻。好心的鹭鸶们问它，你要找的那滴水到底是什么模样？她一定是一滴漂亮的、忧郁的、让人难忘的水。

水龙头听了鹭鸶的问话，兀然悲伤起来。因为它这才发现，它也记不得小水滴的样子了。它花了这么长的时间，竟然在找一滴已经记不得样子的小水滴。那天，它不得不悲伤地停住脚步，重新审视自己的所作所为。它爬上岸，一整天都不说话，默默接受阳光的冻伤。

傍晚，它遇见了一只旋转喷头。它正在喷灌一大片野牵牛花。水龙头问它为什么独自一人照料这些花儿。旋转喷头说："在那片玫瑰花园，我得小心谨慎地旋转，以免激伤那些高贵花的花蕊。后来我的脖子和腰都伤了，我成了一块漏水的废塑料。但在这，你看，我可以旋转，跳跃，甚至飞翔，我真快活，是她们一直在照顾我。"

看着那些紫色的花朵，水龙头忽然记起了小水滴的模样。如旁人所说，她确实是一滴漂亮的、忧郁的、让人难忘的水。很多年前，在那个寒冷的冬天，她躲进了它的阀门，她冻得直哆嗦，不停地问前面的水滴什么时候轮到她出去。大家都被她问烦了，但是看她楚楚可怜的样子，没有一个人抱怨她。只有水龙头知道外面有多冷，今天所有逃出去的水都冻成了冰碴子，它的嘴上悬挂着一大串水滴的尸首——一个长长的冰锥。

院子里的人都以为它冻坏了。不断有人拧它、打它、骂它，还有人拿开水烫它。但它就是不肯吐口，它固执得像是水坝上的大闸。第二天，天气暖了，它才如释重负，放出了哗哗的水，氤氲的白气中，小水滴不见了。

"小水滴在哪呢？"水龙头站在沙漠的中心，问一棵仙人掌。

"我不知道。我已经十几年没见过任何水滴了呢。"仙人掌说，"你若是渴得慌，你就应该去大海。这里是水滴的坟场。我可怜的小铜管。"

水龙头这才发现自己已经被寻找磨损成了一根小铜管。风沙甚至未经允许就吹奏起它，蜥蜴也爬进它的心里躲避骄阳。但它接受了仙人掌的建议，它要到大海里寻找那个小水滴。

临死之前，它遇见了不锈钢的、镀锌的、高分子材料的各种水龙头。它们也都在海底的淤泥中等待腐朽和死亡。

"嗨，小破铜片，你在那翻腾什么呢？水都被你搅浑了。"

"我在找一个小水滴。"

"哈哈，它在找一个小水滴。大家听到了吗？一个将要淹死的小破铜片在找小水滴。"

"是的。但这就是死去的意义。"

除夕拜山

文/寒露

过年回了趟老家,从腊月二十八待到初三。后来看到爸爸写的一首诗,鼻子酸酸的:

> 树稀不成林,茅蒿没膝深。
> 箔燃坟头草,炮惊长眠人。
> 但见土几堆,难辨富与贫。
> 回首夕阳远,年过半百身。

我爸十几岁就离开老家,在 D 市求学。毕业后留在 S 市工作,结婚生子。起初几年,公司有探亲假,还能时常回去看看。到后来,探亲假被取消,回老家的时间就渐渐地少了。

在我小时候,跟着爸爸回过两三次老家。

有一次，是在冬天。冬雨连绵不绝，老家的泥路烂得不成样子。我们深一脚浅一脚地踩在路上，鞋底的泥有一厘米厚。到达老屋，我们在条凳上坐了一排，用竹片刮掉鞋底的泥，再用手帕擦，试图让它恢复原状。但我的白鞋子粘上黄泥后再也擦不干净了。

有一次，是在深秋。我和我爸坐的长途汽车在半路抛锚数次，不得不在路边一个很小很破旧的旅店下榻。电视机打开全是雪花，墙壁脏得看不出本色，沿着踢脚线的一圈苹果绿，上面写满了乱七八糟的字。

被子是灰扑扑的，枕头下塞着臭袜子。我和我爸一边苦中作乐地唱歌，一边努力入睡。

有一次，是在夏天。我穿着新买的格子衬衫，带着一口袋糖果，蹦蹦跳跳走在乡下。到老屋门口，叫门没人应。问了邻居才知道，伯父一家都出去打工了。那几天我们在其他亲戚家轮流住，幺爷爷摆酒席，喝了一顿酒下来老人家痛哭流涕："小佳，你爸爸争气，你爸是我们这里的状元啊！"

我爸喝得有点站不稳，他咧着嘴，像哭又像笑，声音有些哽咽："幺爹，你别说了，你再说我都要哭了。"

那些年，老家的生活条件真的很糟糕。没有好走的路，没有好吃的菜。但是他们再穷都保持着那份热情，去河里捕鱼，做荷包蛋给我们吃，走之前还给我们装上满满的淀粉和鱼干……

那些年，我每次回老家，带去的糖果都会被抢得一干二净。平日里时常能吃到的大白兔和核桃软糖，在乡下就是美味珍馐。姐姐哥哥们害羞地接过我的糖果，带我去山上摘桑葚，带我去掰向日葵，带我去荷塘抠藕，带我去抓泥鳅……抓泥鳅的那天晚上，我们打着手电筒,光着脚踩在软软的泥土上。一个小妹妹贪玩,脖子钻进了鱼篓拔不出来。她着急得大哭,大人们围着她笑。

再后来,我就很少回老家了。

因为要读书,没时间。因为要工作,没时间。因为老家的人越来越少,大家都出门打工了。那个钻进鱼篓的小妹妹,家里出了变故。父亲打工出车祸死了,爷爷病死,妈妈改嫁。我只是从爸爸口里辗转地听到他们的消息,然后一阵唏嘘感叹。

我爸说:"今年回老家过年吧?"

我说:"好啊好啊。"

老家确实是凋敝了。很多人在外面打工挣了钱,就在街上买了房子。留在村里的,都是老人。田地荒了,老屋塌了。子女想接父母去街上住,却被老人拒绝了。

幺爷爷说:"房子要有人气,才不会塌啊。"

我家的老屋,已经有近十年,没有人住过了,早就烂掉。我爸走进堂屋,看着天地君亲师的灵位,看着那张八仙桌,眼眶红红。他再走进过去的卧室,地上一堆烂掉的练习本,一个孤单的旧衣柜。柴房完全塌掉,水缸里积满了雨水,长满了青苔。我爸的声线有点不稳:"这里,怎么就这样了?"

伯父笑:"没有人住了嘛,正常的。"

我爸说:"以后把它修起来吧。"

伯父说:"谁还修这个?要修,等你退休回来修。"

我爸半是玩笑半是认真地说:"好啊。"

在这里,我爸度过了他的童年时代和少年时代。可是,回忆诞生的地方已经是一片荒芜。

家里的亲戚出门打工，大部分都已经发达。

他们抽的烟比我爸的好，喝的酒比我爸的好，住的房子比我爸的好。他们的孩子，开着漂亮的汽车，没有读过书，但说话中气十足：

"上次那个工程挣了多少钱？"

"不多，五六万吧。"

再也没有人，叫我爸爸作"状元"了。

我见到了那个鱼篓妹妹。妹妹复读高三，去年考上一本，没有走。

大家说："你干啥复读，能走就走了呗。"

妹妹认真地说："我不要。我要考北大。"

妹妹一脸倔强，她看着我，说："我要比小佳姐姐考得还好！"

我爸说："努力就好了，其实考不考得上好大学，和以后挣不挣钱没多大关系。"

旁人说："哪里啊，你挣得比我们多多了！"

我爸说："那是十年前。现在，你们才是有本事的人啊。"

我偷偷地瞧妹妹，妹妹把头别在一边，不去睬他。

那天下午，我们用背篓背着香蜡钱纸，去山上扫墓。

一片片的坟地，埋葬着先人。

我爸说："这上面以前经常冲死人骨头下来，我还拿着死人的大腿骨玩儿呢。"

我说："不害怕吗？"

我爸说："都是家人，怕什么？"

我爸一路走，一路指："这条河，我冲过澡。那条路，曾经撞过鬼。这片田,我偷过花生。那片竹林,挖过笋……"

山风,鸟鸣,阳光正好。我爸精神高涨,就没停过嘴边的话。

抵达墓地时,他却沉默了。

坟地没有人修整,都长满了杂草。两个已经快平了的小土丘,里面埋着我的爷爷和奶奶。

爸爸二十二岁丧母,二十五岁丧父。他经常开玩笑,说自己是孤儿,我外婆是看他可怜,才让他留在我家的。

爸爸放过两挂鞭炮,再点香蜡。最后开始烧纸钱。

我们带了好多好多纸钱,整整一背篓。他好像生怕烧不够,拼命地撕手头的纸钱。

那些纸钱熊熊燃烧,烧过后的灰烬,带着红边,被风卷上高空,落下来又引燃了茅草。

我爸红着眼睛拿着一根树枝抽打着山火。我看着他在夕阳里的背影,突然就觉得,他老了。

屠户

文/圣达迦

寄身 小邑试牛刀,燕市遗风气尚豪。不屑人前较斤两,任讥案侧论皮毛。追魂还看挑和剔,染指羞谈脂与膏。堪笑股民狂割肉,何如大嚼醉酕醄。

壹 轮回

我是一名杀猪人,俗称杀猪佬、屠户、屠夫。我从小就是一名孤儿,听师傅说因为我天生一字眉,皮肤黝黑,鼻孔朝天。农村总是这样封建迷信,所以我被送到城北的屠户家寄养,说是寄养,其实我知道他们本就没打算领我回家。就这样,我从小屠户变成了老屠户。虽然我长得丑,但是我在这一行的生意最好,因为我比我师父杀猪的技术还好。我跟师父姓,姓朱,人称朱一刀,因为我杀猪只用一刀。每天很多人都来看我杀猪的绝技,因为我的刀杀的猪都是面带笑容死去,所以我的猪肉最鲜美、肉感最好。

每日晌午时分,我的猪肉摊都会准时关门,因为我每天只会杀一头猪。没人知道,我晚上都会做一个梦,一个关于一头猪的梦。每日关门之后我都会走到城南,那里有个茶铺,有个落榜的破落书生在那说书。记不起哪天,我见他被茶楼的伙计赶了出来。其实我在这听说书是因为我觉得他说的内容与我的梦有点像。于是我决定从我的梦中截取一段给他。他姓无,百无一用是书生的无。我用了七天给他说了一只猴子的故事,然后花了几个钱让他在茶楼继续说书。后来,不出所料,他的茶客越来越多。于是他就开始出书,像后世那些书生一样,吹牛吹着吹着就开始出书。他说我成就了他,他承我的恩。于是他改名承恩,无姓不好,改名为吴。

贰 苏河

盘古开天地,共工怒触不周山,女娲补天造人。巫妖之战,大地被人族统治,一片歌舞升平。

我姓苏,名河。我所在的王朝为夏,我不懂什么是家天下与禅让制,我只知道桀,是个好王,他文治武功。他的祖先禹让我们不再每年为洪涝灾害颠沛流离,我们日出而作日落而息,过着吃饱穿暖的生活。那年我十二岁,爹说已经养好了几头大母猪,三头牛,给我说了一门亲事。她是隔壁家的二小姐,叫溪。我们同年同日生,所以从小青梅竹马。做过最浪漫的事,无非是我拉着她的小手满山地帮她寻一朵山花。她说她最喜欢淡黄色的花,带着清香。她说谁能找到就嫁给谁,为了这句话我已经几年没跟她说话了,因为我找啊找漫山遍野都找不到,我只能羞她。听了爹说的媒,我既高兴又困苦。

十三岁,距离娶她的日子还有半年。为了她的那句话,我毅然地抛弃家中老父老母去外面去寻找她说的那朵花,我希望我们的新婚是幸福的。那年大地干裂,妖族太子的灵魂突破上古封印,在天空形成了太阳。天空中的两个太阳,令大地生机不存。我们的王拿出大巫的弓箭,化身后羿把金乌之魂射了下来。

常言:欲想其亡,必先使其疯狂。我的王桀不再文治武功,他认为他是整个人族的英雄。于是他便广招诸侯,兴建皇宫,收纳美女。小溪,作为我们封地最美的女人,被进贡出去。最终她还是没有等我回来。反抗,父母被杀,株连九族。世上只剩我和小溪两人,我只能想尽办法见你。

叁　谁是谁的霓裳,谁是谁的舞

手如柔荑,肤如凝脂,领如蝤蛴,齿如瓠犀,螓首蛾眉,巧笑倩兮,美目盼兮。

成汤是个好首领,我逃到了这个夷人部落,他们收留了我。那年成汤伐商,我作为他们的奴隶跟着他们南征北战。其实我本不是奴隶,他们说要加入他们的军队,就必须成为他们的人,做他们的人,从奴隶开始。

不知经历了多少年,我们最终在这场战争中胜利。庆功宴那晚,我作为小兵为大王站岗。是的,我做到了,经历九死一生的磨难,成为了他们的人，不再是一个奴隶。

那晚，我的目的达到了，在王宫中我又见到了你。我见你被大王抱着，然后在诸侯的笑声中翩翩起舞。那晚你穿着淡黄色的霓裳衣，挥舞着长袖。坐而陪君王，起而柔秀百媚生。月出皎兮，佼人僚兮，舒窈纠兮，劳心悄兮！你告退的时候，我们互瞥了一眼，我看出你的惊讶，你看出我的柔情。

那晚以后，我拿出征战所赏的银两，与二牛换了岗位。是的，我当值的地方离你住的地方隔七丈。我们不能说话，我们不能相认，因为伴君如伴虎，我们已经错了一次。每天我最幸福的时刻，莫过于你在梳妆台前，用粉底涂抹着那张羞花闭月的脸，然后对我笑着，如小时我们一起采花一样。

那日早晨，你偷偷拿了一张丝巾给我，上面写着：莫轻舞，一生轻舞，一生苦。我看了好久不知道什么意思，你知道我是个大老粗。没想到，这是最后一面，那晚你给上仙跳了一曲霓裳舞，上仙说你很有天赋，以后要继承她的位置。那晚我才知道，你被一个叫嫦娥的仙家带去了一个叫月宫的地方当宫女，那里有天下最善舞的舞姬，他们都有一个名字，叫做娥。

肆 一个人的战争

老师说：修仙求道只为自由于天地之间，与地同寿，与天共老。我不知道，怎么遇到老师的。只知道我想有你的地方有我，所以我辞去军士一职，去修仙求道了。二牛说，只有这样才能去月宫。我的老师是太上老祖的亲传弟子玄都大法师，我是玄都大法师的记名弟子。因为见到老师时，我求道心切，从悬崖摔下，只剩一口气。老师问我的名字，我说："苏。"老师听成了朱，然后给我赐名朱刚鬣。醒来后我和老师说："我姓苏，不是朱。"老师说："本就无我，何来你我。苏和朱都是一样，你性格刚烈，以后就叫朱刚鬣吧。"

山中修道不知岁月，父母走了好多年后，你走了，老师走了，我又是一个人了。封神之战，周伐商无道，天庭建立。天庭初建，上天之路开通，广招有识之士。我没有借着师傅的名号，身上又没有天材地宝，被分配到天河当了水军。天河水军，笑话。天河水军哪有立功的日子，妖怪都在地上，天庭妖怪哪敢上来。天河水军只不过是个摆设，一个玩物而已，除了一条陛下巡河游玩的小船什么都没有。

多方打听之下，我才知道，你在天庭的封号为：嫦娥。嫦者众娥之长也，位列仙班。我只是一个没有战功油水的天河水军军士。

什么是爱情呢，无非是和爱的人一起到老，可是我们不会老呀。所以我的爱情无非就是，在蟠桃宴上，坐着仙班的位置看你舞起霓裳舞，立下赫赫战功，向陛下求情让你下嫁于我。

经历八万三千五百年六十七天，我封号天蓬大元帅，位列仙班之首。我不记得我是怎么奋斗度过这些没有你的日子，只记得当时天河水军三十六个兄弟，现在战死剩三个。那时没有妖怪，我们便偷着下地界杀妖。渐渐地我们的战功越来越多，陛下也见怪不怪没有责罚我们私自下凡。我记得三场大战，第一场我努力把三十六个水军扩军四百，迎战九头邪龙，最后剩下四个天河军士，我重伤休息三年。第二场，水军扩军一万，攻打万妖国，杀死大妖两百，小妖十万。天河水军只剩两百，水军没有伤只有亡，我重伤休养十年。

第三场，牛魔王率二十万精军围攻南天门，李天王败阵，天庭无人迎战。我率五万水军出战，妖族伤亡十万，水军剩三千。兵器被打断，全靠师尊看不下去赠九齿钉耙重伤牛魔王，牛魔王率败军离去。获陛下赐封：天蓬大元帅，位及人臣。从此天河水军和天兵天将一样，享自由下界自由巡逻天界的待遇。

那年的蟠桃会蟠桃好甜，我把梦想完成一半。你站在众仙中起舞，一曲霓裳舞又把我心中的柔情唤醒。我从战争机器的人格中醒来，可是一将成名万骨灰，望着血淋淋的双手，这双手怎能拥抱你。那天你看到我，如同当初在商朝皇宫看到我一样。这也是我第一次离你最近看到你起舞的样子。

伍　逼宫　逼宫

往后的日子，每年的蟠桃盛宴我才能见你一回。我的天河水军成了三界妖魔的噩梦，你也成了我的噩梦。天庭是个无情的地方，每个神仙都是天道的人偶，他们不能拥有一丝感情。渐渐地我明白为什么当年老师说：天道无情。天庭是天道的代表，因为有了天庭，神、人、冥三界才有秩序。有了感情就会有贪污等各种龌龊之事发生，三界也将陷入动乱。天庭的玉帝是个好帝王，自己的妹妹瑶姬思凡，被镇压华山，外甥二郎神自立灌江口。作为一个将领有仙籍的我，受三界众神宠爱的你，天条成了你我最深的沟壑。

歌舞升平的三界，因一声巨响而打破。国之将亡，必有妖孽。傲来国花果山，一只石猴出世，打破三界的平静。这一年牛魔王结交他的五个妖族大圣兄弟，李靖无力压制九州妖族，魔界趁火打劫进攻三界。谁也没有注意，一只猴子成为这场浩劫的主角。从弼马温成了齐天大圣，下地府改生死，龙宫取宝。可是谁让人家有个好师父，我的师祖太上都维护着他，八卦炉给他炼成火眼金睛，金刚不坏之身。有时我多么希望自己是只猴子，可以这般任性。

妖猴捣乱蟠桃会，今年看不到嫦娥，陷入情劫的我怒火中烧。其实我看得很清，这只不过是大能们编排的一场戏，每个人都在等着看天庭的笑话，我也在看。天庭因为天条变得腐朽，玉帝提拔新生力量抗衡阐截两教，大能们需要敲打敲打他。一个好的君王在三界是不需要的，天庭只需要一个傀儡，一个听话的傀儡。

妖猴的功力已经大成，战神二郎神也挡不了，李靖的玲珑塔不再玲珑，四大天王变成了四条落败的狗。书上都说猴子是一个人闹天宫，我告诉你，不是的。牛魔王利用这只调皮的猴子，兴起妖仙之战。数不尽的妖族围攻南天门，每处地方都充满着杀戮。唯独我的天河还是一片太平，玉帝也知道这场战争没有打就已经惨败，作为唯一一支听令于他的精兵，天河水军被牢牢地捂着没有进入战场。

猴子进入了南天门，打到了凌霄宝殿，坐上了龙椅。说出了"皇帝轮流做，今年到我家"的豪言。玉帝知道自己已经被玩坏了，猴子被玩疯了，大能玩脱轨了。巨灵神受佛家怂恿，为了挽回被猴子打败的脸面，带着部下偷袭花果山，猴族几乎灭族。你试想想，你如果被灭族是什么情况，你家毁人亡是个什么情况。发狂的猴子是可怕的，妖族要恢复先祖的光辉信念是可怕的，两者达成共识，天地之劫来临。凌霄宝殿下，玉帝大叫："众爱卿，谁能擒此妖猴，解天庭危机，朕答应他所有要求。"

殿下众仙后退，二郎神告伤，好笑地看着自己的舅舅，李天王拉着冲动的哪吒，雷部闻太师眼观鼻鼻观心。无奈之下玉帝大喊："我天庭竟无一战之人？废物，废物，废物。天蓬，可否出战？"

我："陛下，水军镇守天河，无迎战之军。"

陛下："连你也不帮我么？你可记得谁提拔你？"

我："知遇之心无以回报，只要陛下能网开一面，把我青梅竹马嫦娥赐予我，我愿率水军出战。"

陛下："好好好，我最信赖的人，也在这时逼宫。你可知，你的一切都是我给的。没有我，你还只是一名只有三十六名水军的军士。"

我："我知道，所以为了报效陛下，三界因天庭水军，威震天下。陛下你也在天庭话语权更多，不用做一个傀儡。我这些年活着也就是为她而战。"

玉帝："好，此战胜利，你我君臣就是三界霸主，不再看那些老不死的面子。我答应你天河水军驻地，众将待命。"

我："这一战，是我的战争。你们可以不用陷进来。我死后，水军解散，你们加入天军。"

众："没有元帅就没有天河水军，元帅生则生，元帅死则死。"

我："好，打完这场我们水军休战，不再打了。这些年辛苦你们了。众将听令，天河水军全军出动，包括一切生命体。"

战争最后还是胜利了，玉帝认了怂，但不是向东方教。西方教如来收了猴子，镇压五百年。天河水军在孤立无援下全部战死，李靖最后带天军加入战斗，赢得胜利。

君心难测，帝王无情。玉帝最后为了向佛家妥协把天庭最后一支听令他的军队卖了，换来一场他所谓的和平。佛家代言人李靖的天兵天将成了最终的胜利者。我遭妖族六圣围攻，身受重伤。最终，最后一支天河水军为我断后而覆灭，天河水军不复存在。半残的妖族，被李靖包饺子，全部战死，六圣逃脱。天下又是玉帝的天下，是天道的天下，所有不和谐的因素都被和谐了。

陆　舞一曲霓裳，换一世轮回

天庭又恢复了平静，猴子被压五指山，妖族四分五裂，牛魔王整天沉迷酒色，闹剧结束。我醒来，望着天河水军的营地，静得只能听得到天河的浪花声音。这时我多么希望还有一名天河水军军士，然后我们再回到战场，再大吼着我们天河水军冲锋号：向前，军魂不灭，永不后退。这么多年，我们一起度过这么多磨难，从三十六人到了几十万，现在一个都不剩了，一个都没有了。

"天蓬，玉帝宣你私下觐见。"

我："太白，你知道么，后世有一种游戏，《魂斗罗》，那种只能向前不能后退，后退就死的游戏。这些年我一直在玩这个游戏，是我害了他们，我害了这几十万将士，这一切是我错了么？"

太白："我是太白金星，你是水军军士。你是天蓬，我还是太白，你现在这样，我还是太白。你给了他们荣誉，他们给了你他们的生命。这世上本就没有错，说错的人多了，对的也是错的。所以错只错在你太执着。"

玉帝："这些年，好像咱君臣俩都没有好好地聊过。趁着今天好好叙叙旧。你知道么，初次听到你时，我只是觉得好玩。一个天河水军军士，带领着没有装备的下等士兵去下界杀妖，好笑。为了看这场戏，我偷偷下令准你下界。后来你给我的惊喜越来越多，天河水军也成了我执掌三界的利剑。封你做天蓬，我以为你会满足，没想到做了天蓬之后你的野心更大。蛮族，妖族，异族全被你压着，你发明的天罗地网让三界所有不属于天庭的势力胆寒。有时我在想，你都位及人臣，修为也到达别人无法高攀的地步，为什么还这么努力？现在我明白了，原来这上天的目的是嫦娥。可笑，压得三界胆寒的天蓬，竟是为了一个女人。为了一个女人就把他们杀得胆寒，哈哈哈哈哈。"

我："陛下……"

玉帝："行，不用说了。我都查清楚了，你现在可以去广寒宫了，然后回来领命。"

广寒宫，没想到最终我还是来到这个地方，不是以新郎迎娶的身份，而是以一个败军之将的落魄之姿。望着那个穿着淡黄霓裳的身影，我叫道：

"小溪，我来了。我是苏河呀！"

嫦娥："河，玉帝说你会来。你终于来了。"

望着这个即便哭起来还是很美的女人，这个相隔几百年终于相见的女人，一直都属于我的女人，我笑了。我忽然觉得，所做的一切都值得了。

我："溪，我找了好多年都找不到你说的花。"

嫦娥："不，其实你早就找到了。那花不就是我么。"

我："能只为我跳一支舞么，这些年来，我都没有好好地坐下来好好地欣赏你的舞姿。"

嫦娥："等我画一下妆，好么。"

望着小溪，哭一下肩膀抖一下，一笔画下去又涂抹去，再画一笔不好又涂抹去。我的心中莫名地不是滋味。

嫦娥："河，我画不好了，画不好了。画了几千年的妆，不知为什么今天画不好，我这样是不是很丑。"

最好的化妆品不是胭脂水粉，而是哭了之后，脸上泪水与胭脂粉的混合物。一滴滴泪水顺着眼角流下，划过胭脂粉。这时我只能用可爱一词形容，也不知为何就是这么觉得。

我："不，现在很美。能为我跳一支舞么？"

莫轻舞，一生轻舞，一生苦。画清妆，起霓裳，不为君王舞，只为赢君笑。随着歌声，她慢慢起舞。这舞姿比以往都漂亮，歌声比以往更加动人。

还没舞完，她就倒下了。我将她抱在怀里，看着她的容颜，我准备把剩余的仙力输送给她。

嫦娥："不，不用了。我喝的是太白给的神仙醉，专门赐给思凡的神仙的。"

我："太白，啊啊啊啊……"

嫦娥："不要怪他，是我去求玉帝见你最后一面的。我知道你为我输了一切，我想着是我应该为你做些什么了。一直都是你付出……没有我，你会活得更好。"

当我怀里的女人没有呼吸的时候，我人生第二次流下眼泪。我以为父母死后我不再流泪，即使输掉了一切我也不会流泪，但是没有想到……

太白："天蓬，走吧，该回去复命了。"

柒　缘起缘灭

玉帝："天蓬，你醉酒闯广寒宫，调戏嫦娥可知罪？"

我："臣知罪。"

玉帝："你以前战功赫赫，为天庭鞠躬尽瘁。可是天条不可改，现将你贬入轮回，投胎畜生道，可服？"

我："臣，遵旨。"

轮回六道前，望着这个九五之尊的男人，这个我可为之死的男人。我知道他有他的无奈，可是，为何要这般折磨我。

玉帝："天蓬，你我君臣之情，我送你最后一程。我知道你恨我，可是我也只是天道的傀儡而已。其实你才是天庭当之无愧的战神，天庭因你让我看到一线生机。可是错就错在你太优秀了，佛门设计要你去完成一件大公德的伟业，到时你也会成正果。嫦娥不是我害死的，是她自愿为你而死，她不死你就永世沉沦，忘记自己的过去，所有你努力的法力、地位都会离你而去。你应该感谢她。"

接下来的事，大概你们都可以从那个破落秀才的书里得知。我下界成了猪妖，找到小溪的转世高玉兰，后来被老和尚拆散，西天取经。九九八十一难，桀骜不驯的猴子变成了斗战胜佛，佛门的奴隶打手。卷帘太低调，佛门没有调教成功，只得一个罗汉位，白龙靠着祖先留下的血脉成了八部天龙，一个拉车的。我，风流倜傥的天蓬元帅，被改造成一头丑陋的猪。我是猪八戒，把所有的人性恶表现得淋漓尽致，成了净坛使者，一个吃人家剩饭的破落户。

小乘佛教，在度己在度人。大乘佛教，天下众生皆可度，放下屠刀立地成佛。可笑，这群面慈心恶的家伙。西经取完，我回高老庄，高老庄已经不在，破落于战火之中。可笑，我留下的阵法怎么可能是凡人可破，佛家一手好算计呀。

  无情无义之徒，无牵无挂之辈，才可成佛。诸神黄昏，天道最终还是被这群人玩坏了。世上不再有神，有的只是神话故事。但不管怎么样，佛门还是想度我。我成了屠户，嫦娥被佛家算计投胎成了猪。他们觉得我最终会醒悟，成为像他们一样的人。为了生活我不得不每天杀猪而活，但我每天只杀一头猪，不富裕不落魄。每天杀着自己的族群、感情、爱人，在磨灭自己的感情中存活，我想放下屠刀，但我更想活着记住这一切。每天我都会做一个梦，一个关于一头猪的梦，梦里有个老和尚总在劝导我，放下屠刀立地成佛。

  我是一个屠夫，一个杀猪为生的屠夫，我经常做一个梦，一个关于一头猪的梦。

岁月静流

文/慕霓

许小山, 三岁丧父,其母改嫁,年幼失怙,族亲同养。

他说,记忆里儿时的村子早就模糊不清了。六岁便被叔伯从县城送来武昌城里做学徒,至十二岁,离开裁缝铺,入了归元寺,出家做了和尚。

晨钟暮鼓、青灯古佛的日子过了数年,十八岁时,他归俗离了寺庙,也离了这待了十余年的武昌城。背着包袱,走南闯北。

他向北到过通化,向南走过羊城,辗转多年,当过兵、跑过堂,读过书,流过浪……

这么飘荡了七八年,及至二十五六,终于回到故乡,进了一所国民党办的学校,做了一名教书先生。

至此,本该归于平淡了。有了一份稳定的工作,寻到一个情意相投的姑娘，开始一段寻常又安然的恋情。

时光缓缓，岁月漫长。

然而到了而立之年，漫天阴云蓦然笼罩。一九五七年，全国上下开始反右整风运动，漂泊半生、难得安稳的他，又一次被命运的手推进沉浮的巨流中。

"我们分开吧。"

"为什么？你是害怕连累我？我……我不怕，许小山我不怕！我等你……让我等你好不好？"

"你……别等了，听家里的话，找个本分的人嫁了吧。我……我这一去，谁知道什么时候回来呢，说不定，说不定就……唉，我走了，你别等，别等哎……"

就这样，他别了情投意合、已谈婚论嫁的姑娘，进了农场，接受"改造"，这一离开，就是五载。

杨西荣，幼年寄养于大户人家，青年丧夫后回到母族，族人护佑，买卖杂货，养育儿女，寡居乡间。

幼女方一岁，丈夫便患病身死，她带着年幼的儿女，离开县城，离开这嫁人后生活了数年的喧闹码头，回到母族所在的洑水镇。

赖母族庇佑，她盘下一个杂货铺，一晃十多年，就这么把一双儿女拉扯大。

这十年里，她收留过地下党，偷偷帮着送过情报，攒钱送儿子念了私塾，女儿也及至豆蔻年华……

这一晃，就迎来了解放。日子好像开始变好了，读过书的儿子进了学校做了老师，女儿也去了学校学习文化，家里甚至有了几亩薄田，相邻和睦，族人良善。

直至女儿小学毕业，已到了谈婚论嫁的桃李年华。不少长辈热情地踏平了门槛，她却关起门，和女儿促膝长谈。

"今天你六叔又来问我了，你想好了没？你是想去大伯介绍的那厂子里工作呢，还是有别的打算？"

"我……我想继续读书。"

"你真的想好了？你啊，也到嫁人的年龄了，都十九了，看看咱村里哪个姑娘不是这时候嫁了人、安安分分过日子的。你这一读书，年纪可就耽误了……"

"可……可我是真的喜欢读书！娘，老师说了，我的成绩上镇里的初中肯定没问题的！"

"哎，既然你想读书，就读吧，娘供你读……"

就这样，等女儿中学毕业，进了镇里的小学做了老师，却也真的一语成谶，耽误了年纪，成了老姑娘。

"我叫江尔云，江水的江，尔字辈，云朵的云。是你们新来的语文老师，大家可以叫我江老师。"

耽误了年纪、找不到好婆家的老姑娘，在母亲的支持下，在哥哥的埋怨声里，在村子里复杂的议论中，走上讲台，眼里却有着满足的光。

一九六二年，反右的热潮已渐渐平息，批斗与"改造"也慢慢减弱。许小山终于从农场归来，却发现当年的恋人早已嫁为人妇。

他没有一丝一毫的失望怨怼，当时说别等，就是真的不愿她苦等，不愿她年华空负。可已为人妇的女子，却总也挥不散辜负誓言的愧疚。

相识多年，虽再无爱恋，他与她的家人，却已是至亲好友。

看着自己家庭和美，而曾经的恋人已近不惑之年，却仍孑然一身，她心里的愧疚、遗憾、悔意蔓延而上……五味杂陈。

于是，就这么因缘巧合，她将姐夫家里那位为了读书而已过摽梅之年、嫁杏无期的妹妹介绍给了小山。

"我是许小山，你……就是尔楚的妹妹？"

"嗯……我叫江尔云，是个语文老师。嫂嫂也和你说了吧，当年因为想读书，嗯……年纪就耽误了……"

"嘿，可别这么说，我大你十一岁呢。"

"哎呀，听嫂嫂说，你去过不少地方。都有哪儿呢？讲给我听听吧！我去过最远的地方可就是这武昌城了……""我还听嫂嫂说你是个英语老师，嘿，你还会说洋文呢！好厉害！"

"……"

"……"

一九六四年，三十九岁半生漂泊的许小山，就这么和二十八岁仍未嫁人的江尔云结婚了，这是又一段故事的开始……

许小山是我外公，江尔云是我外婆。

今年外公虚岁已经九十岁了，今年是他们的金婚周年纪念。

在后来这相守相伴五十年里，他们曾经历"文革"，外婆曾在外公挨整最困难的那几年里怀着小姨独自抚养妈妈，外公曾在舅舅出生的时候被押回来探亲，他们都是热爱读书教书、喜欢过安静生活的人，他们最初或许并不深爱，却在往后的几十年里养成了他人无法替代的默契。

"老头子，我们来下棋吧，你可不能耍赖！"

"哎哎哎，我下错了，不许吃我的卒！哎呀，我要重下！"

"将军！哈哈，怎么样，又是我赢了！老头子你还是再去看看你那本破棋谱吧。"

就这么看书，喝茶，对对棋，听听戏，日子总是过得很快又很慢。

外婆说外公就爱吃肉，外公总记得外婆现在只能吃蒸得很烂的红薯；外公总跟我说，你外婆脾气急得很，外婆也老和我抱怨，你外公是个啥事不做只爱享清福的臭老头；大多时候去看他们，外婆总是唠叨不停，而外公只是捧着书坐在旁边不语，然而当他时不时冒出一两句话泼泼她冷水，我才知道外公一直认真听着……

外公八十多岁时得了癌症，手术后身体一直不好。如今，外婆也年近八十，肠胃不好还有老寒腿，每每外婆劝着外公下楼溜个弯，两人总是要三步一停五步一歇，下三楼都要花上十来分钟，可相扶的手从没松开过……

"婧婧，来，外婆前两天看电视又抄下来几个字谜，你来猜猜，表里如一，打一字，你猜是什么？"

"外婆，我猜不到呢，你告诉我是什么字呗。"

"外婆跟你说嘛，表里如一，就是里外都一样，就是……"

"不就是回家的回嘛。"

"哎呀，你这个老头子！我问外孙女儿呢，你凑个什么热闹！看你的棋谱去！"

"……"

银发下的戒疤，笑纹里的沧桑，都是岁月留下的故事和痕迹。

漫漫一生里，命运太无常，有那么多的不幸、坎坷、错过和所遇非人，然而最后总有个人，与你相遇、相识、相知、相恋、相伴，最后相守，在漫长岁月里，成为无法替代的独特。

爱是什么？爱是成全，爱是忍让，爱是包容，爱是在年年月月的岁月静流中，彼此扶持、不离不弃的相守终老。

谨以此文，祝亲爱的外公外婆金婚快乐。

写在故事之外的话：

杨西荣是我的太外婆，是我妈妈这辈子最佩服的人。

妈妈说，太外婆虽然没文化，大字不识几个，却是个坚毅果决的女人。年幼时寄养在当时的大户人家，见过世面又谨言慎行；丧夫之后又果断回到镇子上，靠着族人护佑开杂货铺就独自养大一双儿女；在战争年代收留过地下党，也提着篮子帮着送过情报；在重男轻女的年代里，外婆想继续读书，太外婆就顶着压力支持她；在"文革"外公挨整、外婆生下小姨之后，年逾花甲的她孤身一人就从县城来到武汉照顾外婆……

她一生如竹，细瘦却坚韧，平凡又刻骨。

在我听了那么多过去的故事以后，最最景仰的就是太外婆和外公，崇拜他们在那样的年代有着那么特别的人生经历。

或许他们的故事带着浓浓的时代特征，可能很多人的长辈也经历过相同的事情，觉得不足为奇。

可我总想把这些故事写下来，用拙劣的文字，记录点什么。

想想虽然外公结婚的时候都已近不惑，可如今和外婆在一起也走过了五十年，相伴相守大半生了。

所以说一辈子啊，白头偕老啊，这些话，讲出来的时候总觉得那么轻易，真的付诸于行却需要用一生的时间。

希望每一段认真的感情都可以用一生去践行。希望每一个看到这个故事的人都能幸福。祝安好。

一条金鱼的自白

文/Titty

我是一条金鱼,一条无忧无虑的金鱼,一条住在鱼缸里的小金鱼。

我的主人是一个单身男青年,标准的上班族,早出晚归,因此我就有了大把的私人时间。或许你们会觉得奇怪,一条鱼要什么私人时间,其实谁不需要一些安静独立思考的时候呢。你们一定没有见过我右鳍托着下巴思考的样子吧。不用怀疑,我们同样会思考,只是你们人类不曾见过。

当然我不用去思考今天穿什么或者吃什么,从某种意义上来讲,我已经吃穿不愁了。正是这种安逸的生活让我有了更多闲暇时间去思考,我相信很多思想家都是在这种环境下成长起来的。思考的内容大到宇宙星辰,小到主人的新女友会是怎样,不一而足。

主人今天就带着新女友回家了。这已经是主人的第三个女朋友了：第一个女友很普通，第二个太文艺，这个……他总是喜欢在姑娘面前卖弄，声称只要一做投食的动作，我就会游上来。其实每次我一往上游，他就投食，还开心得手舞足蹈，被我玩弄于股掌之中。哪天要是不开心，我就不搭理他了，指不定他会有什么表情。其实好多人喜欢小动物和小孩子，就是因为这些东西够傻，自己能够驾驭住，有时候可爱的潜台词简直就是弱智。要是我说我知道金鱼是鱼，鲸鱼不是鱼，还能用泡泡吐出"二货"两个字，估计喜欢我的人就少了。

所以你们人类都是自私，自以为是的。看我游得自由自在就说我的记忆才七秒，这不，主人又在卖弄了：听说鱼的记忆只有七秒，难怪在这么小的空间里都不会厌倦，游了一个来回，他就什么都不记得了。这就是他们给自己强加的思维定势，从来没想过他自己也和我一样，住在狭小的房子里，今天是这样，明天是这样。单纯地以为自己见过外面的天地，直到最终才发现自己还停留在原点，更没有去质疑过那些约定俗成的想法，这才是你们让我觉得可悲的地方。

他们只会嘲笑我，说我坐井观天。其实坐井观天有什么不对，这方寸之地于我而言，就是整个世界。我在自己的小天地里前进，转身；前进，转身……乐得逍遥自在。他们不知，在低头嘲笑我的同时，还挡住了我头上原本不大的天空。

也许你们会说我没有信仰，没见过江河，更没见过海洋。其实每个人都是主观的，心里装着的也只有自己。有信仰的，没信仰的，都被现实的差距折磨着，不是怨天尤人，就是无病呻吟。想得多了，也就习惯了；希望多了，也就绝望了。理想遥不可及，现实就在眼前，我成不了跳龙门的鲤鱼，更不是闹海的哪吒。一条鱼最大的理想不就是能够自由自在地游吗，虽然我没有广阔的天地，但我也找到了自己理想与现实的平衡点，在属于我的世界里自在地活着。

我甚至确定有更多的人还没能像我这样认清自己，肯定自己。至于是否能够超越自己，我只是想说，开始的路就不叫远方。我的下一个希望就是春天快点来到，见见久违的阳光，"哐!"这女人，居然这么不小心，把鱼缸打碎了。这个时候我真的希望自己的记忆只有七秒……

一个和尚的自白

文/Titty

白驹过隙，时光掠影。半年前我还是一名在校大学生，现在却在松江大学城十里外的一个小庙皈依了佛门。

学校里太天真，社会上太复杂，自己学业受困，又感情受挫，备受打击。加上平时就喜欢看点经书，觉得这上面说的倒也实在，多一物就多一心，少一物便少一念。佛是不分是非不分喜悲的，见有缘的教他度化，见无缘的教他轮回。都说佛法不二，可是我却二了，迷茫了，就遁入这空门。

一个叫空舟的和尚收下了我，老方丈说我师傅度不了人，也难自度，所以才赐名空舟，由他自横，挺帅气的一个法号。不过近来和尚也喜欢走小清新路线，类似的法号也就逐渐多了起来，小众变成大众，感觉就像变了味。据说现在还有尼姑叫安妮叫薇安的，让人听着总是疼得慌。

这真的是一座偏僻的小庙,平常也没什么香火,每天只是偶尔会来几对大学生情侣,善男信女般地问问姻缘,配配星座,求求签,顺手拍下几张破庙照,便幸福地向小旅馆奔去。正所谓谋事在人,成事在天,有些东西或许真的早已冥冥注定,信则有不信则无。

空舟师傅给我起了法号"除尘",取的是除却红尘之意,并且让我负责打扫寺院,我才发现原来除尘是这么个意思。我还有两个师兄,一个叫了尘,一个叫去尘,在我来之前都是负责打扫寺院的。可是红尘万丈,又怎是你我能够除却的?半年来我每天都希望尽快来个师弟,可以叫吸尘,无奈红尘滚滚,你我皆逃不过被俗事所累的命运。

诸微尘,如来说非微尘,是名微尘。如来说:世界,非世界,是名世界。这话讲得多风骚,简直无懈可击,一点漏洞都没有。刚测漏了一点点,又瞬间给堵上,吸干了。要是我早点知道这些佛法,一定和前女友说喜欢你,非喜欢你,是名喜欢你。真的不知道喜欢你什么,如果确定知道喜欢你什么,就是不够喜欢你。正是因为不确定喜欢你什么,所以才是这样喜欢着你,这还不把姑娘哄得花枝乱颤,梨花带雨的。

可是回头想想即便如此又怎样呢?人生如此,非枯非荣,非假非空。不管是孤城万仞山,还是溪山千古秀,漫漫人生路,总会错几步。难免少不了临别时的抱拳,少不了那一句后会有期,可我们都清楚那往往就是后会无期。

我也自知执念太重,入庙的决心不明,又没定期写思想汇报。思想这东西最是玄妙,有的时候看一看苍生,就体会了生命之机,有的时候，什么都不去想，只自觉心安，东南西北便都好。幡随风动，人随心动，究其人的一生，都在辩证地看问题，思想的矛去戳思想的盾，再换更锋利的矛，换更坚固的盾，继续戳，不停地戳。

很多时候，我们就在这矛盾的枝枝蔓蔓中，迷失了方向。这个世界就像棵倒长的大树，下面是无数个分叉的入口，顶上是一个相同的根，根上坐的便是心中的佛。又或者世界是两棵长在一起的树，枝蔓相连，分叉相通，底下和顶上的根都坐着心中的佛，本来是佛，尽头也是佛。我们在追寻尽头佛的时候，却不知已经硬生生地离本来佛愈来愈远。

我们在枝蔓中迷失，不知道要做什么，为自己做的一切，终会烟消云散，为别人做的一切，即使身形幻灭也会不朽。不能再想了，要是我突然顿悟，立地成佛，岂不自寻烦恼，还是在小寺庙当我的小和尚吧。听说现在去大寺庙出家，还要有毕业证、英语证、计算机证……就差结婚证了，这远比不上敲我的木鱼、念我的经来得实在。

马上又要到考大学英语四六级的日子了，近日庙里的香火突然又旺了起来，其实放下真的很容易，可是做起来却那么地难，诚然一念天堂，一念地狱，说的就是这个理。多少求索者以为自己由迷到悟，其实放下了又何所谓迷，何所谓悟？

一个木鱼轻轻敲，敲一声木鱼，断一丝尘念；一串念珠慢慢数，数一个念珠，剥落一个念头。念珠数尽，从头再来。

一个数学家的自白

文/Titty

从小我对数字就特别敏感,在别的孩子还在掰着手指算五加六的时候,我已经能背下圆周率小数点后几百位了。儿时的我并没有想过要成为一个数学家,当时的理想只是希望自己能够背出圆周率小数点后一万位。虽然我从小就和数学结下不解之缘,可是到现在我也说不清为什么一加一等于二,只知道这是公理,如果一加一不等于二,那么数学就乱成一锅粥了,这个世界也会乱套。

从小到大,我渐渐发现这世间万物都符合着数学关系,大到宇宙爆炸,小到细胞分裂。即便我们人类也和数字脱不开干系,人体由一百多万亿个细胞组成,二百零六块骨头和六百余块肌肉构成人体的支架。眼睛能在光谱上区分一百五十多种颜色,鼻子能闻出两千多种不同的气味,血管总长度约为十万公里,可绕地球两圈半。

女人一生平均可吃掉二十五吨食物，喝掉三点七万升液体；男人一生平均可吃掉二十二吨食物，喝掉三点三万升液体。

人体神经系统的信号传递速度达到每小时二百八十八千米，我们就像一个急速旋转的舞蹈者，从头到脚，都在进行着一种浑沌活动。我们的生活里充斥着数字，让我更加坚信微分天下，人生几何，万物之本，唯有数学。我逐渐着手研究怎样用数字来表述周围的事物，因为数学才是自然界的语言，所以万物都有他自身的规律，有规律就会形成模式。

我开始计算人与人交谈的最佳距离，仰望天空的最佳角度，爬楼梯最省力气的路线，甚至女人经期的心理变化曲线……尝试着用公式去解决生活中的所有问题，这个世界有着太多太多的巧合，不得不令人敬畏。周围的人都以为我是疯子，女友也因此离我而去。

我可以计算出两极冰山的融化速度，却算不出世态的炎凉；我可以掌握全球股票市场的起落，却抓不住女友的心。到底是我想得过于理想，还是这个社会变得过于现实。我慢慢地察觉到这个世界已经失去了那混沌初开时的单纯，一切的规律模式都来自那不变的根本，然而人心不古，处处充斥着欲望和喧嚣。我的宿命是找到规律，然而在这个一加一不等于二的世界里，一切都不符合理想模式了，差之毫厘必将谬以千里。

在此之后，多少次在梦里惊醒，发现自己身处的世界只是一个虚幻的镜像。我开始执着地认为这是一个欲望的都市，我们已经离当初那个本性世界越来越远，一定存在着一个平行空间，在那里一切人和事都像数学公式一样井然有序地运行着，在那里或许我还和女友幸福地在一起，不是或许是一定。

现在我要做的是寻找另一个空间的入口，点构成线，线构成面，长宽高加上时间轴就有了我们的四维空间。化繁为简，一定有那么些点连接着未知的世界，这就是所谓的虫洞效应吧。空间里的任一平面都存在着一个虫洞，计算出这个点的位置对我来说不是难事。

想到这里，我不禁兴奋起来，别人只会说我活在计算机的虚拟世界里。我要证明给他们看，这里面真的有另外一个空间，就拿我眼前的计算机屏幕作为参考平面好了。我像被上了发条一般，被无形的力量驱使着找了一些工具。首先用钢尺确定了屏幕的中点，从中点画一条与一边平行的直线，向右延伸至屏幕边。接着我需要画一个直角三角形，三边的长度与屏幕边长符合特殊关联，三角形的重心对直线做黄金分割。再以此点为圆心，用圆规画一条交叉弧线，当然其半径也是符合特定比例的。我在画直线，取弧度的时候，感到了窒息的紧张，那是一种至高无上的知识体系，三角的边长，倾斜的角度，完美的交点，都透射出一种数字的内在神秘关联，一种绝对的数学。

我很快找出了这个点，隐藏在黄金螺线之中，极致中的极致。那是一种安详和完美，散发着孤寂与夺目，我注视着这点，不由得再一次兴奋起来。我用颤抖的右手拿起圆规，朝着这点虔诚地扎了进去，刹那间我的周围出现了 π、年轮、羊角螺纹、花瓣的数列、丢勒幻方、毕达哥拉斯黄金比例、傅立叶变换、斐波那契数列、指纹、DNA、太阳系、银河……

……

我和屏幕都在，我和屏幕都坏了，是谁出卖了这个世界？！

野味

文/小来

我那一代出生的农家小孩,大抵是最后一批喜欢去外面寻些野味来食的。那时候平日里吃肉的机会不多,一天天都是些菜园子里的菜,菜品不多,炒菜的水平也有限,吃来吃去就那几样,循环往复便觉得腻了,等换了季,长出了新菜,又能欢喜地吃几天。不到农忙,农事也不多,父母白天就能做完,小孩便闲了下来,每到这时,我们便喜欢成群结队地去寻些野味,也不全是因为吃食,其实多半是觉得好玩。

我们村水坝子多,山坡里一个连着一个,都被村里的人家包了养鱼,坝沿的水浅,每天都会有大大小小的田螺爬上来。田螺算得上是我们那里最好的野味了。我们平日里都要上学,一般是周末出动,前一天就和小伙伴约好,第二天吃完早饭在谁谁家等。我和姐姐老早起床,扒了几口饭,戴上草帽,一人提个篮子就往小伙伴家赶，后面总会传来母亲的声音："别去水深的地方！"我和姐姐头也不回地答一句："知道啦！"

记忆里一般是夏天，大家都穿短袖短裤，男生赤着脚，女生多穿着拖鞋，踢踢踏踏，走路排成小队，早晨还不热，风吹过来，有一种沙沙的凉爽。到了坝上，女生脱了鞋放进篮子里，男生早就迫不及待地踩进水里。浅的地方因为常年被水冲洗，地面略硬，脚踩上去会有小石头磕着，细细痒痒的，甚是舒服。我们弯下腰，篮子放在身边，双手伸进水里开始摸田螺，运气好，田螺聚在一起，大大小小一大把，运气不好，只能一颗一颗细细地摸，通常也是些小个头的。

男生总是不安分，摸田螺也贪玩，跑到水深些的地方，故意打湿裤子，后来干脆一屁股坐下去。我们都不会游泳，听大人说，这里的坝以前淹死过人，有"落水鬼"，说是长得像猴子，在水里的力气特别大，一旦抓住你的脚就不停地往水深的地方扯，那时候也相信，便不太敢往水深的地方去，顶多没过膝盖到大腿。夏天虽然炎热，但是双脚没在水里却也有说不出的清爽，大家一边摸田螺，一边讲闲话，时间过得特别快。

到下午一点多才从水里出来，洗洗手洗洗脚，挎上篮子往家赶，然后灌几口凉水，吃两碗米饭。一上午的时间，我和姐姐大概能摸一篮子田螺，洗过之后用清水养着，让它们吐掉一些脏东西。母亲回来了，便开始烧火煮田螺，我们那时还是烧柴火，田螺倒进一口大铁锅，倒上水，盖上锅盖，往灶里加柴。待田螺的厣掉下来，田螺也差不多熟了，再盛出来，用冷水降温，开始挑田螺肉。那时候家里养了小鸭子，肉扯下来后剩下的都丢给鸭子。

我们一家都喜欢吃辣，母亲炒田螺肉喜欢放小米椒，炒过之后再倒酒焖一下，最后放入生姜蒜之类的调料，整个厨房弥漫着一阵阵菜香，一阵阵辛辣，又馋人又呛人。现在野生的田螺肉在我们那变得稀罕起来，贩子来收要三十多块钱一斤，母亲会在闲暇的时候和村里其他妇女去坝子里摸，一部分卖给贩子赚点钱，剩下的一小袋一小袋放进冰箱里冻着，姐姐回家的时候偶尔拿几袋，其他的留着过年置办酒菜。

小时候也喜欢掐一些野菜，春天较多。我家门前有一块高高的沙地，里面多是别人家的菜地，还种了十几棵橘子树。沙地里经常长一种野菜，我们那叫野葱，和家里种的葱不一样，它细细软软的，更像是韭菜。放学后，我和姐姐常去掐，其实也不是掐，沙地的土比较松软，野葱轻轻就拔出来了，有时候不是长在沙地里，稍稍用力便扯断了，有了经验，便不去扯，用指甲在根茎处掐断。野葱不需要很多，一只手握住的量就够了，回家拾掇一下，去掉黄了的叶片，再用清水洗洗。母亲一般用野葱炒鸡蛋，用茶籽油炒出来的菜青青亮亮的，特别有胃口。野葱不像一般的葱味道那么冲，伴着一点点清香，很是爽口。

栀子花也能弄菜。村子没有栀子花，只能去邻村的山林里摘，也是和小伙伴一起，咋咋呼呼地跑进林子里。野生的栀子花要自己去寻，寻到一处，便招呼小伙伴过来，大家一起摘完，又去寻下一处，脖子上套个采棉花用的布袋子，用来装栀子花。我上大学的校园里到处是栀子花，每到花期，香味密密麻麻，但我总觉得它和我小时候闻过的野栀子花不一样，它的香味没有那么浓，却是恰到好处的香。摘回来的栀子花一朵朵去掉花蕊，洗过后用开水烫，再用手揉，颜色渐渐地成了深黄色，晾干之后就可以炒菜了。用晒干的红辣椒炒，拌着饭吃，总觉得有一阵阵花香。

我还喜欢吃蕨菜，但是从没有自己掐过，蕨菜长在山里，一般是三四月的天气，母亲和村里其他的妇女骑自行车去掐。掐回来的蕨菜被母亲一把一把用绳子绑着。回家后，用开水焯一下，晚上就能做成菜，那时候家里没有冰箱，剩下的都晒干，要做菜的时候再用开水泡一下。

现在回家偶尔还能吃到母亲泡好的蕨菜，野葱和栀子花却是很久没有吃了，有时候也会想念那个味道。那时候吃肉的日子少，我们总是想办法弄些喜欢的吃食，田螺的辣，野葱的香，栀子花的淡，蕨菜的美，它们不仅仅丰富了我童年匮乏的美食，更是一张张老照片，贴在记忆的走廊里，丰富着我的生活。

每每想起，都觉得美。

秋生与桂枝

文/小来

壹

十八岁,林秋生第一次出远门。

往年秋收后,父亲和村里几人结伴去外市的林场干活。以前都是和哥哥一起,今年哥哥结婚,分了家,父亲便叫秋生同去。

夜晚秋生兴奋难眠,尽管是些体力活,他也觉得是一件高兴的事情。以前哥哥回来,会和他说起外市的新鲜事,那里的集市有多热闹,那里的山有多高,那里的坝子是村里的几倍……听起来很是新奇。

从小到大秋生没去过什么地方,还是小时候父亲带他看病去过一次市里,如今想来也是渺渺,后来也无其他机会。

那时不兴读书,中学没念完他便回家帮忙。家里还有几个弟弟妹妹，以前靠父母哥哥辛苦养活，如今哥哥成家，很多事情秋生要学着承担。

次日，秋生和父亲起了大早赶路。已是深秋，屋外雾气茫茫。门前李子树下的牵牛花开了，一朵朵傍在柴垛上，红蓝相间，像不算清透的夜里抬头望见的几颗星辰。

那是之前妹妹从别处取了一小株栽下的。秋生常开玩笑，说这花被她养得蔫吧，定活不了。没想今日竟开了花朵，在一片白茫茫里，燃起一点点清辉。

大人的脚步异常地快，不一会儿到了镇里，一轮鲜红的太阳从东边的山峦升起，雾气褪去一半。父亲叫秋生去买点馒头做干粮，他说坐了汽车还有几个时辰的路要走。秋生听说坐汽车，心里又兴奋起来。记事以来，好像没坐过汽车，他心里想。

汽车摇摇晃晃开来，父亲手里捏两张票，秋生紧跟着他，慢慢挤上车去。座位已经没了，他和父亲坐在靠前的台子上，被发动机烤得热乎。路不好走，没开多久，一旁晕车的妇人把头伸出窗外呕吐，风趁机灌进来，秋生穿得单薄，不禁有些冷。父亲和几个老乡都眯着眼睛像是睡着了，大早上赶路，着实有些累人。

可秋生睡不着，他仰着头，透过玻璃，看眼前不断靠近，又匆匆远离的房屋、大树、人群，竟觉得浑身轻松。像一尾忽然掉进深海的鱼，从没见过这么广阔的波澜，巨浪拍击岩石的声响，它听得有些入迷。

不知过了几个时辰，车子到站了。秋生提着包，一直跟在后面。父亲他们走着走着，不时从口袋里掏出烟来抽。在家时，秋生有时和村里几个小伙躲在山坳里抽烟，他一口你一口，青烟慢慢划出一道圈，渐渐消散在空气里。虽然父亲不许他抽烟，但说实话，他喜欢那一根烟卷滋滋燃烧的气味。

父亲之前说的几个时辰的路确实不假，秋生只觉得腿脚有些累，不记得走了多远多久才到的。已是黄昏时间，几只白鹭从水塘飞起来，秋生跟着父亲走到一个村子。

"我们就住在这个村子，明天起早进山干活。"父亲说。

秋生望着眼前这个陌生的村子，不知什么原因，心里竟有些起伏，是那尾在海里漫游了一天的鱼，有些累了。

"这村子叫什么？"秋生问。

"白连村。"

贰

村子后面是一大片连绵的青山，种了许多杉树，村头有一方水塘，几个妇人正蹲在石板上洗菜。秋生跟着父亲，两只狗在一旁吠个不停，其他乡人进村后去寻各自的住处了。其实也不用寻，他们每年来，干几个月的活，对这里熟络得很，平日住在村民家，走的时候按日子结一些住宿费和生活费。秋生以前听哥哥讲过这些，却也没细问过他和父亲住哪家。

"我们住哪一家？"秋生此刻有些好奇。

"哦，再往前走一些就到了，进门记得喊一声李叔。"父亲答。

是一座三间的连房，有木桩简单围拢的院子。父亲敲门，嘴里喊老李。没有人应门，他转过身，坐在门口的小方凳上，天色已经暗下来，几只老母鸡在院子里啄食。

等了一会儿，一个看起来和秋生差不多年纪的姑娘进了院门。她左手挽着菜篮子，水滴答滴答顺着菜叶滑到地面，右手牵着一个五六岁的孩童。

"咦，林伯伯来了?"她脸上浮出笑容，一缕头发从耳朵上散下来，又顺手捋回去。她看了一眼秋生，冲他笑了笑。

"是啊，快一年没见，长高了不少，你爸还没回吗?"

"还没，估计快回了，秋树哥没来吗?"她开了门，招呼他们进屋。

"没呢，秋树讨老婆了，不来了，今年我带秋生过来。"父亲指了指秋生。

秋生有些尴尬地笑了笑。不多久李叔回来，屋子里好像热闹了一些。晚饭父亲拿出从家里带过来的烧酒，两个大人喝起来，屋里一下子充满了酒精的味道。

秋生后来知道那个姑娘叫桂枝，比他小两岁，而那个五六岁的孩童是她妹妹，秀枝。那一晚，秋生吃了两碗压得实踏踏的米饭，虽然感觉还能再吃一碗，却忍住没有再去盛。说不上是不是赶了一天路只啃了几个馒头，还是菜做得好吃的缘故，秋生食欲非常地好。他放下碗，瞄了一眼在灶台刷锅的桂枝，此时父亲和李叔喝得正酣，自然不会在意他。

她穿一件旧了的暗红色袄子，不是那种艳丽的红，边脚磨破了一些。头发是长的，虽然挽起来，但秋生看得出来，如果披散着，是一团乌黑的瀑布。脸是好看的，虽然有点稚气和婴儿肥，但他确定是好看的。

桂枝刷完锅，松掉围裙，过来催促妹妹吃饭。她见秋生已经放下了碗筷，忙问："秋生哥，吃好了吗？"

"嗯，饱了饱了。"秋生说。

"我已经铺好了床，你们睡这一间。"桂枝指了指靠西面的房间。

大概真有些累，秋生沾床就睡了，被单像是刚洗过的，一股淡淡清香。夜里秋生做了一个梦，他梦见一个姑娘，头发是一团乌黑的瀑布，他看不清她的脸，只是拉着她的手，一路跑……醒来天还没有亮，身旁父亲正打着呼噜，不知他什么时候睡下的。

天蒙蒙亮，父亲催秋生起床，要进山干活了。桂枝已经把早饭做好了，她头发没梳，简单地用红绳扎着，正坐在门口的凳子上给妹妹穿衣服。秋生看见那一团乌黑的头发，厚厚实实地垂到腰胯，清晨的一缕风拂过她的脸颊，笑起来两个浅浅的酒窝。他打心眼觉得好看，比村里二胖他们喜欢的林秀英好看多了。

吃过饭秋生便同父亲和李叔上山了。林场在半山腰，父亲早些年在外面讨生活，认识了林场的工头，他看父亲高大壮实，便介绍他来这里干活，主要是砍树，然后把树从山上搬到林场，林场再安排卡车运走，累是累了些，但钱给的算可以。这几年，父亲一直来这里干活，秋收后过来，春节前回去。早先他一个人，后来熟了，带了秋树和同村几人来。

叁

秋生在家虽是挑过担的人，但毕竟年轻，肩扛着树走陡峭的山路，还是吃力。父亲让他肩细的一端，不断嘱咐他慢一些。秋天的山林雾气重重，种的多半是杉树，笔直繁密，连着白天都是阴沉的。

不一会儿，秋生便觉得闷得慌，肩膀也隐隐发疼。

黄昏时下山，到家已经见不清路。桂枝做好了饭，坐在门口和秀枝玩，见他们回来，连忙起身将锅里温着的饭菜端出来。几人围着桌子吃饭，白炽灯亮一点昏黄的光，一只飞蛾在旁边扑上扑下，秀枝蹲在地上逗小狗玩。

"秋生哥今天累不累？"桂枝忽然问。

"还行，吃得住。"秋生笑。

秋生和父亲一样，生得高大，从小干农活，身形臂膀早同多数农人一样扎实。所以这样的体力活可以熬过来，只是没这么频繁担过东西，肩上的肉不够硬实，一天下来，也磨破了皮，有些肿胀。这样的事情，习惯几天就好了。

早晨出门，桂枝只是随意扎着头发，晚上见到，已经编了长黑的麻花辫，垂到肩膀的一侧，额头蓄了刘海，在灯下显得更加清亮。秋生低头笑了笑，心里突然觉得温热。

日子就这样过了几天，秋生跟着父亲李叔去林场干活，桂枝在家照看秀枝，做些家务农活。夜里一起吃晚饭，父亲和李叔偶尔喝点小酒，有时也叫秋生喝。人和人就这样熟悉起来。

"桂枝母亲呢？"有天夜里秋生问父亲。

"几年前去世了。"父亲说，"还是刚生完秀枝吧，生了一场大病，很快就去了。本来身子就弱，生了桂枝后，还怀过几次，没能留住。后来好不容易生了秀枝，身体也跟被掏空了似的，没能熬过一年就过世了。也是个苦命的人。"父亲叹了一口气。

秋生没有说话，只觉得心像被什么揪住了。后来他知道，秀枝是桂枝带这么大的，李叔每天要出门干活，桂枝便在家里照看秀枝，

121

饿了，抱她去别家讨些奶喝，有时生病，她没办法，急得只知道哭，引来了邻居，才带去小诊所看病。想到这些，秋生为她心疼。

他突然很想保护这个姑娘，让她不再受苦，让她余生快乐。

肆

时间久了，秀枝也和秋生熟稔起来。与刚见面时的小心翼翼不一样，有些话她总想着要说给秋生听，比如今天在田里看见一只很特别的鸟，比如妹妹又干了什么可笑的事，比如集市戏院子又演了好看的戏……好像都是些鸡毛蒜皮的小事，可她心里愿意说给秋生哥听。秋生哥每次都听得认真，也常笑，他笑起来特别好看，像太阳。她不会什么比喻，只觉得太阳是好的，照在身上，暖融融的。

有天落大雨，山里的活干不成，他们待在家里等雨停，可雨落个没完没了，直到傍晚时分才停。

"秋生哥，我们去网鱼吧，雨落了一天，坝子肯定涨了许多鱼出来。"桂枝突然说。

"行啊！"秋生站起身来。

站在一旁的秀枝听见了，也嚷着去。桂枝从墙上取下渔网，很小一张，周围用竹条框起来了。

"秀枝不要去了，走都走不动，我可不愿背。"桂枝笑。

"我不要你背，我要哥哥背。"秀枝说完，跑进秋生的怀里。

父亲在一旁笑，也说带秀枝去，小孩子就喜欢这些。

秋生第一次看见白连村的坝，确实比自己村里的大了许多，又涨了水，风卷起一层层浪，撞到岸边，哗哗作响，很有气势。来网鱼的人家不只他们，秋生把秀枝放在水沟的岸沿，他和桂枝挽起裤脚踩进水里，把网扎好。秋天的风，带着雨水的潮湿，田畈的泥土气息，桂枝的气息，吹到秋生心里，他感到一切很美好。

没一会儿，他们网了许多野生鲫鱼，土坝里这种鱼最多。秀枝看着装鱼的桶，笑得乐呵呵。

可好景不长，天忽然打起雨点。

"秋生哥，要回去了，又落雨了！"桂枝说。

"嗯，赶紧回，怕是要下大了。"秋生答。

秋生背着秀枝，桂枝拿着鱼和网，没走多远，雨真下大了，他们迈开步子往家跑。桂枝跑不快，在后边一面笑，一面喊："秋生哥，等等我！"

秋生听见了，回头拉起她的手，往家里跑，背上的秀枝不知什么原因，咯吱咯吱地笑个不停。这是秋生第一次牵一个姑娘的手，他也不知道当时怎么就拉起了桂枝的手，他心里想着快点回去，少淋些雨。而桂枝呢，在秋生拉起她手的那一刻，有那么一瞬间，她似乎觉得秋生是除了父亲外，她可以依靠的人。

伍

桂枝永远也忘不了那个夜晚，她本以为从那一刻开始，不管她以前吃过多少苦，受过多少罪，从那一刻开始，她将是这个世界上，最幸福最快乐的姑娘。

那天夜里，吃过晚饭，邻居告诉桂枝，邻村搭了戏台子，有戏班子来唱戏。桂枝好长时间没听过戏了，那些五彩斑斓的戏服，她最喜欢了。

"秋生哥,我们去听戏吧。"桂枝用期待的眼神望着秋生。

"好啊,我没听过呢,父亲也去看看吧?"秋生问父亲。

"干了一天活,还是累了,想早些睡,你们去吧,早些回来。"父亲说。

"我也要去,我也要去……"秀枝在一旁嚷个不停,谁也挡不住她,李叔最后还是许了她。

应该是中旬吧,天气好得喜人,月亮又大又圆,矮矮地悬在天空,小路映得深深浅浅,闪着一层薄薄的光。附近的几个村子来了不少人,围了一圈又一圈。桂枝人矮一些,挤在外面看不见什么东西,只听得清热热闹闹的锣鼓声。秀枝骑在秋生的头上,虽然看不明白,倒也满心欢喜。

那天演了什么戏,桂枝也记不得了,她站在秋生的身边,偶尔被人群挤到他的身上,秋生有时张开一只手护着她,他的臂膀结实有力,像一道宽厚的城墙,桂枝能感受到他温热的气息。

回来的时候夜已经沉了,秋生背着秀枝,她已经睡着了,桂枝走在一侧。人间好寂静啊,好像听得见他们扑通扑通的心跳。

"秋生哥有喜欢的人吗?"桂枝轻轻问了一句。

"嗯,桂枝呢?"秋生说。

"以前没有,现在有了。"桂枝答。

"那他很幸运呢。"

"你都不知道是谁呢。"桂枝笑。

"谁呢?"秋生问。

"远在天边,近在眼前啊。"桂枝笑。

秋生沉默了一会儿,他听明白了,可当下却不知道接什么话,大概是第一次听见一个姑娘告诉他,她喜欢他的缘故。多好的姑娘啊,他也是喜欢她的,此刻他多想把她搂进怀里。

"秋生哥呢,喜欢的那个姑娘呢?"桂枝见秋生一直没说话,心里有些沮丧。

"远在天边,近在眼前。"秋生笑。

夜太静了,静得每一句话都像一粒粒饱满的种子,迎着月光星辰,伴着徐徐晚风,在心里发芽、开花、结果。桂枝拉住秋生的手,他的手粗糙宽大,她踮起脚轻轻地吻了他的脸。

陆

此后的每一天都是新的。虽然秋生一样地起床进山干活,桂枝一样地做饭照顾秀枝,但每一天的相逢都是甜蜜的,他喜欢她长长的辫子,她喜欢他温暖的笑容。有了爱,再苦累的生活都会有所期待。

那年冬天雪下了好几场,眼见着再过些日子就要春节了。秋生和桂枝说过,等过年回家,他就和父母讲,告诉他们他喜欢了一个姑娘,告诉他们这个姑娘有多么漂亮,告诉他们他以后要娶这个姑娘。桂枝听了笑得乐开了花。

那也是平常的一天,秋生和父亲吃过早饭去林场干活,桂枝做的菜特别的香,他每次都能吃两大碗。前些天下的雪还没完全化掉,每砍一棵树,松针上的雪哗哗地往下落。又到了傍晚时分,天色渐渐暗了,父亲说弄完这一棵差不多就回了,那一棵树挺大的,他和父亲扛起来还有些吃力。

干了几个月的活，秋生早已经习惯了，他再不许父亲要他肩小的一端，他是个孝顺的孩子。他走着，心里想，马上又能见到桂枝了。大概是踩到雪了，秋生的脚突然一滑，整个人崴了下去，沉闷的大树正好砸在他的头顶，他从小路翻到了山下。父亲也摔倒了，幸好急忙抱住了身边的一棵树，没什么大碍。

大伙把秋生扛到卡车上的时候，他已经昏迷不醒了，脑袋碰到了石头，一直往外冒血，父亲在一旁哭，全身发抖，他害怕啊，害怕从此失去秋生，失去他深爱的儿子，他甚至幻想，如果倒下去的是他自己就好了。可终究还是晚了，没用了，秋生还没送到县城的医院里，就已经没心跳了。他死了。

晚上又下雪了，桂枝早早地把饭做好了，一直放在锅里温着，灶台里的柴又加了好几把，可还不见他们回来。她有些心急，心里想了一些不好的事情，可她又安慰自己，不会的，怎么会呢。好晚好晚，妹妹已经睡觉了，父亲才推开了门。桂枝连忙跑过去，可是她没有见到秋生哥，她急了。

"爸，秋生哥呢，林伯伯呢？"

"出大事了！"父亲双眼通红，整个人没精打采，好像经历了什么沉重的打击，神情就像当年母亲去世一样。

"什么大事啊？"桂枝急了。

"秋生死了，从山上摔下来，都没来得及送去医院……"父亲回到屋子里，饭也不吃了，整个人缩进了被子里，"多好的后生啊，多好的后生啊……"他喃喃自语。

桂枝一下子呆住了，秋生哥死了，她爱的秋生哥死了，他早晨还冲她笑,怎么突然死了。眼泪涌了出来,好难过啊,好难过啊,她很久很久没有这么绝望了。她喜欢的那个人,她连最后一面都没见上。

……

柒

有一次我问桂枝,我爸是不是她的初恋,她说不是,我缠了好久她才和我说了这个故事。

桂枝这样开头,他身材高大,长得也好看,笑起来像太阳……讲着讲着眼眶就红了,她背过头拭了拭,接着讲,最后也没能忍住,眼泪簌簌地往下掉。

我问桂枝,还会想他吗?

桂枝沉默了许久,说,这一辈子估计是忘不掉啰!

蜂蜜

文/小来

忘记什么时候，和父亲说，想喝蜂蜜，市场上难买到真的，也是随口说说。

国庆回家，我刚放下背包，父亲弯腰从电视柜里抱出一罐蜂蜜，他说，问了好些人，才在邻乡买到的。我说会不会掺了糖，他说不会的，人是专门养蜂的，我亲眼见了。他把蜂蜜递给我说，很甜的，很甜的，你尝一下。

我接过罐子，看着父亲笑盈盈地望着我，眼角的皱纹叠起来，胡子应该很久没刮了，发际线好像又高了些，想笑又想哭。想笑是因为，眼前的父亲，傻傻地对我笑，待我尝他给我买的蜂蜜，表情像一个小孩。想哭是因为，这个世上能记得我话的人，记得我喜好的人，给我惊喜的人，已经愈来愈老了。

我遂了他的意，拧开盖子，用手指沾了点，舔了舔说，果真很甜。他才放心地点头,从我手里抱了回去,拧好盖子,用塑料袋扎好,放进柜子里。他说,走的时候记得带去,用温水冲了喝。

他知道我回来,只买到凌晨车次的站票,路上给我来了好几个电话,问我到哪了,吃过东西么,有座么,累么。他就是这样,越老越喜欢操心。

晚饭,母亲做了煎鱼、炒肉、青椒炒蛋和空心菜,喷喷香,我吃得直冒汗。

父亲问我:"单位的食堂不好吃吧?"

我说:"是啊,难吃得很。"

他说:"那出去吃,不要吃不好。"

我说:"要上班的,没时间跑外面吃。"

他说:"也是,那在家这几天吃好些。"

他和我说,鱼是中秋节同你姐他们去塘里捞的,最大的有十多斤,你姐她们一人一条大的,剩下一些叫你妈放冰箱冻着,等你回来吃,只是吃草的鱼,比外面的好。我笑嘻嘻地又夹了一块。

乡村的夜清凉许多,夜色也浓一些,天空挂着月亮,还能看见熙熙攘攘的星光。门前的棉花地里,偶尔能遇见飞来飞去的萤火虫。我有些欣喜,这般轻松与静谧的夜,只有家才有。

父亲很少问我工作的事情,他偶尔问我,工作辛不辛苦?我说,还行。他说,那就好。

想起来从小到大,他似乎对我没有过什么要求,没说过一定要考第一,没说过要上重点大学,没说过要找工资多好的工作。他知道我身体不好,找工作的时候,只是说,找轻松一点的,钱少一些没什么。有时候,他也忘记,会在我面前说,村里的谁在哪里上班,工资一万几千。我望他一眼,他又不说了,似乎怕我多想。

父亲为我做过的事情,我记得最深的是上初二那会儿,他生病了,每天早晨骑自行车来镇里的医院打吊针,有时母亲陪着,有时他一个人。有一天上午,刚做完课间操,我正往教室走,广播里喊:"xx,你爸在校门口有事找你。"我赶紧跑了去。

父亲穿一件很旧却干净的条纹衬衣,一条黑色的裤子,一双解放鞋,手里抱着一个绿色的塑料罐,外面用袋子扎起来。他站在铁门旁边,身形瘦弱,撑不起那件衬衣,风吹过来,头发和衣裳都飘向一边。他见我过来,眼里有了些精神,透过门缝把塑料罐递给我。他说,家里杀了鸡,带些来给你和你姐吃。我问他,病好些了没。他说,没什么事了,再打几天吊针就好了。

他走了后,我突然就泪流不止,那一瞬间我太难受了。他因为生病,毫无生气,越来越瘦,走在风里,衣服被吹起来,很疲累的模样。母亲炖鸡给他补些营养,他不舍得一个人吃,带了一大半给我和姐姐。

他和我说,他的病就要好了,可周末回家,推开门,他还躺在床上,发着高烧,怕冷,盖着厚厚的棉被。他总是和我说,他什么都好。后来我读朱自清的《背影》,每次都能读出泪来,因为总能想起父亲。

第二天下午,父亲问我,去不去钓鱼,你姐买了鱼竿放在家里。我说行。他扛起锄头,去地里挖了一些蚯蚓,我拿着鱼竿,一起往塘里去。我把鱼饵挂上,往水里丢,岸边的杂草长了很高,山坡上有许多野花,星星点点,风轻轻扬过来,摇摇晃晃,天上几朵白云。我和父亲坐在杂草里,老有蚂蚁爬上身来。

父亲几年前开始在塘里养鱼，主要是些草鱼，他和母亲平日得闲便往里面打些草。鱼捞得少，过年过节，姐姐回来，捞一网，姐姐拿大的，爷爷叔叔拿一条，剩下自己留着。也不愿卖，养着，自家人一年总能吃几回好鱼。

我在岸边坐了一下午，他陪了我一下午，终究没能钓起一条鱼。回家的时候，太阳正要落下去，好些燕子从头顶经过。父亲笑着说，这鱼难钓啊。我也笑，虽然没有鱼，心里却没有失落和不甘心。

父亲这两年在市里的一家厂里工作，做一天，歇一天，虽然还是体力活，但于他而言，轻松了许多。我有时候说他，你这么大年纪了，干这些活觉得累，就不要去了，找轻松的事情做。他说，我没文化，什么也不懂，只能干这些活，习惯了也不觉得累，你要我什么不干，在家里吃闲饭，那不是废人一个。他有时掀起上衣，掐起肚皮上的一块肉说，你看，我都长这么胖了，真不累的。

记忆里父亲一直有些弱势，他很少打骂我和姐姐，不听话了，也是母亲教训，他在旁边劝和，以至于从小我们就不怕他，敢对他大声嚷嚷。他不像别人的父亲，在小孩心里，高高大大，不可侵犯。而他的弱势，让我每次冲他嚷嚷后，沉静下来，后悔不已。

在微博看过一个话题讨论，你从爸妈的婚姻里学到了什么？热评好多是，不要结婚，不要找我爸那样的男人之类的话。而我不是这样想的，父亲是个老实人，托媒人认识母亲，结婚生子，三十多年的婚姻，印象里没见过他打骂过母亲。母亲说他，他不回嘴，反而温温和和地笑。小时候，觉得这样的父亲有些窝囊，没什么脾气，没有威严，没有人怕他。后来长大了，懂了，这样的父亲，不会打骂，不会乱发脾气，没有人怕他，更没有人讨厌他。

离家那天，父亲正好上班，早晨他走的时候，嘱咐我记得把蜂蜜带去，不要忘了。我收拾行李，母亲拿出那罐蜂蜜，又给套了一个袋子。她说，你之前电话说，想喝蜂蜜，怕买不到真的，你爸就记在心里了，他到处打听，才知道邻乡有养蜂的人，第二天一早便骑车去找，下午才回来，他一直说，这蜂蜜甜啊，没得假。我接过它，塞进包里，一小罐却觉得沉甸甸的。

堂姐说，明明和我差不多的年纪，为什么每次回家见你，你还像十八岁的样子。我也不知道，可能是一回家，在父母面前，我就是个小孩，一个幼稚鬼，一个吃货。什么生活工作的烦恼都忘记了。

不过，我心里也在想，我要成熟啊，要赚钱啊，要像他们照顾我一样，照顾他们。

一生与艺清言

文/村丘夫人

壹

艺清，我仍记得那日火车站里万千步伐匆匆。站台的风萧瑟，左顾右盼，我知你并不会来寻我。我想恨，却是如何也恨不出来。艺清，那一条条铁轨好生冷寂，那么纵横交错。到底是要把人带往何处？

艺清，你会不会恨我不告而别？

艺清，我多想与你一起探探窗外不停变幻的风景。

你看，火车经过了一座座山，那空旷的山谷里吟着几道回音。终是震荡在谁人的心底，你我不得而知。

你看，窗外有你最喜爱的夕阳西沉。世间就算再有什么，也不会有比这更美丽的了。夜幕降临之际，天色这般转瞬即逝，你常对我说这足以让你铭记一生。

艺清，窗外即将漆黑一片。窗里映着你的面庞，那些景物在你面庞上川流，怎么也不肯消逝。这一切太过扑朔迷离，我只怕伸手触窗，你便随着那景物愈退愈远。而我回过头看你，明知你不在身旁，却是细看许久。

艺清，闻你已嫁与他人为妻。我此处庭院正花满枝桠，只愿这偶有的飘香能为我捎去些许祝愿。然，风无处起，留我独自清赏。

贰

艺清，今日游走一处古城。老旧却不颓废，气息是沉寂的。偶见一对夫妻挽臂而行，如雪的发鬓不知在昔日里有过何种对白，亦或是风平浪静，一点也无轰烈。

相伴而行，怎样都好。许是当我发白，你已儿孙满堂了。

艺清啊，思来想去，我已决定不再打探你的音尘。

你或是已生儿育女，已学会了做几道可口佳肴。忙忙碌碌，间歇抬手用袖子揩汗，你来不及收拾自己那狼狈的样貌，可嘴角终归是挂了笑的。如此再好不过。

艺清，我在古城小店里买了一把木梳子。

你不知道吧，我发丝已快及腰。遥记当年你笑我这一头似是男子的短发，自顾想着我长发又是何种模样。

艺清，我梳发之时最是能念及你。

叁

艺清,今夜那山巅上的月很是清寂。轮廓精美。清酒从杯底满至杯口,自斟自饮。

不知你那处玉兰开得可还好。

艺清,与你相遇难相守,我对你心却是依旧。

艺清,今宵饮酒,我怕是再也忆不起你的面容。

千言万语诉还休,也罢,也罢。

肆

艺清,我终是不愿细想爱是何物。

艺清,我想再过个几日,恐是连路都走不动了罢。

艺清,终其我这一生,无甚苦愁,无甚悲痛。

艺清,我只觉昔年与你生别离,也幸你曾为我妻,我一生也为你妻。

我只从外祖母的抽屉里翻来这么几张白纸黑字。好些已经泛黄,字迹模糊。外祖父说外祖母在世时写下了不少信件,可却常常逐一撕毁,烧成灰烬。

外祖父同我提起外祖母时,神情总是释然的。皆是被世俗所扰,人情所逼。外祖父说倘若没有这些东西,外祖母又怎会同他缔结婚姻,度着相敬如宾的日子。

外祖父自始至终是知晓外祖母的,但从未抱怨过。外祖父常常和我道着外祖母的举手投足,眉目神情里的心绪,好似说也说不完。想来是日久生情吧。

"世间岂是只有男女之情呢。"外祖父说。

红与橙

文/村丘夫人

郁伯父爱喝酒,生前没多少时日清醒过,葬礼也没什么过场,一埋就完事了,只剩下杂草一年一年生长。郁扬背对着我说,就像抬个大酒瓶子,气味都是醉醺醺的。

我很爱看郁扬的背影。跑在他身后,我喘着气问要去哪儿啊。汗珠在郁扬的脖颈淌下,街道短巷在眼角余光里一掠而过。挎包在胯间不停地荡起,郁扬头也不回地告诉我,跑到海边去。挎包荡得更高了,郁扬又跑得快些,但他从来都会让我跟得上。

沙滩上郁扬边跑边大声笑着把挎包往天上扔,一瞬间挡住了西边的红太阳,黑点在半空稍停,再飞速落下。他站在海浪里回过头看我,秋树,你快过来。我说,这里风好大啊,沙子打到腿上还蛮疼的。郁扬脱开衣服再猛地扑过来扯掉我的上衣,嬉笑着把我推进卷来的海浪里。

咸味弥留在鼻尖，天和海一下橙一下红，海边只剩下郁扬和我。我歇在沙滩上，郁扬还踩着浪，浪也偶尔踩踩郁扬。我看不见他的脸，我眼里的郁扬成了夕阳前的一剪黑影，结实的手臂裹着水，流过腰肢，汇聚着从细长的腿踢打而出。蒙上日落的辉光，从黑影里挥洒出的水滴子是些透彻的红，又晶莹的橙，明晃晃。郁扬好像在起舞，虚而不假。

我们回去吧，郁扬缓缓走来。我仍是看不清郁扬的脸，恍恍惚惚的红和橙。郁扬递给我衣服，问我，你跟不跟我回去。我说，郁扬，我看不清你。郁扬带着最后一抹晚霞靠近我，我记着藏在郁扬发丝间的水珠子，透彻的红，晶莹的橙。亲吻的红，触摸的橙，两具湿漉漉的躯体在浪声里尚未成熟。

郁扬从山里回来，立马褪下衣物，仔细刮去胡渣。淋浴的时间比以往久了些，我看着郁扬走出浴室站在窗边，地板印上两行湿脚印。深深吸了几口气，拉下搭在肩膀的毛巾随意擦拭。

"铺子怎么办？"

郁扬仰起头擦了擦胸膛："关了吧。"

"还有很多东西在那。"

"老鼠可能都啃掉了。"

"应该有能留的。"

"发霉的烟草，他最爱喝的酒。你知道，假的"。

"郁伯父可能希望你把铺子留下。"

"总得先把烂了的东西收拾掉，还是你想当这铺子的老板？就在楼下，你现在可以大摇大摆走下去了。"

"你还这样笑我？"

"假如你想的话，我们就清扫干净。楼下是你的铺子，楼上是你和我睡觉的地方，我们以后生活的地方。"

"郁伯父才刚过世。"

郁扬回头把毛巾朝我扔过来："于是我只剩下一位爱人，你。"

郁扬第一次带我到他家。拉起卷闸门让我躬身进去，店铺里一片黑漆漆。关上卷闸门，脚下仅有的光彻底消失。他拉着我避开物件左走右走。扶墙踏上梯子，摸摸索索，每一脚都像要踩空。犹疑里身子突然向后倒，一阵温热靠近，郁扬紧紧揽住我的肩膀。

银灰的光趴在窗沿，月明星稀。郁扬撑着手臂打开床头的台灯，回过身问我，有没有弄疼你，没有事吧。身后亮起的颜色和海边的日落一模一样，汗珠从眼皮浸湿瞳孔，光影交错朦胧，他身上的每一处肌肤，仿若红，又似橙。我半晌说不出话，胸膛突突跳着，微微喘气，任其红橙填充我脑里的空白。汗味，腥味，晚间泥土的芬芳，头顶的帘子自始在轻轻飘动。

那时我好想问郁扬这样的事情到底是些什么，徒张着口，不知所措地扭动腿脚，浑身的毛孔全部张开，下体也好像生了颗心脏，分不清是肿胀还是跳动，是愉悦还是不安。郁扬像一卷海浪靠过来，击碎了无数石子却只卷走我这一粒沙。一遍一遍地抚摸，湿热的手掌又触醒我脚底将要散去的酥麻，仿若沉入海底。

砸门声响猛地传来，震得窗框咯吱晃动，我惊得骤然起身翻下床，无意把伏在身前的郁扬撞到一边，慌乱躲进角落。声响不断，每砸一次胸膛也随之剧烈抽动一次。光溜溜的身子暴露在空气里，好像我是那扇门，拳头毫不客气地捶在我身上。

别怕，郁扬过来抱着我。也许是止不住哆嗦，郁扬一直抚着我的头，说着的耳语我怎么也回想不起来。从郁扬的肩头看去，几只蚊虫贴在灯泡上，翅膀的纹路一清二楚，触角悠然摆动，接着扇动翅膀，带上砸门声飞出窗口。我抬起头盯着郁扬，郁扬笑着看我。身上的骨骼一清二楚，郁扬的个头只比我高出一些，骨头和肌肉却比我来得宽大坚实。

郁扬把我的手贴在他胸膛上，他的跳动钻进我发抖的手臂，阴影在喉结的上提下沉里忽长忽短，抚摸里瞥见了不知什么时候我在其上留下的抓痕，深浅不一的红，淡淡的橙。赤裸相对，天和海，合二为一，红和橙，我和郁扬。

前所未有的疲惫。入睡前郁扬嬉笑告诉我，声响是他父亲砸的，因为跛脚，几乎不上楼，只在楼下走动，砸门是他喝醉的习惯之一。

禁果可能是红色或者橙色的，像橘子，上帝没有造出另一个亚当。

我们就是两个亚当。

夏娃会不会生气？

那我们吃橘子就好了，没有亚当，只有我，和你。

也没有善恶树，只吃生命树的橘子。

你吃我的生命，我吃你的生命。

嗯。

上帝可能会生气。

为什么？

他刚才狠狠砸门了。

年少里我常常没来由地感到一阵悸动，车座上，桌前，路旁，甚至驻足在一阵风带起的万千枝叶吵响,耳里再听不到任何声音。学生时代的被嘲讽与殴打,郁扬不想连我一同受到伤害,白日里拉开好一段距离,形同陌路。

见不到郁扬的时间我着了魔一般地找寻红和橙作伴,我开始万分期待每一天,每一刻的日落,每一处余晖洒至的犄角。站在镜子前竭力回想郁扬在我身上留下的印记。他向左我向右,四片嘴唇轻咬吮吸,耳鬓厮磨。有时郁扬在撩拨挑逗之下故意弄疼我,我假意生气,抬起腿卷上他的腰肢翻身把他摁住。亲吻里悄然睁眼,不想刚好他也偷摸睁开,掐架似的翻来滚去。而再睁开眼,天黑了,镜面蒙上水汽,影影绰绰,我在镜子里看见郁扬的脊背。额前的头发在我身躯游离来去,扎得我不禁唤他的名字。一瞬间忘了何年何月何时何地,不知窗外是春寒夏凉秋月冬雪。

一棵树下落满熟烂的橘子,郁扬赤裸躺在一片红橙里,粘在我唇角边的是透彻的红,晶莹的橙。再也没有初次的茫然无措,摊开黏腻的手掌,每每清醒过来时,郁扬便不见了。

"我们不走了?"

"我知道你更想在这里。"

"你的工作呢?"

"辞了,借着我爸过世的缘由。"

"就在这生活?"

"你愿意吗?你可以继续绘画,店铺改成画室,你收学生也好。"

我从柜子里抽出衣裤递给郁扬。"这些无所谓。"

"还是,你怕啊?"郁扬眯起眼笑。

"什么?"

"都说刚死了人的房子污秽,还闹鬼。"

"郁伯父是好人,怕什么。"

"秋树。"郁扬抖了抖衬衣穿上。

"嗯?"

"屋子没变,可我和你禁不住折腾了,我们都开始老了啊。"

那些年我常按捺不住走到铺子不远处,白日里不敢靠近,不敢在楼下喊着郁扬的名字。久了,郁伯父开始留意躲在对面树后的我,和郁伯父的目光对撞,赶忙拔腿走开。几回以后郁伯父叫住我。

第一次在白日里走进店铺只觉这好像并不是郁扬所在的地方,看清了郁扬在每一次的漆黑里带我避开的物件摆设,与其他店铺并无什么两样,但果真像郁扬所说的,都是些酒气味。

"你叫什么名字。"

"我叫,秋树。"

"秋树。"

"是。"

"我认得你,晚上的时候,我睡在铺子。"郁伯父点燃一支烟,目光停在我身上。

郁伯父手指着角落里铺在椅子上的竹席。郁扬告诉过我,郁伯父的确睡在铺子,但睡得很死。我胆怯后退一步。

"我都知道,你和郁扬的事。还在初中的时候,有几次他被打得鼻青脸肿。"郁伯父弹了弹烟灰,"被丢在河边的小娃娃,小时候还好,后来越渐生分了,不怎么说话,不喜欢老爷子我喝酒。这双腿也追不上他了,他在学校里还好啊?"

"还好的,伯父。"

"可怜的。这地方总归小，七嘴八舌，以后啊能走就走，好好伴着。"郁伯父掐灭一支烟往里的楼梯挥挥手，我愣愣看着郁伯父。"去吧。"起开酒瓶盖的声音在我背后响起，此后再没有离郁伯父那样近过。

在日光里看郁扬的房间。我环视着，郁扬，你房间光线好好。夜晚常和郁扬嬉闹的床铺，我以为是黑色的床单，此刻眼里却是藏青的。地上有着我不曾注意的拖鞋，衣架上挂着皮带衬衣还有我从未见郁扬穿过的牛仔裤，唱片和诗集一起堆在书桌，摊开的本子上写着几句歌词，铅笔，钢笔，我不熟的古典乐和民谣。台灯是马车的模样，农夫模样的人驾着马，郁扬夜里开起台灯的时候用手指轻触马驹。柜门贴着大大小小的电影和歌手的海报。风起了，飘来一股花香，我回头望去，铁窗下有着一盆我不知名的白花。像是浪潮褪去，留下静默无语的沙滩。郁扬，我不知道，你的房间原来是这个样子啊，一点都不知道。

郁扬，我们还没一起逛你喜欢的书店，还没一起在旷地上放过风筝，还没一起在小餐馆吃我和你都喜欢的馄饨，还没一起去公园看杂耍，我和你还没在晴好的日子一起……郁扬，到底我们还要在漆黑黑的夜里待上多久，我们一辈子都只能在漆黑里相处么，好黑啊……酸味涌上鼻尖。

郁扬，上帝是个很好的人。

往后我们逐渐走遍城市的各个街道角落，郁扬依旧习惯走在我前头，我也习惯跟在身后看着他的背影。郁扬忙工作，我闲暇就在屋里画画，很长一段时间里我画不出任何东西，单单在画板上调颜色。赤红，淡橙，胭脂红，樱草橙，品红，柳橙，海棠红，桃红，杏红，水红，绯红，朱红，梅红，苍红，水红，阳橙，蜜橙，嫩橙，石橙，深橙，秋香橙。其间郁扬在画展上问过我什么时候画一幅他的画像，我说，郁扬，每一幅画里的红橙就是你啊。

偶尔和郁扬到影院观影，零散坐着一对一对年轻的男男女女。模糊的呻吟开始从四方的位置断续传来，画面高潮时才知道和郁扬来的是成人影院。我扭头瞪着郁扬，郁扬坏笑咬着吸管，若无其事地把爆米花递给我，憋红了脸忍住想要放声大笑。

等到人群散去，郁扬拉着我的手在空无一人的街道肆意奔跑，又停下来捂着肚子笑岔气，车辆两三呼啸而过，路灯把影子延伸进小巷。郁扬突然伸直腰朝我扑来，撕裂般亲吻我的嘴唇，玩笑咬几口我的耳朵，猛猛呼出的气流一股喷上我的脸庞，我圈住他的脖颈不断回应。就这样扭打般地推搡进漆黑小巷。

有了黑夜，就有了我和郁扬，如此年复一年。

我在等候郁扬回来的时间里睡去，直至郁扬拨通了我的手机告诉我郁伯父过世的消息。我仓促收拾行装赶回镇子找郁扬。远远地看见郁扬站在店铺楼上望着。年少时郁扬从不曾站在他的窗边朝我招手，我也从不曾这样朝他挥手。如今店铺前的树已被伐去，我能躲避的地方也一并消失。

"郁扬，你还没吃东西，饿了吧。"

"你也饿了吧，不知道那些店还开着没有。"

"一起去吧，回来再收拾。"

郁扬在前头寻路，走几步便停下脚，左望右看。街的尽头悬着将要落山的太阳，我叫住郁扬，郁扬回过头看我。

我不跟在你身后了吧。

紫红的云浮在天际，余晖洒亮了一整条街道。亮橙的玻璃窗里坐着看书的人，烟灰缸里的烟头有着一抹淡红，金橙的灯泡挂在半空，照得底下泡沫箱的苹果红艳艳，妇人从油锅里捞出嫩橙的油条，墙上贴着深红的纸，晚间七点庙里唱戏。红橙镀上我和郁扬的身躯，街的尽头拐弯是年少我们曾踩过的沙滩，回荡的浪声里卷来透彻的红与晶莹的橙，行人纷纷用异样的眼光着我和郁扬。

你的肌肤长了几道皱纹，原先白嫩的脖颈晒得黝黑，我抚摸你面庞的触感不复柔软，你笑我的手掌也变得粗糙。红橙的橘子四季都是漫山遍野，我们在这条渐晚的路上肩并肩地地老天荒。郁扬，就如此你吃着我的生命，我吃着你的生命。

柱仔奶奶

文/村丘夫人

你说柱仔奶奶呀？东张街，清源路北东后巷 7-3 号。她就住在那条小巷子里，你走进巷子能看见一口井，几十年前柱仔奶奶的男人跳进这井里死了来着。再往前走几步就是她家了。

柱仔奶奶的家门口对着对面老邻居的后门。那房子是用些石头混着泥土堆砌的，有几处倒是在后来用水泥砌了几块砖头修补一番。两扇门角破了些洞的木门，推来推去就吱吱呀呀响个不停。柱仔奶奶嫌吵，所幸整天用椅子顶着门敞开。柱仔奶奶说反正她家也没什么值钱的东西，还怕他强盗小偷什么的，顶多钻进几只老鼠和她玩。

房子是那死了的男人给柱仔奶奶留下的。一九五〇年所建，砖瓦房，真没什么好看的。门口看过去两层楼，三米六宽，五米高。

往里可以看见一张桌，几把椅子，摆在那电视前。接着是桌子旁的木棍架子。柱仔奶奶把簸箕啦，花生壳子啦，木柴火七七八八地摆在上头。逢上什么大事小事,她就会踮着双脚在那架子前翻来翻去。偶尔架子因为翻动颠颠晃晃的,时不时把墙壁的灰给撞下几块,奇怪的是从来撞不坏墙壁上挂着的毛主席画像。

现在是下午,你要是过去找柱仔奶奶的话准能找到她。在她家门口一站就能瞧见她坐椅子上看电视呢。说不定手里还在包着饺子啦,鱼丸啦,馄饨啦。你告诉柱仔奶奶你饿了,她一高兴,抓几粒饺子往锅里一扔便赏你一碗。

呀,你可真不能嫌柱仔奶奶的饭不好吃。几十年前柱仔奶奶扛着锅碗瓢盆,什么煤炭啦,炉子啦,往那街边一摆,嘿呦!管她今天是炸饼子还是炸春卷什么的,那味道十里飘香都不夸张。柱仔奶奶可就是靠着这一手好厨艺养活了六个半大不大的孩子咧。

柱仔奶奶说啊,冬天的时候最不好过了,风冷飕飕的啊,在街头摆摊子那只能蹲在炉子前取暖,抖得停都停不住呢。要是实在受不了,破口大骂几句那早死的男人。什么一死百了啊,呸!真是没见过能让人这么不安生的,畜生!活该早死哼!……骂几句,呼呼几口气,虽然还是冷飕飕的,可这心里舒坦了。

这后来,人老了干不动,反正孩子也都成人能养活自己了,摆摊子卖饭的活不干也罢。不过要是到了什么节日的话,街坊邻居就一个一个地上门找柱仔奶奶。请柱仔奶奶给做点糕子啦,海蛎饼啦,粽子啦什么一大堆乱七八糟的。柱仔奶奶哈哈哈地几声接过邻居递来的食材,操着嗓门挥挥手说着,哎哟,这有什么不好意思的!行了没事你赶紧走吧!我得忙活咯!

于是柱仔奶奶坐在灶台旁,春夏秋冬都拿着把扇子,一下扇火,一下扇脸。股股白烟往上冒。冒着冒着,时光随烟消散在空气里头。

柱仔奶奶二十多岁成了寡妇,不抱怨,不哭天喊地。不过她倒是把喊用在了吃饭这回事上。你现在是听不到了。十几年前,柱仔奶奶插着腰站在门口,清亮的嗓子把六个孩子的名字一个个喊过去。柱仔奶奶也不知道孩子究竟跑哪玩去了,只晓得喊上几声,过个几十秒孩子就会蹦出来。

这几个孩子跟着柱仔奶奶过生活,柱仔奶奶时时教导他们做人要勤俭,不可浪费。要咻咻几下把碗里剩的米粒吃干净。孩子们不觉得那是一段穷苦日子,因为无论怎么样,柱仔奶奶都能倒腾出好饭好菜往桌上摆。

几个孩子,结婚的结婚,外出谋活的谋活。柱仔奶奶站在家门口用右手捏着左手腕,定定地望着他们一个又一个搬出去,末了洒脱地说上一个能好好过就行,别强求些其他的。

清闲日子还没到头。

那一年啊,人都告诉柱仔奶奶,她大儿子在外头也不知瞎做些什么,借了一笔钱把两个女儿送去国外想着以此能求富贵,又不知怎么地领养回一个小娃娃。这里欠债那里欠债,实在不行躲到外头去了,把他老婆都整得要疯啦。

柱仔奶奶四处打听大儿子的下落,频频无果。过几月大儿子出现在家门口,柱仔奶奶一把给拽进来,劈头盖脸骂个不停。总算骂停了,又把儿子拽到椅上。埋头炒菜,紧抓着锅把,手臂大起大落,只见锅里的火蹭蹭往上冒,照得柱仔奶奶紧皱的眉头忽明忽暗。炊烟未散,几盘热腾腾的菜啪啪啪地丢在桌上。柱仔奶奶说那混账吃完这一顿饭就走掉了,没回来。两个被送出国的孙女也没回来。

接着小女儿生了个女孩,又因着和自己丈夫闹不欢,抱着刚出世不久的孩子出现在家门口。柱仔奶奶一把给拉进来，喉头被噎住似的说不出什么话，埋头煮饭做菜，怨气撒在柴米油盐上，一大把味精一大把醋，什么都不管地往锅里洒，顾不着出来的是些什么怪味。后来柱仔奶奶一直养着这小外孙女。在外的女儿时不时寄些用品和生活费回来。柱仔奶奶接起电话也就大说几声很好很好，你女儿被我养得肥着呢，你老担心个什么，没事我挂了！砰地一声挂下电话，继续忙活去了。

二儿子倒娶了个有钱人家的女子当老婆，着实给家里救济了一番，柱仔奶奶觉着对不住她二媳妇。过节过年，二媳妇带着孩子到家吃饭。一大桌子的人，柱仔奶奶不停给二媳妇生下的孙女夹菜。

日子一久，三媳妇不乐意了。那天就在井口前和柱仔奶奶大吵一番。怪柱仔奶奶只疼二媳妇的孩子，不疼她三媳妇的。柱仔奶奶被这么一说也不高兴了。愈吵愈烈，三媳妇冲进厨房抄起菜刀胡乱挥舞。柱仔奶奶喊着你干脆砍死我算了！街坊邻居拽着柱仔奶奶，又拽着三媳妇。末了柱仔奶奶气得晕了过去。

一醒来又当什么事也没发生，接着忙活去了。

小儿子倒是清净。一清净就净到了三十来岁，还打着个光棍，闲不住，折腾到国外去了，音讯寥寥无几。

日子呀，过了又过。柱仔奶奶只觉得好笑，那几个大人忙时常常把孙子孙女交给自己。站在家门口，手扶着墙，沙哑的嗓子喊出几声名，孙子孙女就像当年的孩子似的——蹦出来。孙儿们总不把饭吃干净。柱仔奶奶便说，要是没吃干净的话，天上的雷公雷母会响雷来砸你的哟。

远处阴暗的天边劈下几道闪电。乌云翻滚来去，闷响了几声雷，雨开始什么也不顾地从天上掉下来。屋顶上的砖瓦被砸得噼里啪啦响不停，水滴子顺着瓦片连连流淌。这种时候房屋是昏沉无比的。柱仔奶奶开着电视，一边看着一边忙着手里的活。

阴雨天腿总犯疼。柱仔奶奶常说她身子硬朗得很，贴上几片膏药也就完事了。从家门口到市场买菜，别人要走上二十分钟，她十分钟能踏个来回。办事可从来都是麻利的，不拖沓。

柱仔奶奶一时忙累，起身关掉电视。打算靠在椅上小睡一会，刚闭眼，传来了几声猫叫。柱仔奶奶叹了口气，又起身到厨房给猫盛些吃的。

前几年啊，邻居给送来了一只小黄猫。柱仔奶奶乐呵地接过，抓着猫在桌底下绕了三圈。随后的日子猫吃喝拉撒睡也都在这桌底下，偶有几次咬开了绳子出走，但次次归家。柱仔奶奶只喊这只猫叫畜生。

嘿畜生，你就只管睡觉。

嘿畜生，好米煮的稀饭你还嫌不好吃。

嘿畜生，有本事咬断绳子跑了就别回来。

畜生刚来的一年生龙活虎的。谁要是经过那桌子它便猛地跳出来往人身上扑。柱仔奶奶让人别怕这畜生，它不咬人，只是闷得慌罢了。

三年两年，畜生扑人的速度比先前慢了不少，身形圆滚。柱仔奶奶嘲笑畜生连抓只老鼠都要费些劲。畜生只趴在桌底下看柱仔奶奶走来走去，一下揭锅盖，一下搓洗衣服，一下栽花，一下倒污水。污水溅到了畜生身上，喵喵叫上几声。

嗨我说柱仔，你每天都瞎忙些什么呢！

"行了行了，你每天都瞎叫什么呢！"

又后几年，畜生不再扑人了，大半的时间都蜷着睡觉。偶尔柱仔奶奶在旁刷碗吵得它睡不安稳，抖抖耳朵，饿了渴了叫上几声，或是在桌子下绕着圆圈走着。柱仔奶奶弯腰捡起小铁碗从锅里盛饭，往里头浇上鱼肉汁丢在畜生旁边。畜生嗅了嗅，舔上几口就走开了。柱仔奶奶骂道这只畜生不被雷打死才怪。

掰掰手指头数，这刚好第十年了。畜生变得瘦弱瘦弱的，脸上还有几道疤。那都是外出后回来才有的。柱仔奶奶说畜生每次从外头回来都是个鬼样子，吓死人。捡几块肉丢到畜生碗里，畜生咬了咬，又用爪子挠了挠。气闷闷地叫上几声。

"畜生，没见过像你这么胃口坏的。"

老太婆，你每天都晃来晃去弄得我脑袋都疼了。

"你每天都舒舒服服地窝在那还嫌个什么，我这一辈子就是瞎忙活的命咯！"

哎呀我说老太婆，今天也不会有谁来吃饭的啦！

"畜生，你要是再叫个不停今晚就没饭吃了！"

几道光从云里射出来。风往北吹，乌云跟着风走，走净了。蓝白的天空下头，柱仔奶奶把盛好饭的铁碗哐当一声丢在畜生面前。畜生探出头，从桌沿淌下的雨水砸到脑袋上。柱仔奶奶抬脚碰了碰畜生的脑袋。

"畜生啊，这一天又过了，你都老成这样了哟。"

现在雨停天放晴，一会要傍晚了。你要是找柱仔奶奶的话就赶紧过去吧。那条小道胡同，有口井往前走几步，要是不知道哪个是柱仔奶奶家门的话，你看看门外挂着的水电表就知道了，那水电表上就写着"林柱仔"三个字。

别提这么一个逗趣的名字啦。当年柱仔奶奶办身份证啊户口本啊,局里人问柱仔奶奶叫什么名字。柱仔奶奶不识字,更别提说普通话啦,街坊邻居都喊柱仔奶奶叫珠子。柱仔奶奶就用家乡话直直地喊着"珠子""珠子""拎珠子"。可那局里人又听不懂家乡话,倒是直接音译过去了。其实柱仔奶奶有个很好听的名字——林珠英。

哎呀我说珠子啊,你也不看看你自己老成什么样子了哟。

梦想不一定在远方

文/骆闻笛

时间总是在你不注意的时候，偷偷溜得特别快，就是这样几个不经意间，我来杭州已经快三年了。当我掰着手指计算出这个结果，又反复验算数遍后，仍然久久难以置信。

三年，像初中那样漫长的三年吗？

那天，君跟我说，七八月份她可能就要离开杭州回金华去了，她的语气云淡风清，好像早知这一天迟早会来。其实我也并没有太惊讶，因为我也早猜到是这样的结局，只是快得有点措手不及。

去年年底，翔突然回去了，杭州冷清不少，才过半年，又走一个，剩我一人独守空城。忽然明白，孤城，孤的并不是城，是人。

记得还在大学的时候，我在群里说：等毕业了，我们都去杭州吧，大家重新聚到同一个城市，然后我们合租一套房子，一人一个房间，过爱情公寓式的生活，到时一起创业，开一个公司，我当老板，你当副总，他扫厕所……

一时间得到了广泛而热烈的支持和响应，然后大家开始七嘴八舌地描绘合租后的幸福景象。

于是，实习期我便带着平时省下来的四千多块钱一人一箱杀来了杭州，那时君在杭州上学，翔在杭州上班。一开始，我在君学校边上的小镇民居租了个房间，苦口婆心谈下价钱，月租四百，押一付三，一口气快交出了将近一半财产。

接着就开始紧张地找工作。当时是十二月份，已经入冬，租房内没有热水，我试过用冷水洗头，水冰冷彻骨，淋完后整个头皮就僵硬麻木失去知觉了，于是不敢再洗，每次出去面试，为了保持形象，我都会在楼下一家理发店洗个头顺便吹个发型，一次十五元。

面试往往在市区，我初来乍到，对杭州人生地疏，中午饿了，站在繁华街头一眼望去看不见像沙县小吃那样经济实惠的饭店，而跑太远又怕迷路，于是就走进随处可见的某肯或某麦，花二三十块钱解决一顿午饭，边吃边想：等明天找到工作，这点钱不算什么。

然后我连续吃了快一个礼拜炸鸡。

后来看着资金日益锐减，找工作的事却没有丝毫进展，我就开始控制开支。某肯某麦我已经闻风丧胆，尽量避而远之，有时饿着肚子面完试，晚上七八点钟回到小镇上买两个馒头，怕人看见，偷偷塞进包里，回房间后狼吞虎咽；出去面试形象还得要，不过也不敢再去理发店里洗头了，早上昏昏沉沉起来，用冰水一淋，神清气爽。

那段时间，为了面试，我每天都要跑两三个区，杭州的每一个区几乎都有我的足迹。去过高楼林立的繁华地带，也去过荒无人烟的工业园区；走过无数冤枉路，也吃过不少闭门羹，不久，对杭州我就比君这个待了几年的人更熟了。

为了尽快落实工作，我经常会一天安排多个面试，由于住得偏远，安排得比较早的，我要六七点钟就把自己从温暖被窝里逼出来去赶公交。有时花两三个小时横穿整个杭州城，就为了一个机会渺茫的面试。那时我觉得自己就像是《当幸福来敲门》里的主人公，不停地面试被拒，继续面试继续被拒，觉得生活每天都在欺骗我，负面情绪与日俱增。白天挤在公交车上望着街上人们匆忙地来来往往，暗自羡慕他们有目的的奔忙，而我每天背着包，满怀期待地乘兴而去，总是伤心失望地败兴而归；夜晚坐在空旷的公交车上回家，望着窗外闪烁的霓虹，喧嚣的夜景，看到车窗上自己落寞的倒影，顿生心酸。

终于在一个多礼拜之后，一家公司突然通知我，录用了，我千恩万谢地挂了电话，差点喜极而泣。

不过后来我才醒悟，那是家骗子公司。

当时通知八点钟上班，第二天我好好打扮了一番，坐了一个半小时公交车早早等在了公司门口，等了半小时，又陆陆续续来了十几个人，最后才有个人姗姗来迟开了门。我说我是应聘文字编辑的，今天到岗。然后我被安排在培训室坐着，刚才跟我一起等在门口的人几乎也都在，然后我认认真真听了一早上关于"蟑螂药"的东西，然后慷慨激昂地齐声朗读了几张羊皮卷，然后我和大家一起被安排出去售卖这些蟑螂药。

这一切来得太自然随意，我差点来不及反应。

我说"我是文字编辑,也要出去销售吗?"一个负责人笑容和蔼地对我说:"文字编辑也要先了解产品了解销售,你放心,体验三天就可以不用出去了。"我觉得有道理,欣然接受了。

接着我跟着我的"师父"来到一个小区,他让我看着他走一遍流程。我跟着他来到小区一幢的顶楼,他敲开一户人家,户主是个四五十岁的妇女,戒备地开了半边门问什么事,师父说是某某单位统一安排来放蟑螂药的,得知来由,户主又打量了我们一下,开了门让我们进去。进去之后师父开始跟他聊最近蟑螂多不多,蟑螂有哪些危害,如何防治蟑螂之类的,户主一听激动了起来,说哎呀是啊是啊蟑螂如何如何多,如何如何猖獗。师父如同佛祖拈花一笑,说别担心我们就是被派来拯救你的。就在他家的厨房卫生间的墙角等比较阴暗潮湿的地方放了点蟑螂药,嘱咐了注意事项,并递给她两支药,说:"刚刚放的药是免费的,这两支药是留给你们自己放的,统一收费五十元一支,以后每个礼拜记得在刚刚那几个地方放药,不久之后蟑螂就会被消灭的。"

户主一听要钱,面露难色,心生怀疑,然后委婉地把我们轰了出来。

师父并不气馁,继续敲下一家的门,还是那套流程,然后我们被粗暴地轰了出来。

到第三家的时候,终于有个善良的户主很配合地走完了流程,乖乖给了钱并感恩戴德地把我们送出门。师父跟我说:"看到没,就是这样。"然后安排我到边上另一个小区,让我像他一样挨家挨户地去敲门。

其实一开始我是拒绝的,内心非常地抗拒。第一,这明显是骗人；第二，还要泰然自若面不改色地骗人，臣妾做不到啊！我在小区楼下内心纠结地坐了一下午，最后天快黑的时候，我鼓起勇气去敲了一家的门，没有意外的是，我被拒绝了；意外的是，我还没进门就被拒绝了。

第一天的工作直到晚上八点半才结束，我坐在回家的公交车上，回想这一天的经历，纠结着是否要放弃，回家躺在床上翻来覆去，最终还是决定，工作来之不易，且行且珍惜。因为痛苦的面试经历让我不愿再次复习，况且那个人说只要体验三天我就可以不用再出去了，于是我就鬼使神差地决定，继续坚持。

于是第二天，我继续起早去了公司。那个负责人对我的再次出现似乎很惊讶，同昨天一样，上午在培训室听课，只是昨天那批人绝大多数已经换成了另一批人，然后朗读羊皮卷，下午又出去扫小区。我还是长时间坐在小区楼下纠结，偶尔上去敲一两家门，度日如年地熬过这一天。

突然，我看到师父跟在一个穿警服的人后面，好像正被带去什么地方。他看到我，朝我使了个眼色，好像告诉我别担心，一副无所谓的样子，但其实我已经慌乱之极不知所措了。晚上，师父果然安然无恙地回来了，原来是被户主举报了，在警局喝了杯茶，档案查到确实有公司有地址有牌子，师父又一口咬定自己没有行骗，警察就把他放了。我想到白天师父的表现，看来这种事他们是家常便饭。我内心受到巨大的冲击，天平严重朝着"放弃"倾斜，但明天就是说好的最后一天，我不甘心，于是又鬼使神差地去了。

第三天，我敲开了一户人家，开门的是个独居的老奶奶，听我说是统一来放蟑螂药的，十分热情地请我进去坐，挪着蹒跚的步履要去给我倒水，我谢绝了就开始走流程。老奶奶很认真很配合地听我跟她讲解，按部就班地就来到了最后要钱的环节。其实在此前我就在想，万一真到了要钱的环节怎么办，万一她真给我钱怎么办。

事到临头，犹豫只有那么一秒，然后我自然地脱口而出："刚刚放的药是免费的，这两支药是留给你们自己放的，统一收费五十元一支。"老奶奶一听要钱，又向我确认了一遍："要钱哒？"无知而天真的表情。我说是的，然后她犹豫着转身走进卧室，拿出一个折叠很好的手帕。她一边把手帕一个角一个角地翻开，一边摇头嘀咕："我老太婆没有钱了呀，每个月就补贴五百来块……唉！"

我羞愧难当。

她并没有意识到我是个骗子，只是觉得统一放药还要收费，咕哝两句。她从卷好的几张皱巴巴的钱中，抽出一张一百的，颤巍巍地递给我，我不忍心，心想不要了，可犹豫了一下还是接过了。

后来我是怎么从她家出来的，我已经忘了，我只记得我拿着那张钱，失魂落魄地走到楼下，然后跌坐在一条椅子上，羞愧、恶心、痛苦、憎恨、纠结，顿时百感交集，真想扇自己一巴掌，又有点欲哭无泪的感觉，老奶奶的善良和那声叹气一直在我脑海挥之不去。我靠在墙上，不停地用后脑往墙上撞，用痛觉麻木自己，抬头看到十二月份阴云密布的天空，天渐渐暗了下来，很快伸手不见五指，微风拂过树叶吹在身上寒意渐浓。

最后我还是没有勇气回把钱还给那老奶奶，回公司把钱上交，决定不再来了。这就是我的第一份工作，却在内心留下了一个一辈子都不能忘却的愧疚。

后来我继续四处面试，还是不断碰壁，直到圣诞节，被一家房产公司以文员录用,却让我做电话销售的工作,这时的我已经无所谓了,只想快点能有点收入保障生活。但是公司实在太坑,不仅实习工资低得可怜,更有无数项变相克扣工资的指标,每次到手的工资都少得触目惊心,不过至少也算让我稳定下来了。

当时还是住在小镇上,已是深冬,家里依然没有热水,洗头洗脸洗衣服都冻得不行,至于洗澡,每个礼拜我会花十块钱去镇上澡堂,然后一洗洗上两个小时。当时实在捉襟见肘,最惨的时候身上和卡里加起来不到两百块。我是从来不借钱的人,即使是那种时候。每天吃饭是最大的开支,于是自己就在吃上节省,午饭尽量吃饱,晚饭就啃五毛钱的馒头。一个同学知道了我的窘境,网上给我买了只电饭锅寄来,然后我每天晚上七八点钟回到家,煮一锅白米饭,就着豆腐乳和橄榄菜吃,如此过了两个月。后来房子到期就搬到了更省钱的公司宿舍,才结束了这段啼饥号寒的岁月。如今再让我冬天每天那样早起,吃白饭咸菜,我想我是做不到了。

另外每天追308就不说了,工作业绩连续三个月挂蛋成为公司笑柄后,我又连续两个月人品爆发,有一个月以近六万的业绩拿了当月 Top1,超出 Top2 一半之多,令所有人都刮目相看,然后,我就离开了那家房产公司。后来,我做了阿里巴巴的销售,慢慢业绩平稳,经常可以拿到上万的月薪。再后来我跟同事合伙开了家公司,把骋也一起叫过来,骋二话不说放弃台州的工作专门过来帮我。那时候我真的以为当初我们在群里讨论的理想就要实现了,然而不幸,公司不久就因合伙人意见不合倒闭了,骋不愿多待,我万分愧疚地把他送回了金华。

不久后的春节,翔也决定回去了。

忘了是多久之前，我曾经问过君，为什么逗留杭州不回金华，她说因为她贪恋杭州如画般的景色。我信，因为她也是个会把生活过成诗的人。当时我就想起白居易那句诗：未能抛得杭州去，一半勾留是西湖。

如今终究还是要回去，是拗不过现实吧，抑或别的。说不定明天，说不定明年，我也会回去，谁知道呢。

回去也好，众里寻他，梦想不一定在远方。

生活，一边怀念，一边继续

文/骆闻笛

抬起头时，窗外那棵迎风摇摆的树已经淹没在愈发浓重的夜色里了，而夜色，依然在一寸一寸地蔓延着。

玻璃窗上，湿气凝成的小水珠，如同心头烦闷的思绪，布得密密麻麻，让人透不过气来。开了一天的老空调，此时早已累得呼吸沉重，不时发出沉闷的呻吟，上下翻动的摆风条也咯咯颤抖着。眼睛盯了一天显示器，酸痛得让我想像老人的假牙那样把它们摘下来放在清水里浸泡一会儿。伸个懒腰，扭扭脖子，骨骼咔咔作响，看看时间，总算快下班了，又是一天。

回头一算，离校刚好两个月了，这两个月，其实过得飞快，可是，却又感觉像是已经有两年那么久了，因为我感到如此疲惫。我靠在椅背上，仰头呆望着反射在窗玻璃上的日光灯，忽然想：我以前要的,就是这种以后吗?

推开公司大门,凛冽的冷风猛地灌进来,我没有迟疑,缩着脖子捏紧领口便冲了出去。一个人一旦独立了之后,就会突然变得格外坚强,特别能干。独立前,一点小风小雨就能感冒发烧嗑药住院;独立后,每天风吹雨打依然生龙活虎百毒不侵。独立前,一点家务总是做不好,而且很快就会累得腰酸背痛哭爹喊娘;独立后,变得洗衣做饭无所不能,且雷厉风行从不喊一个累字。独立前,沉默寡言害怕与人交流;独立后,变得能说会道左右逢源……

其实是我越来越明白,人虽然喜欢群居,但终究是一个孤独的个体,即便你生来一直有人保驾护航,可总有一天,你会孤身一人,那时除了你自己,没人会替你遮风挡雨、披荆斩棘。于是现在,遇到任何问题我都不会再回避,而是毫不犹豫地勇往直前。

而其实,我表现得越勇敢,恰恰证明了我越害怕。可我只会哭给自己听,而笑给别人看。

人生其实就像是参加一期《开心辞典》,我们一路过关斩将,过的关越多,所收获的奖品就越大,现在,成长的推手,已经把我推向了不能场外求助的关卡。"噔"的一声,所有的灯光都熄灭了,四周顿时一片黑暗,只剩下我所在的位置被一圈白光照亮,我一个人孤独地坐在舞台中央,全场静得连呼吸声都没有,所有人都屏息静气地注视着我,我可以清晰地听到自己的心跳声。一次求助现场观众、一次去掉一个错误答案、一次场外求助的机会,我都已经用掉了,以后的关卡只能全靠自己,只要稍有差池,游戏就到此为止。我紧紧地攥着拳头,手心密密地冒着汗,面对模棱两可的选项,我委决不下,时间一分一秒地过去,我究竟会选择哪个答案呢?——

广告回来,精彩继续。

我一个人背着包慢慢向公交车站走去,沉睡了一天的路灯不约而同地睁开了眼睛。我路过琳琅满目的商店,路过宾客盈门的餐厅,路过悬挂着巨幅明星广告的商场大楼。我从反光的玻璃里看到陌生的自己,忽然满心怅然,我至今都没有接受西装革履的自己,每次照镜子时那种别扭的感觉,就像人生中第一次刮完胡子时感觉自己像个太监那样。我一直觉得我离西装笔挺的自己还有十几年那么遥远,可我现在每天都如此打扮,像个成熟的社会人,不动声色地在人群里鱼目混珠。尽管我穿西装浑身难受,可是生活要求你这样,你就必须削足适履,现实是石,理想是卵,社会就是一个巨大的屋檐,你不得不低头。

某天,我看到一句话说:"天使之所以会飞,不是因为他们有翅膀,而是因为他们把自己看得很轻……"我笑了,自嘲地想,那么我要把自己想成是水,这样,不管社会是一只如何奇形怪状的鞋子,我都能把自己变成相应的形态装进去。

城市的夜晚总是格外迷人的,天色一暗,所有的灯光一呼百应地这里那里全都亮了起来,跳着凌乱斑驳的舞蹈,高楼大厦投射出魑魅魍魉般的影子,而从五彩缤纷的霓虹千变万化的闪烁中,扑面而来的则是一股浓烈而刺鼻的奢靡气息,街头巷尾无处不透着种种魅惑,酒不醉人人自醉。烟味,酒味,炫目的灯光,腐败的人群,所有的一切都仿佛在用一种嘲讽而戏谑的口吻警告你,你根本不适合这里。

我亲眼见到过,从酒吧里穿着高跟鞋跌跌撞撞地冲撞出来的女子,明明只有十五六岁年纪,却化着格外成熟老气的浓妆,天气这样严寒,她却穿着露背的超短裙。她扶着路灯,吐得七荤八素,然后蹲在路边沙哑地哭了起来。她哭得那么委屈,而所有的路人只是不闻不问地从她身旁走过。我也亲眼见到过,小饭店里,两个西装白领的青年男人相对而坐,点了几个小菜,喝得酩酊大醉,聊到生活的艰辛,两个硬汉不顾饭店在场顾客的眼光,嚎啕大哭,泪涕横流,哭得无比软弱。

汪峰的那首歌突然在我耳边回响:"我看着满目疮痍的繁华,感到痛彻心肺的惆怅,听着心在爆裂的巨响,陷入深不见底的悲伤……"

我有时候实在搞不明白,那些在"城市"中浮躁狂欢醉生梦死的人,和那些在"尘世"外沉静参禅青灯古佛的人,到底谁更消极。

走过两个红绿灯,到了高架桥下,巨大的高架桥投下冰冷的影子,连路灯也遗忘了这些黑暗的角落,虽然只是一条街的宽度,但却觉得自己和对面的灯红酒绿声色犬马隔着无法泅渡的千山万水,人心的距离大概也就这么远吧。

我不禁忽然深切地怀念起那些无聊的大学时光,那些日子简单、乏味,可是悠闲、富足。现在,再也没空像大学里那样吃饱饭没事干去反省自己每天过得是否有意义,每天的生活就像是一场战斗,闹铃一响,就得风驰电掣地起床穿衣洗漱,然后出去冲锋陷阵,晚上再精疲力竭遍体鳞伤地回来。生存成了一切的意义。现如今,早已不知NBA成了谁的王朝,张柏芝又成了谁的新欢,网络游戏也久疏战阵,旅游码字成了一种奢望,每个周末能看一集《海贼王》,已是莫大的安慰。岁月悄悄地将遗忘刻进我们的手掌,生活就这样,一边怀念,一边继续。

下了公交车，慢慢地踱回住处，路灯弯着腰，低头温柔地俯视着三三两两的行人。上天依然是公平的，在最最开始的时候，我们祖先的祖先，确实是在同一起跑线起跑的，后来才慢慢拉出差距，可是人生其实是一场接力赛，我们接过父母手中的棒时，别人也许已经领先我们好几代了，我们没理由埋怨什么，迎头赶上才是你要做的，只会埋怨队友的，是傻子。

　　那天自嘲把自己想象成水之后，其实我又想起另一句话："水无形而有万形，水无物能容万物；善之人如水之性，心容万物故不争。"真正智慧的人，真的会把自己想象成是水，与世无争，便天下无敌。同理，一杯清澈的水，不停地摇晃，它会变得浑浊；一杯浑浊的水，把它静静放置，便会沉淀出清澈。生活亦是如此。

　　生命给你那么多张面孔，你何必要选择最疼痛的那张去触摸。无论处在多么艰难困苦的环境里，我都始终以一种塞翁失马的心态相信着，上帝总是站在我这边的。据说，快乐地生活，才是对生命最佳的回应。

　　啊，我到家了。

乐乐

文/一惜

乐乐 是个女孩子,是一个想要变成男孩子的女孩子。

我问她:"为什么?"

"难道你不觉得,这个社会对待女孩子很不公平么?"

读高中的时候和她分到同一个班,又是坐前后桌,那时候我们都是冒着傻气的做作文艺青年,聊天不喜欢聊一些令人轻松愉悦的娱乐圈八卦新闻或者是班级里谁又跟谁分手了谁又跟谁在一起了诸如此类的话题。我们聊天喜欢聊一些关于已经死去的人的一些事情,喜欢聊一些关于小说里面主人公的话题。

从我认识乐乐,她就是一个和男同学称兄道弟潇洒帅气的假小子。她留着一头短发,伸出胳膊最粗的地方就是骨节处。冬天下大雪的时候,终于可以不用穿校服了,大家都穿上了厚厚的羽绒服,乐乐穿着一件黑色的皮夹克,一条单薄的牛仔裤,一双黑色滑板鞋,离摇滚乐队歌手的打扮就差一个爆炸头发型了。她总是最后一个进教室，她的成绩还不错，老师通常也不会责备她，就让她到座位上坐着开始上课了。早上的第一节课一般是语文课或者是英语课，乐乐基本上是一觉睡过去的。我们在课堂上撑着眼皮拼命地记笔记，成绩却不如乐乐。

我问她："这是为什么呢？"

她潇洒地甩一甩一头短发趴在桌子上笑着说："老师讲的十句话有九句都是废话，我养足了精神就是为了听那一句有用的。"阳光洒在她的头发上，照得她闪闪发光。她微笑着，浓密的睫毛上也都是阳光。那时候，我好羡慕她，学习不费吹灰之力就能取得好成绩，她懂得很多，上知天文下知地理，博古通今，和她聊天就像是在读一本百科全书。一个十六岁的女孩，我这样形容她或许有些过分，有些不知天高地厚。可她配得上。

那时候，我以为她总是自由的、潇洒的、快乐的，就像她每次睡醒的时候甩甩头发微微地笑着，我转过身问她一些想破头皮都想不出来的数学题，她把手中的笔转几圈就洋洋洒洒地把解题步骤都写出来了，我这才恍然大悟。

元旦的时候学校里放假了，很多同学都在学校忙着准备期末考试，我抱着几本书准备去教学楼，看见她坐在操场上的雕像后面，大雪落白了她的头发。她一定在这里坐了很久。

"这里这么冷，你坐在这里干什么？咱们去教室里坐着吧，我有钥匙。"

她抬起头，嘴唇已经有些乌了。拍拍身上的雪，我们一起去教室了。

"你说,现在班里的女生成绩普遍都比男生好,就算考了好大学以后出来也不见得比男生找到的工作好,收入高,很多女生还不是要找个男的就嫁了。"她若有所思地说。

"你怎么突然间想这些,这都离我们遥远着呢。"

"这个社会本来就是男女不平等的。"

我看着她,听她说。

"有些现实,就像是很久以前的故事里写的那样。我有一个堂姐,如果她活着现在应该有二十一岁了,我姑姑给我说那时候国家计划生育很严,堂姐是大伯的第一个孩子,出生在冬天也是下着大雪,生下来是个女孩,结果就被冻死了。"

"家里没有火炉么?怎么会冻死?"

"你听我说,后来大伯家有了第二个孩子,就是我现在那个不务正业的堂哥。那时候我们老家的计划生育很严,一家只能生一个孩子。姑姑说,堂姐睡着了是大伯故意抱到外面冻死的。这样才换来了堂哥的出生。事后姑姑知道这件事还去找大伯理论,大伯只说了一句,这是我们家的事,你一个外人别管。从此,姑姑和大伯闹翻了。姑姑从小在家里也是受尽了不公待遇,只上过两年学就被叫回家干活,带小叔叔,而大伯一直上学上到高中毕业。就因为大伯是家里的长子,姑姑是个女孩。"

然后她又接着说,"我们家也是这样的,好在我是长女还没有像堂姐那样死去。我四岁的时候我妈妈又给我生了一个妹妹,我记得很清楚,半夜,我被啼哭声吵醒,爸爸一边摔碗盘一边骂:'他妈的,怎么又是个赔钱货,老子上辈子做他妈什么亏心事了。'妈妈在一边抹眼泪,也不看妹妹一眼,是婶婶抱着妹妹哄,小叔劝爸爸:

'要不这样，我有一个湖南的同事，他朋友的朋友结婚八年了，两个人都不能生，他们要的话就送给他们吧。'记得妹妹哭起来声音很大，每次妈妈抱着哄，爸爸摔门而出。后来有一对骑着摩托车打扮时髦的陌生叔叔阿姨提了很多大白兔奶糖来我家，在我家坐了一会，跟爸爸妈妈说了几句话就把妹妹抱走了。后来只要我说这件事，妈妈就做出一副要打我的架势恐吓道：'你再说？再说把你的嘴撕烂。'那时候的我就知道吃糖，现在想想真的恨我自己。"

"后来，妈妈把我送到奶奶家，一直到我上小学二年级的时候才被爸爸接回家，三年不见爸爸妈妈，再回家，家变得好陌生。家里又多了一个弟弟，妈妈天天抱着弟弟，而我就成了完全被忽略的孩子，我这倔强执拗的脾气就是那时候养成的，有什么事都不愿意给妈妈说，哪怕是肚子疼，疼得满头大汗我也是一个人默默地蜷缩在被窝里掉眼泪，等爸爸把我带到医院，医生对爸爸吼，你们大人是怎么照顾孩子的，急性阑尾炎，马上动手术，你要是再晚一点送过来就阑尾穿孔了，不用治了，直接准备后事吧！"

"那次我看见爸爸急得快哭了，我虽然很疼但是心里有种很甜的感觉。"

"小时候在家里，总是弟弟不喜欢吃的或者是吃剩下的妈妈才让我吃，弟弟不喜欢玩的玩具才是我的，于是我躲在自己的房间里把那些饼干、巧克力踩得粉碎，把玩具车砸得七零八落。记得有一次放学我先回家了，回家后就下雨了，然后妈妈带着淋得湿漉漉正恸哭不已的弟弟，一回来就质问我：'你为什么不和弟弟一起回来，你先回来了，看见下雨了不知道去给弟弟送伞么？你看他淋成这样感冒了怎么办？'她一边责骂我一边给弟弟擦头发换衣服。我说了句，

'神经病啊,下暴雨不知道等一会再走!'我妈伸手就要打我,我真想说,我读小学的时候你只顾着带弟弟我不也是自己淋着雨跑回来。你不但连问一声都没有,还嘲笑着说,你看姐姐都淋成'落汤鸡'了。想想都是心酸。昨天下午我回家了,妈妈给弟弟买的炸鸡、生日蛋糕。弟弟一看见我就急忙把吃的抱在怀里,妈妈看见我就说'你怎么回来了,学校里今天不是补课呢?'我就说,'嗯,是呢,我回来拿本书就走。'在我的印象里妈妈从来没有给我过过生日。甚至连我的生日都说不清是二十六号还是二十八号,我的身份证上的出生年月日都是爸爸随便给报的。不说这些了,都过去那么多年的事儿。"说完她揉了揉鼻尖。

我想安慰她,说些什么,但还是算了吧,我们俩性格不同,我懂得她的感受,但是,我会默默地忍着,然后默默地消化那些偏见、孤独,会把泪水留给比双眸更黑的黑夜。而她不一样,她会摔门而去,独自离家一人去几百公里以外的那个城市去找她的好朋友。

"走,今天中午吃炸鸡去,过节喽,我请你。"说完,她脸上的阴郁就散去,满是明媚的笑容,拉着我就往外跑,外面的风雪还紧,我戴好帽子和手套,她单薄的身影在白雪皑皑的操场上奔跑着,嗷嗷地叫着,团起一个雪球就朝我飞来。看她又疯起来了,这才是那个我认识的她。到了德克士,她的手冻得通红,双手捧在嘴前呼着热气,坐在座位上快节奏地抖动着。原来她也是怕冷的。

后来,她转学了,再没有她的音讯,听那几个和她称兄道弟的男同学说,她爸爸出车祸了,一条胳膊废了,家里面的经济负担太重了,就没有让她继续上学了。她去一家咖啡厅打工赚钱去了。

我和她本来没有太深的交情,只是因为她常说的一句义愤填膺的话"男女平等,那些歧视女人的家伙不配活在这世上",在后来,遇见一些歧视女性的事我就会常常想起她。

想起她说的:"丫的,把人惹毛了,姐妹们也都去泰国变成男的回来,好工作、好女人统统都包了。让这些饭桶一样的男的都娶不到老婆,都当光棍喝西北风去。"

想到毕业季投出去的简历打出去的电话,被别人一句话无情地回绝了:"我们这里不招女的了,现在只招男的。"心中的愤懑不知道怎么说出来,把遭遇讲给学姐听,学姐们说:"这就是现实,很多单位宁愿招聘一个水平更差的男士而不愿意招一个更优秀的女士。"

突然间又想起了乐乐,想起了前两年房地产经济火热,多少父母为儿子结婚买楼房愁白了头发,想起前几年二胎政策放宽,许多四十几岁的夫妻又抓紧时间生女儿。生女儿又好像成了潮流。

我们看得到这个社会的病态,却无力医治。我欣赏那些能为其呐喊的人,哪怕她的呐喊无济于事,但至少她是清醒的,不像那些逆来顺受的人,忍着痛不但不知道反抗还要跟那些人站在同一阵营让这病态蔓延下去。

乐乐不管你现在在哪,要好好地生活,对自己好一点吧。"别人歧视女性,咱们就更要活得自强活出自尊。"这是你说过的话。

漫长日落

文/莫偶然

日期本来没有意思，人给它命名，才有了意义。现在你有两个日子了，我尚在等待日出，你已看过日落。你不爱日落，就像我不会期待日出，夕阳太冷，太寥落，而你生性爱热烈。

每天睡到自然醒，吃喝到心满意足，到处走到处晃，也没别的事情，就是开心，一个白天不见人影。回来时天必是黑的，长腿一伸，合胃口的饭菜就端到眼前，吃吃喝喝，看看电视就到了深夜。无忧无虑，一切随性，但这是你的四十岁，不是青春期。我常想人到了这个年纪怎么还可以这样，后来发现人是可以这样的，你就是这样让时间一直过去。不负责，不对自己更不对任何人。不拒绝，人生可能性太多，不尝过每一种怎么够。你好像把自己当做电影里不回头的浪子侠客，心无牵挂，仗剑走天下。一个远房亲戚说起年轻时候的你说，第一次见你，一件黑色风衣，一条白色围巾，像《上海滩》片场走出来的许文强。

人是可以不长大的，但到了一定年纪，到了不得不直面的某个节点，会突然间懂得，变得收敛自制，开始为了目标理想奋斗。家庭和睦，儿孙满堂，老一辈的人觉得这是再好不过的事情，但你显然没放在心上，你这随性的性子倒也儿孙满堂，很多人刻意而为却常常没有结果。

你从没想过参军，却因继母待你不好，十几岁背起背包就上了战场，国共内战参加了，鸭绿江也跨了。我常常想，是不是战争让你看透，只有当下此时才是最重要，明天都是谎言，毕竟战场上，没有人知道明天谁能活下来。我们没聊过这个，模糊记得你提起江水很冷，炮弹声震耳欲聋。你老了的时候听力不好大概也与那炮弹有关，你的腿也经常疼，后来干脆不动了，整天整天躺在太师椅上。之前我们还讲话的时候，你会叫我过去听你讲，尽管你反反复复讲的我已经知道，我都这么大了。人老了会变成小孩，但你不是老了才这样。你越是想让我知道你阅历广博，我却越是看到浮夸和骄傲，你以训斥建立的尊严与威信把我越推越远。

人要是爱上一个不爱自己的人，可以换个人爱或者离开，等待不爱自己的人是一种自毁，深刻刺伤难以平复，但亲人不行，连接我们的是比感情、世俗更为深刻不变的东西，骨血连在一起，否认变得自欺欺人。

你是不喜欢我的，从小到大。

你暂时离开电视机的时间，我偷偷换掉你看的频道看动画片，被你训斥不懂规矩，不准我再碰遥控器。

你回来晚了，饥肠辘辘的我先吃了饭，被你训斥没大没小。

你把我喜欢的玩具随手送给邻居家小孩，不顾反锁在房间里哭不肯出来的我。

你的眼镜被我弄坏一次，于是后来无论你什么东西坏了不见了，都是我的错。

你有太多规矩，我不守，你不改。

我长大一点之后，你和我之间的对话就剩下你问我学校学了什么，考了几名，再后来我们面面相觑，无话可说。

我不记得哪件事情让你我至此，但我们还是到这一步。印象深刻的是很多次从你家哭着跑出来，走到了公交站又被奶奶找回去，我的口袋空无一文，买不到一张回家的车票。小时候爸妈太忙，我只有也只能被送给奶奶照看。每一次被接回家我都说不想再回去，但下一次仍然被送过去。

你知道，开始时不是这样的，我伸出手，你不回应我，我便只能背向你，说不在乎了。

衰老下去不能动的你对着电视一天天度过，没有人再换你的电视频道，偶尔折腾着要喝酒吃肉，你那有胃溃疡的胃并不能承受这些，于是大小胃病隔一段时间发作一次。你时常通过电视购物购买那些奇效药，结果吃下去又让你多吃几瓶其他药，偶尔又突发奇想要去新疆，谁知道你走不完一半的路就闹着要回来。我以为时间会一直这样过去。

现在想来，你大概那个时候就有预感了，而我浑然无知。

我来杭州第三天就接到家里打来的电话，爸爸回去后跟我说你住了院，脾气不好，把医生护士统统得罪一遍，再后来爸爸说你闹着要回家，不要在医院。

我再接到电话时，在听一场不得不去的演讲，走到走廊上接电话，听到爸爸疲惫的声音，说你走了。我没有回答，爸爸以为我没听到，于是又说了一遍，爷爷去世了，刚刚的事情。我们一家人都这样不善于口头表达，爸爸寥寥几句，我也基本没怎么说话，也不清楚是谁先挂断的电话，我走回会场，坐回座位，一直到散场。朋友问我怎么了，我反应了好一会儿才说，我爷爷去世了，我要买票，你们先走吧。

我以为我还有时间，还有时间等你回应。

那天我没什么表现，好像反应过程还没完成，这件事情就可以假装没发生。我看了票，给卡里转了钱，查好了去高铁站的路线，一样地吃饭，在一样的时间上床睡觉，只是那个晚上，我翻来覆去地睡不着。脑海里是你坐在椅子上看电视的背影，你说，不要去日本，日本鬼子都是王八蛋。

第二天奶奶给我打电话叫我不用回来了，太远了，时间太赶了。我一直没出声。就像接起爸爸电话的那个时候，我知道一张嘴，自己好不容易的假装就会全盘崩溃。我说，奶奶，怎么这么突然……突然，我情绪失控，很快转为剧烈的大哭。我始终在哭，直到被认识的人看到。我因为过分地哽咽，没有办法再讲话。那天早上我在一个陌生的怀抱里，第一次哭得不能自制。

这副残破的身躯再不能困住你，你现在尽可以东南西北到处去，没有人拦得住你。人活一辈子，你这八十多个年头，是真真正正为自己。

我跟你有一点一样，都不太为别人左右，我有时逆着人流行进，不乐意服从集体意志，不是别人想法不好，而是我想的不太一样。我也不知道对不对，但我想试试。我看过了你最后的孤独，它是怎样降临在你身上，也许它也将笼罩我，或许现在已经开始。我不期待日出的到来，毕竟意犹未尽，将亮未亮的时刻对我来说更激动人心。

　　但我终将看一场日落，寥落的，冰冷的，而在这之前，我已经体会过一场漫长日落。

春日的温度

文/莫偶然

从一个地方到另一个地方,一切重新开始。樱花细碎花瓣落雪般从窗口飘进房间,了无声息。

作为闯入者,这里都显得陌生而疏离。记忆和经验毫无用处,建筑密集,物质充沛,但很少有人会注意到飘落的花瓣,低头对着手机避开不必要的目光接触,其实没有这样多需要赶时间回复的消息。没人知道你为何而来,他们也并不关心。你也不知道楼下那家早餐店曾几度易主,对面的公交车正在改线,它们沉默表示着一如往常,你在这里,与在世界上任何一个角落无异。

你在大街小巷漫无目的,抚摸这城市的脉络,像一滴水溶进水中。从街巷开始了解,像开始时了解一个人的姓名。

有个地方早早做了标记,寻着地图曲曲折折找到这里,情绪像即将喷涌而出的碳酸饮料在胸口满溢,迫不及待推门,却又不住把手收回去。书店门上有风铃,打开时响起一阵声音,你被吓得重新退回去,门上裂开一道缝隙。

"欢迎光临。"

不对,不是的,怎么会?

到底为什么这么远来到这里啊,电车上两边渐次倒过去的街灯连成一条线飞快掠过,那个名字在脑海里却越加明晰。

认识了新的人,找到爱吃的食物,店铺路口逐一在地图上清晰,午夜煲好粥喝下,和暖暖的胃一起睡去。

记忆被摊开来,一一放置在这里,新的地方,一切并没有重新开始。从前巷口那家零食店挪到了公寓楼下,熟悉的声音藏进电话里,麻烦和琐碎牵绊,每张陌生面孔后的故事,你一一捡拾又逐个错过,你是旧的,于是没有新事。

你买了更多书,不用看地图也找得到那个地址。村上春树,杜拉斯,菲茨杰拉德,把经验写在纸上,真假对错任人评说,而故事仍在继续。

"不好意思,请让一下。"

你错身躲开,一缕光刚好投在额头,有点晃眼。

"不好意思……"

你再往里挪一挪,书压在胸前,希望里面跳得像马达似的心脏安分一点。一点都没有改变,好像昨天才站在沸反盈天的人群里看那个人在篮球场上打球,怎么着就到了书店。

"……往后一下。"

你把长裙拢一下,方便他蹲下查看地上的一摞书,他抽出最底下的一本松了一口气,他对你抱歉地笑了一下,有个瞬间空下来,扬起来的尘在光里粒粒分明。

"嗯,这里是找您的钱……你是不是 XX 中学毕业的?"

"对啊。"

"啊,我就觉得你很面熟。"

怎么会呢。

天空阴沉沉的,一场暴雨骤然而至,他仔细地帮你把书包起来,隔着柜台递给你。

要说点什么,一定要说点什么,说什么。

"你还在玩乐队吗?"

"啊?哈哈,是啊,你怎么知道。"

雨声越来越大,书店里的空气显得干燥清洁,没有雨味。

"学长很有名呢。"

"啊,真的假的?"

"至少对我来说……"

雨声盖过声音。

"你刚刚说什么?"

你摇摇头,就势走进雨里。

"喂,这把伞你带上吧。"

"不用了。"

雨伞被塞进怀里,少年被书店暖黄灯光染得十分温柔。

"那我下次还你。"

来到这个城市终于有了意义。

人群中的沸反盈天,舞台下的声嘶力竭,小心翼翼打探高一级的他毕业去了哪个大学,偷偷藏起来的学长储物柜上亲手写的名字,反反复复在纸上抄写的几个字。

我喜欢你。

好朋友为什么会变淡

文/何钟隐

壹

公元七七〇年,老态龙钟的杜甫最后一次打开手机,看了看早已寂寥无声的朋友圈,追忆往昔,不禁悲从中来,想当年他们朋友之间的聚会是何等盛况,如今兰亭之集,不复有也。凹陷的双目缓缓闭上,两行清泪倏然滑过,跟这个世界无声地告别。

贰

诗歌和璀璨的文化还在黑暗之中,玉帝说,让诗仙们下凡吧!于是开启了盛唐璀璨的诗歌时代。

这些冉冉之星中有山西人王维、陇西人李白、京兆人王昌龄、湖北人孟浩然、河南人杜甫，等等。

大唐诗坛首席执行官张九龄为了选拔人才，成立大唐诗歌俱乐部，类似于今天的"中国好声音"，以上新星全是这些俱乐部的初级选手。

这些年龄不同、阅历不同、来自五湖四海的诗人们互加了好友，成立了一个颇为庞大的朋友圈，平时互发状态，互相点赞，其乐融融，网友之间的关系可谓"水深火热"，粘得不行！

叁

一天，山西人王维发了一条状态：我要去参加"大唐好声音"！

不一会儿评论一栏就被挤爆——

杜甫评论：男神好样的！赞！

孟浩然评论：好基友，苟富贵，勿相忘！

李白评论：哼，牛个啥！老子才不去选秀，俺是直接被推荐的好吗？

不久，王维又更新了一条状态：红豆生南国，春来发几枝。愿君多采撷，此物最相思。

评论一栏出现了一个牛人——大唐诗歌俱乐部董事长千金，玉真公主。玉真公主评论：欧巴，I want you！

自此王维顺利进入了大唐董事会，完成了人生华丽的逆袭。

这天，王昌龄发了一条状态：我要高考！

朋友们热情如火，纷纷点赞："马到成功！""功成名就！""蟾宫折桂！"

肆

公元七三〇年，李白游历到湖北，终于和网友孟浩然见了面。双方都很激动，友谊点急速攀升。二人一起喝酒，撸串，李白还写诗赞和：吾爱孟夫子，风流天下闻，红颜弃轩冕，白首卧松云……要多肉麻有多肉麻！

撸串的时候孟浩然说："兄弟，你有没有发现朋友圈人少了？"

李白默默喝酒不说话。

老孟接着说："你说，王维小婊砸都坐上了监察御史这个位子，也不知道提拔提拔老朋友，朋友圈状态一月还不更新一次，偶尔更新也是炫豪车晒美食，真是太讨厌了！"

李白默默夹菜不说话。

老孟说："兄弟你知道吗？连王昌龄那小子也考上了！前几天朋友圈给他嘚瑟的啊！我看见他淫荡的笑就想揍他！"

李白咳嗽几声，咧着嘴笑笑："来，兄弟，吃菜吃菜，消消气。"

孟浩然沉思半晌，说："兄弟，我要去京城高考！我要把妹！"

李白一拍桌子："就等你这句话呢！去吧，我送你！"

说着李白大笔一挥，写下了千古绝唱——《黄鹤楼送孟浩然之广陵》！对，你没看错，他俩当时就在黄鹤楼撸串。

伍

接着就是李白。送走了孟浩然之后，李白嘴角露出一丝微笑，嘿嘿,该我李白出马了,京城,玄宗,你们等着我吧!

更新了朋友圈状态之后李白就踏上了京城之旅。

数月之后,李白更新状态:玄宗御手调羹,贵妃捧砚,力士脱靴,人生大极大乐,真他妈来得太快了!

朋友圈又掀起了一阵小风暴。

更新完这个状态之后李白也很少在朋友圈露面。毕竟供职翰林,陪玄宗贵妃赏赏花,也挺忙的,哪有时间更新状态呢,连朋友间的联系也少了。

这时后进生杜甫也坐不住了。杜甫更新状态:我也要高考了!

更新完状态之后杜甫就开始等好友的回复,可是等了一天,他的评论一栏也没有动静。他不知道王维此时忙于国事。李白"天子呼来不上船,自称臣是酒中仙",在大街上醉酒睡觉呢!至于孟浩然,这位苦大仇深的大叔去哪儿了?没人知道。王昌龄,人家早就高升了,都不用微信了,好吗?

杜甫带着一腔惆怅去了京城,开始高考。不久成绩下来了,杜甫一查,三百分,落榜!杜甫边用河南话骂娘边打开手机,这时他最后更新的一条状态出现了一条评论,打开一看,是孟浩然的消息:兄弟,你也落榜了吗?我也是,比你惨,去年就落榜了,一直不敢露面,如今你也落榜了,我可终于有伴了!

杜甫说了一句"fuck"就关掉了微信。

不久,李白大V又更新状态:此处不留爷,自有留爷处。

杜甫评论:我和高适在大梁撸串喝酒,你也来吧。

于是,李白和网友杜甫、高适见了面,相聚依然很愉快。他们又一起喝酒、撸串,玩得十分开心,有诗歌为证:醉舞梁园夜,行歌泗水春。仿佛又回到了当初互相点赞、一起交游的盛况。不过他们每个人心中都明白，此时此刻，无论多开心，却再也回不去了，人与人之间的感情终归会淡的。

宴饮完毕，他们挥手告别。

陆

作为后进生，杜甫一直勤勤恳恳地更新状态。偶尔李白也点点赞，不过高适自从一起玩过一回就再也不见踪影。后来知道，原来人家也当了大官，不玩微信了。

时光流逝，世事变迁，人与事都在交替更新。公元七四〇年，孟浩然走了；七六一年，王维离世；七六二年李白离世；接着高适也走了……

杜甫在一只小船上，最后打开手机，看了看早已寂寥无声的朋友圈，感叹：时不我待，时不我待啊！

柒

何帅帅有话说：好朋友为什么会变淡？因为时间？因为距离？因为地位？还是因为道不同？或许都有吧！

想想曾经璀璨的盛唐天空，诗人们互相唱和，何等的盛况！然而并无用，感情会变淡，朋友圈会不再点赞，甚至人厉害了，连微信都不玩了！你能怎么办？是大声呼喊"拿什么拯救你，我的朋友？"还是甩一甩头发，说一句"今天对我爱答不理，明天叫你高攀不起"?

或许有人会说：好朋友感情变淡，是很自然的事情。我表示支持。那我们应该怎么做？我想：最聪明的做法莫过于——还将旧时意，怜取眼前人。

对朋友的一腔热血不因人而异，对每个时期交到的朋友都报以最大的真诚和热情，不管以后感情会不会变淡，就像定格在历史书卷中的盛唐诗人，留下彼此最珍贵的记忆。

可惜不是你

文/简俐略

乔的结婚请柬就像来自旧时光旅途列车的单程车票，我们不自觉地被它带回到很久很久以前。

乔的婚期定在五月的一个周末。季节挺好，日期也不错。躲过了春寒料峭和沙尘，那时夏至未至，等不到盛夏的暴晒和突如其来的暴雨，是个上乘的好日子。

韩赶回来，在距离乔的婚期还有整整一个月的时候。他风尘仆仆，行李都还没放回家，就电话邀我出去把酒言欢。

我匆匆应邀，路上开始揣测他回来的目的，该不是以酒肉为诱惑，伙同我一起去闹乔的场子上演为爱抢婚吧？我越想越忐忑，甚至有点后悔答应他一起吃饭了，尽管距离我们阔别已有三年之久。

我跟韩从小一起长大，一起上幼儿园，一起弹玻璃球，一起走过读大学之前的全部岁月，甚至，一起喜欢同一个姑娘。那个姑娘就是乔。由于我从小就是个死胖子，先决条件不佳，所以这场仗韩赢得一点也不光明磊落。

小时候，乔总会跟在我们屁股后面颠颠儿地跑，我们跟着大孩子跑。大孩子嫌乔是个拖油瓶，不带她玩，那丫头自个儿站在胡同口抹眼泪，一声也不吭，就是一个劲儿抹眼泪。

我们跟着大孩子跑着跑着，韩就停下来回头看看，然后折回去，冲着乔大吼："别哭了！熊包！我陪你玩！哎！阿旺！回来！"每次他逞英雄，都得连累我。直到乔出落成远近闻名的漂亮姑娘，我们才感叹当年韩心机颇深。

所以在童年的记忆里，多了一段我至今都十分抗拒但却历历在目的回忆，那就是跟他们两个一起玩过家家游戏。世界上最遥远的距离是，在小伙伴们都争抢地盘割地战斗的时候，我们却娇滴滴地在扮家家酒。

乔有个特别能讲故事的外婆，比一千零一夜还牛，中国的爱情故事神话传说都被当做睡前故事，被她讲了一遍又一遍，在乔的大脑里根深蒂固。所以在陪她玩过家家的时候，我们分别演过梁祝、白蛇跟许仙、牛郎织女，甚至潘金莲跟西门庆。但是我永远没有机会跟乔扮演一对痴男怨女，乔身旁的位置永远被韩雷打不动地霸占着。所以我的角色滑稽而屈辱，而且常常一人分饰几角，比如马文才，比如法海、小青，比如王母娘娘还有老黄牛。唯一一次跟乔扮演夫妻的是演《水浒传》那段孽情里的潘金莲跟西门庆，我演的是武大郎。那时候年纪小，不知道故事的梗概，所以乔怎么说，我跟韩怎么做。长大以后，才发现我的表演是多么地丧心病狂、丧权辱国。

我赶到韩在电话里说的那个老地方，高中旁边的一家烤肉店。

念高中的时候,我们常去。我们指的是韩,乔,还有我。

韩缩在店里的最角落,面前的肉被烤得滋滋响,冒着白气,就像一个身材极好的姑娘在你眼前搔首弄姿,让你充满欲望,恨不得一口吞了它。为了表示对这个久别重逢的老友的尊重,我忍住了欲望,礼貌地跟他打了招呼:"你怎么不吃呢?"

他眼睛直勾勾地盯着肉,直到那肉变焦变黑,散发出糊味儿。他没理我,也没动筷子。

我扯了把椅子坐在他对面,骂道:用屁股想也能想到你是这输不起的鳖孙德行。

韩叫了很多酒。每当我想夹一筷子肉的时候,他就举起酒,用眼神示意我喝掉。最后,我们喝掉了很多瓶酒,烤糊了很多的肉。那些美丽的肉,变成黑黢黢的一坨,就像韩被烧焦的爱情。

虽然小时候韩跟乔扮演了那么多次情侣,但他们真正在一起时,是在高二挺进高三那艰苦卓绝的长征路上。

除了初三的一次分班行动让我们四散分离,我们三个竟然奇迹般地在一个班级里做了十几年的同学。那时倒背着书包拖拖拉拉一起迟到罚站的日子,现在想想,不知道是幸还是不幸。

高二那年的夏天特别热,我们提前步入了通往高三备战高考的路上。

我们三个是前后座的关系。韩在乔的前边,乔在我的前面。

初中蠢蠢欲动的荷尔蒙在那个夏天发育成熟,变成一枚枚青春果实,酸酸涩涩。

我喜欢乔,在很久以前,但却说不出到底是从哪年开始。我猜是初一的时候身为英语课代表的乔催我交作业的黄昏,或者初中毕业拍集体照时看到韩自然地站在她身后时自己心里突然针扎了一下的瞬间,又或者是,玩过家家时渴望着能当一回梁山伯许仙还有放牛郎的心情。

乔不再像小时候那么顽皮,总强迫我们做这做那了。她很安静,看书的时候很安静,走路的时候很安静,笑的时候也很安静,但是,依然像小女孩一样,跟在我们的后头走,听韩跟我扯那些没用的。

昏昏欲睡的自习课,我写了人生中的第一封情书,给乔。那戏剧性的一幕,现在回想起来,都觉得是上天安排的作弄,看似作弄了我,其实却作弄了韩跟乔。

在没来得及递给乔的时候,情书就被我失手掉在了椅子跟桌子之间的缝隙里。捡到它的人不是乔,而是臃肿的班主任。她用洪亮的嗓音朗读了我的青春处女作。

信上只有收件人乔的名字,而我的,却没勇气写上。班主任朗读完以后平静地问,是谁写的。没人承认。越是平静,越有可能是暴风雨的前兆。我紧张得手心冒汗,心跳得要比跟乔讲话时还快。那时我才知道,原来能让你心跳加速的未必是个楚楚动人的姑娘,也有可能是肥胖的班主任。

韩就在那个时候,竖在了我跟乔的视线里。他揽下了这条早恋的罪状,跟老师坦白,是他写的。微风吹进教室,吹得他满是褶皱的白色短袖飘飘荡荡。

老师看了一眼韩,丢下一句"文笔不错,但不能落下功课"之后,就离开了。那是我见过的最哭笑不得的场面。

印象中古板刻薄的班主任竟然默许班级里出现恋爱的星星之火,实属大逆不道。

后来我打听到,她跟她老公就是在中学时传小纸条私定终身的。

乔在那封情书的打动下,竟然跟韩在一起了。

原以为是李代桃僵,没想到是取而代之。

韩跟乔在一起的那天晚上我在小烤肉店里喝得烂醉,哭得稀巴烂。跟我年纪差不多大却已经开始为生活奔波的店小二把从别桌撤下的炭放好以后,乐颠颠地凑到我身旁,挤挤眼睛问:"失恋了吧?"我没理他。他又捅捅我,递我一根烟,自己拿一根。帮我点上以后,自个儿凑近我,双手捂着我的烟,把自己的也点上,然后露出一副享受的表情。

我不自觉地也抽了一口,被呛得眼泪横流。那是我第一次抽烟。

他说了一句至今我都觉得高深的话。他说,被烟呛到流泪不丢人。然后拍拍我的肩膀走开,继续为别桌的客人传送炭火。

后来,我再光临烤肉店的时候,店小二还是靠在门口乐颠颠地欢迎。我问他当时为什么教我抽烟。他又说了一句让我觉得高深的话:抽烟糟践身体,不抽糟践心情。

那年我们的三人行不再是我跟韩走在前面,乔跟在后头了。我自动地跟在你侬我侬的两个人身后。就像小时候,求之不得的马文才。

在这场爱情里,我不是抛簪划银河的王母,也不是托钵步步紧逼的法海,反倒无意间成了小青,弄巧成拙地促成了他们。

一下子,我好像失恋了两次。

韩跟乔在一起的那几年,是我见过的他最得意的时光。在给乔写情书之前,我竟然一点没察觉到韩也喜欢乔。

韩说,那封情书刚好写的就是他的心情,他不会写,但他想承认，每一句都表示他很喜欢乔。我笑了，想想，罢了。这么多年，站在乔身边的不一直都是韩吗。

在紧张得要死的高考冲刺阶段，在我们并肩奔跑过的橡胶操场，韩搂着我的肩膀郑重地跟我说过两句话。一句是，兄弟如手足。另一句是，兄弟妻不可戏。

我们的酒被消灭殆尽。最早教会我抽烟的店小二变成了店主，胖了，油腻腻的，脸上的纹路好像被炭火烤得更加深刻，年纪相仿，却被生活过早地镀上一层沧桑的轮廓，通红的面庞上露出的笑容，显得愈加炉火纯青。

他不再乐颠颠的，却老相识一般过来打招呼。他认识我们三个，甚至知晓高中时期我们的点滴。

"乔呢？怎么没一起过来？"店小二，哦不，现在是掌柜的，没有掌握当下的状况，还把我们当作那时候一起凑钱来吃肉的穷学生。

韩不作声。我说："乔下个月结婚。"

掌柜的听了，再次出现在状况之外。叫比他当年还年轻的店小二给我们这桌加了一盘韭菜。然后挤着眼睛跟韩说："这东西壮阳。"

真是不明所以。

可是，真的是他不明所以，还是，所有人包括我在内，都坚信他跟她会走到一起。

韭菜被烤得全都蔫了。韩夹了一大口放在嘴里。

我只好夹旁边被烤得黑乎乎的肉。

韩蓄着小胡子，像个不正经的混混儿。借着店里昏黄的灯光，我隐约看见他稀疏的胡茬里，有几道伤口。

他说，回来坐公交车的时候跟人打架了。

原因虽然好笑,我却笑得很艰难。

在车上,他抱着包半睡半醒。觉得阳光在眼睛周围明灭,摇摇晃晃。像有人故意在他眼前来回比划。他下意识地拨弄了坐在旁边的人,稀里糊涂地说:"别闹。"

结果被那壮硕的圆寸爷们结实地揍了一顿。

以前一起乘车,韩靠着车窗昏睡,阳光洒满脸庞,乔就会一下一下晃动手臂,让阳光一下一下地晃在韩的眼睛上。韩就迷迷糊糊去拨弄乔的头发,说:别闹。

乔调皮一笑,伏在韩的肩上,连韩毛衣的缝隙里都钻满了乔头发的香味。

韩醉得一塌糊涂。我说送他回家,他却执意要我把他送到高中的操场上。

半夜十一点。我们越过围栏。仰面躺在操场上,嗖嗖的凉风。星星有一半都藏到了云里,月亮疲惫地散着冷清的光辉。

他哈着难闻的酒气。

我问:"回来干嘛。"

他说:"参加婚礼。"

我们两个,一个明知道答案却还要问,另一个明知道故意的提问却还要答。

我说:"高二那年的晚上,我就是跟你一样的心情。因果报应,终于轮回到你身上了。"

他说:"用脚趾想都知道那情书是你写的。"

我笑:"那你怎么不拆穿。"

他说:"因为我怕。我怕失去乔。也怕失去你。要是乔跟你在一起，我跟你，这辈子都不做兄弟。"

我说："你他妈真自私。"

他大笑："你他妈活该。怂包。"

我是个怂包。从小就是，又胖又怂，喜欢不敢讲，名花有主的时候连公然地痛彻心扉都不敢。但韩冒名认下那封情书的时候，我从没后悔过。那个白衣飘荡的少年，一定比我喜欢乔还要早还要久。

所以我不理解那年失恋的晚上我为什么会失声痛哭，又为什么会烂醉如泥。是不是想过早地演练人生的第一次颓靡，而不至于像韩这样，二十好几才体会痛失最爱的糟糕心情。

韩说："小时候跟乔扮了那么多次情侣，福报都用没了。"

我说："你个没文化的傻叉。你看看演过的那几对情侣最后哪个不是劳燕分飞。"

他愣了一下，然后大笑，笑得上气不接下气，笑得用拳头捶地，咚咚地响。

最后，我把不肯回家的韩扶回了我家，还有他塞得鼓鼓的破行李包。他喝掉了我家的最后一罐啤酒，昏昏睡去。留下我对着无聊到死的午夜电视剧失眠。电视亮着，回忆也跟着被照亮，一帧一帧地放映。

韩第一次下厨做蛋炒饭，乔幸福地把照片晒到了她能注册的所有的社交网站上。

韩曾问乔说，打算什么时候结婚。

乔说："管那么宽，又不嫁给你。"

韩臭屁地说："你不嫁我，我就穿着伴娘装去你的婚礼闹场子。"

乔被逗得大笑，露出好看的虎牙："你不穿是小狗。"

我见过的最幸福的韩跟乔，就是他们彼此相爱的时刻。他跟她在最寒冷的冬夜仍然牵手走遍街头，他跟她腻歪地在微博上互称"某人"，他跟她，是我们眼中的情比金坚。直到他们分手，直到之后韩换了一个又一个的女朋友，直到乔宣布她快要结婚。

他们为什么分手，我不知道。就像我不知道明天为什么会下雨或者后天会不会万里无云。

分手很久之后，韩曾送了乔一本张嘉佳的书《从你的全世界路过》。乔以为，韩想说，他也只是从她的世界路过而已。而韩以为，乔会看到故事开始之前的那句话——"你可以留在枕边、放进书架，或者送给最重要的那个人。"

韩其实想说，她才是他最重要的人。

最后却辗转等到乔即将结婚的消息。

世界上没有那么多你想象的默契，你以为她会在你们第一次牵手的公园，然后你也跑去，却只看见一地落叶；你以为她会跟你一样抱着电话踌躇，然后你也守着电话等她联系，却只等来催缴话费的信息；你以为她会读到那句充满意义的情话，却不知道她以为你早就放弃她。

不要相信默契这回事，那是电视剧最会骗人的桥段。

终于还是到了婚礼这一天。我第一次穿起正式的西装，把自己包裹得人模狗样，却迟迟不见韩的踪迹。只剩他的破行李包堆在门口，里面空空如也。

乔穿婚纱的样子，真漂亮。她礼貌地跟我这个多年好友讲话，优雅得体。

至于那封尘封在记忆里的情书，她从未跟我提起。她不会不知道那是谁写的。她用不提起的方式告诉我，不论情书是谁写的，那年她喜欢的是韩。

她的新郎很优秀，高大俊朗，要比韩风度翩翩几个级别，尤其是他一脸幸福知足的表情叫人艳羡。

在结婚进行曲神圣地回荡在礼堂的时候，我听见人群中略有骚乱。

不敢想象。

一个男人穿着白色短裙还有高跟鞋缓缓步入礼堂。尽管小腿有粗壮肌肉，尽管抹胸不够性感，尽管浓艳的妆容让他滑稽可笑，但他，有条不紊，款款大方。

甚至，进行曲都因他进行不下去而被迫暂停，直到他清晰地映在我们的眼前。就像高二那年的夏天，在微风吹进的教室，那个突然竖在我们眼里的身影，自信满满。

是韩。穿着短裙的韩。

因为乔说：你不穿是小狗。

我拉住韩，希望他能冷静下来。抢婚这样的桥段太土，别做。

他对我笑笑，特别真诚的笑，眼里都泛着泪花。然后点点头。

婚礼上鸦雀无声。

总得说点什么吧。但该说点什么呢。

乔在台上呆立着。就像刚刚听到韩认下情书的那个下午，脸红红的，一句话也说不出来。

韩冲着婚礼上的所有人招手致意，说："我是乔的好哥们儿。以前跟她玩大冒险输了，约定要在她的婚礼上穿短裙祝贺的。"

空气凝固了几秒钟之后,场上爆发出雷鸣般的掌声,连新郎都忍不住笑起来。

然后韩郑重转身,大喊:"乔,祝你幸福。"

声音回荡在礼堂,却飘散到了那个有风的夏天。

你若嫁作他人,我必穿短裙来贺。谁管真心话,谁又怕大冒险。我只为兑现一个不做小狗的承诺。

我跟韩说:"你活该。"

他也点头说:"嗯,我活该。"

活该爱上,活该分手,活该失去。

只是,可惜不是我,陪你到最后。

只是,感谢那是你,牵过我的手。

消失的麻花辫

文/陆大牛

壹 奇怪的女孩

我给她取了一个名字,麻花辫,因为她总是梳着两个麻花辫,穿着棉布碎花裙,脚上是系扣皮鞋和白袜子,就像是一张八九十年代的老照片里跑出来的女孩。从大一开始我就注意到了麻花辫,每次都是在图书馆或者老七教遇见她,就仿佛她从来不出现在其他地方一样。而且,除了图书馆和七教这两个限定地点,她出现的季节也是限定的,这是大三的冬天才发现的,那天我突然心血来潮地想起了她,便跑去图书馆,看看能不能遇见她,结果在图书馆转悠了一整天,才反应过来,以前见到她的时候好像都是在夏天,就像是夏天一过她便会消失一样。

这是我在学校里待的最后一个夏天,还有两个月就要滚出学校了，寝室里有个考研失败的哥儿们，初试成绩一出就马上回到了图书馆，又开始了每天从早到晚啃书的生活，我担心他精神状况，看他一副随时都要崩溃的模样，便常常陪着他去图书馆，反正我也还要写论文。

不知道今年夏天还能不能再见到麻花辫，每天去图书馆的时候，我都这样想。

可能是马上就要离开学校了吧，所以今年对于麻花辫的出现格外地期待。是在五月，刚过完五一，图书馆也开门了，我跟着室友到图书馆赶论文，我终于又看见她了。

她还是一如既往地独来独往，走路的时候总是很认真地看着地上，从来不会东张西望。进图书馆的时候也从来不刷卡，总是堂而皇之地从出口处走进来，值班人员也完全装作没看见，我猜想，她应该不是校内的学生，可能是教职工子女之类的。

她走到书架前，拿出一本书，然后一屁股直接坐在了地上，安静地看起书来。我远远地瞄了一下她认真的侧脸，不由得笑了一下，便也开始写起自己的论文来。

一个多小时之后，先前喝的一大瓶水终于起作用了。我起身去厕所，故意从她坐的那个巷道经过，走到她身边的时候偷瞄了一眼她在看的书，一本装订得很复古的线订书。我猜想小姑娘可能喜欢些唐诗宋词什么的吧。回来的时候见她还在很认真地翻着那本书，我想要不要上去跟她打个招呼，毕竟以后可能再也见不到这样有意思的人了，可是在看到她全神贯注的神情之后，我又打消了这个念头，还是不去打扰她了吧。

就在我刚坐下不久，麻花辫站起了身来，她把书放回书架上，然后站在原地发呆。直觉告诉我，好戏要开始了。我单手放在桌上撑着脑袋，一脸期待地等待着她接下来的动作。果不其然，她就和前几年看到的那样，又开始旁若无人地一个人玩耍起来。这一次她是在图书馆里玩起了滑溜，就是先助跑几步，然后双脚站立着靠助跑力将自己滑出几米远，这得鞋底和地面都很光滑才可以。小时候我也常常这么玩儿，直到有一天一不小心没刹住脚，把家里的电视撞倒了，被打了一顿然后就没怎么玩过了。

她认认真真地重复了一遍又一遍，我饶有兴致地观看着，我觉得她表情特好玩儿，总是板着一张脸，不管玩得多嗨都不笑，特正经，不过一配上她那张婴儿肥的脸就有点有趣了。

"你一个人看着那边傻笑什么啊？"正看得乐着呢，坐在旁边的室友却突然打了我一下，一脸疑惑地问道。

"看姑娘呢。"我转过头回答他。

"哪儿呢？"他问。

"那儿啊。"我又转过去，刚抬起下巴，就发现她已经不在那里了，我有点失望地说，"不见了，走得可真快。"

"神经。"室友说了一句，然后又继续埋头啃书了。

离开图书馆的时候，我特意到她刚才放书的书架去找那本线订书，结果根本就没有一本书是线订的，可能是刚才没注意被谁借走了吧，我遗憾地想。

贰　消失的麻花辫

一连几天都没有在图书馆看到麻花辫。一个学妹邀请我去陪她上课，学妹长得是挺好看的，可是和麻花辫比起来就有点无趣了，我本想拒绝来着，结果学妹说是去老七教上课，我就鬼使神差地答应了。总觉得，去七教或许就能看到她呢。

直觉偶尔真能准到一种近乎灵异的程度，就在上课半小时后，麻花辫果然出现在这间教室，她堂而皇之地从正门蹦蹦跳跳地跑进来，径直跑到最后面靠窗的桌子上坐着，然后望着窗外发呆，两条小腿搭在桌前童真地晃荡着。而老师居然也装作没看见，我惊讶地猜想这小丫头什么来头，怎么大家都给她这种胡来的特权。

我忍不住转过头去看她，而教室里其他人都认真地在听课，这老师的课是还挺有意思的，可是比起麻花辫来说还差很远吧，真不知道这些人怎么想的，居然宁愿听一个老头儿侃大山也不去看麻花辫晃小腿，那双小短腿儿多可爱啊。

麻花辫晃腿晃够了之后，又站在了桌上，开始做起了一系列类似于魔法少女变身的动作。我"噗嗤"一声笑了出来，这个可爱的小神经病。

"你看着后面在笑什么啊？"身边的女同学突然拍拍我的肩问道。

"笑麻花辫儿呢，你们都已经知道她了吗？"我笑着回答她，看着大家都无视她，我猜想可能是这些人早就见怪不怪了，便问道。

"谁，谁是麻花辫？"结果女同学却问。

"不就在那儿吗，一个老是做些很奇怪的动作的女生啊。"我转过头去指给她看。

可是一回头，麻花辫又不见了，我愣愣地看着后面空荡荡的座位和紧紧关着的后门，除了开着的窗户后面根本就没有出口，我脑袋一片空白，下一秒便疯狂地冲向了那扇窗，可是当我趴在窗台朝下张望，楼下却什么都没有。

那天，我不停地问教室里的人，你们有没有看到一个麻花辫姑娘，可是所有人都恐惧地看着我，我努力地解释着麻花辫是一个奇怪的小神经，她刚才还站在这桌上学魔法少女变身呢。可是所有人都让我冷静，让我去看看医生，都说我出现了幻觉。直到最后，我终于放弃了解释，一脸麻木地被几个同学带去了医院。

后来，我因为精神上出了"问题"，学校说我可以直接交掉论文不用参加答辩，然后就被家人领了回去。我开始不断地去看心理医生，大部分的医生都会让我做很多相同的测试，我的各项指标都很正常，但因为我坚持声称自己看到了麻花辫，所以他们都不敢在我的诊断书上写"正常"。

直到遇到了白大胖医生，白大胖在给我做完一系列测试和咨询之后，给了我一张写着"正常"的诊断书。

我惊讶地看着他，跟他说，"我是真的见到了麻花辫。"

"见到了就见到了吧。"他说。

"可是别人都看不到，所有人都说我产生了幻觉。"我说。

"是幻觉也好真实也好，我只要确认你完全可以正常生活就行了，至于你所坚持的，那需要你自己去找理由说服自己，一切指标都表明，即使那真是你的一个幻觉，也不会影响你的生活。你要怎么去看待它，相信你自己早就有决定了。"他说。

"我确定她是存在的，我会回到学校去确认她的存在，并且找出真相。"我说。

叁　麻花辫和幻觉

我带着一份诊断书和毕业证又回到了学校，分明只剩一个月了，我还固执地要搬回寝室，让室友开始怀疑我那份诊断书是不是假的。我懒得跟他们计较，夏天这么短，我的时间可不多了。

我开始每天都在图书馆蹲点儿，按照以往的经验来看，她到图书馆的频率明显高于七教。但一连好几天，我都没有看到她，我开始怀疑自己是不是真的出现了幻觉，可是一想起过去四年里见到麻花辫的情景，又觉得那不可能是幻觉。

第一次见到她是在老七教，当时她就蹲在路边，眼睛看着前方，一动不动，路上的人一群群地从她身边走过，她眼睛都不带眨一下的，跟搞行为艺术的一样。她当时也穿着这条碎花裙，就这么大咧咧地蹲着，虽然内裤被巧妙地遮了起来，但抱着多看两眼没准就能看到没遮住的内裤的想法，我便注意到了她。

后来又在图书馆看到了她，她就坐在门口的台阶上吹泡泡，全神贯注地吹着，完全不在意是不是挡别人的道了，我早上进图书馆的时候她在吹，等我中午从图书馆回来的时候，她还在吹，简直太厉害了。不过她手上的泡泡还挺特别的，我小学毕业之后就再也没有见过那样的泡泡了，还真是怀念啊。

再后来我就看到了她越来越多的奇怪的动作，诸如滑溜儿和变身这类又好笑又神经的动作，而且总是在大庭广众之下旁若无人地就自己玩了起来，表情永远都是一本正经全神贯注的样子。我只见过她笑了一次，怎么说呢，笑得还挺瘆人的，就跟打了一脸玻尿酸的那些姑娘一样，僵得慌。

还有印象比较深刻的一次，是大二那年在老七教旁的两棵老树上看到了她，没错，是树上。她先是站在一棵老树的枝桠上，朝对面的老树挥手，然后又从树上下来，爬到对面的老树上，又对着这棵树挥手，如此乐此不疲地玩了好几轮。那一次我倒是看到了她的内裤，白色的。

我猜她大概是一个自闭症患者吧，或者是精神上出了什么问题，也或许就是一个行为比较奇怪的正常人，但不管是哪种可能，她应该都是孤独的吧。

在图书馆蹲点儿了一个星期后，她终于又出现了。我欣喜若狂地跑上去，想要弄清楚真相，想问她来自哪里，想知道她是谁。可是，不管我怎么叫她她都不回应我，馆里的其他人已经被我奇怪的举动吸引了过来，我焦急地去触碰她，想得到回答，她却突然像一个气泡一样，啪的一声消失了。

我愣愣地站在原地，身边聚集了一堆人将我围了起来。

肆　时间气泡的梦境

我做了一个梦，梦见我走进麻花辫的气泡里了，她吹了一个泡泡，将我困了进去，泡泡将我带去了另一个世界，那个世界的全部只有一个校园，校园里有和我们学校一样的图书馆和老七教，但是整个校园里就只有麻花辫一个人。

我上前去跟她打招呼，她却像是完全听不见我的声音也看不见我在她面前一样，我想去拍她肩膀，可是困住我的泡泡阻拦了我的触碰。我跟着她在校园里四处闲逛,她一会儿朝大树挥挥手一会儿又朝雕塑挥挥手,以前我在人群里看到她做的那些旁若无人的奇怪动作,原来真的是因为无旁人。

她没有表情也从不说话,只是一直在校园里闲逛着,其间她去图书馆看了一会儿书,图书馆和我们学校的图书馆外表很像,但里面的书却不太像,米兰德·拉和乔治·奥威尔的书摆了大半个书架,各种旧版本的线装书,给人一种很怀旧的感觉。

从图书馆出来之后,她又去了小卖部,小卖部也给人一种很怀旧的感觉,还有很多绝版的零食,还看到了小时候超级喜欢吃的卜卜星,我激动地想去拿一包,可是泡泡将我阻隔了起来。麻花辫站在货架旁,拿起一瓶牛奶直接就拆开喝了起来,咕噜咕噜几口就喝完了,将包装一扔,胡乱地抓了一把零食,然后一屁股坐在地上,靠着货架不停地吃。

我惊讶她吃东西的速度和完全不挑食,反手从货架上随意拿下一样东西就撕开包装袋往嘴里塞,其中还有一瓶老陈醋,她也毫不介意地一口闷了,喝下去之后皱了一下眉,但一个饱嗝之后又屁事儿没有了,然后继续吃。就在我饶有兴致地看着她吃个没完的时候,我突然发现了一件奇怪的事儿,她刚才扔掉的那些包装袋怎么不见了,我再抬头看看货架上,惊奇地发现,所有她拿下来吃掉或还没来得及吃掉的东西都回到了原位。

一种可怕的猜想促使我走近货架,去看那些食品的生产日期。

那瓶牛奶的生产日期,是一九八六年六月十日。

我怔愣地站在原地,麻花辫拆食品袋的声音在我身边不断响起。

或许,这个校园其实就是我的学校,只不过是三十年前还没有重建的老校区，三十年里学校发生了很大的变动，大部分的建筑都已经重建了，只有一栋图书馆和老七教还留着，而麻花辫，这个仿佛从老照片里走出来的女孩，其实就生活在老照片里，只不过是一张很大的四维照片。

麻花辫吃了很久很久的东西，终于她吃够了，起身走了出去，我心情沉重地跟在她身后，她来到教室里，从桌子下掏出了一个笔记本，开始在笔记本上涂涂画画，她大概是想画一个兔子，但是没过多久，就和那些零食一样，笔记本上刚画出来的兔头也消失不见，变回了本子原来的模样，她叹了一口气，趴在桌上睡了起来。

我的心里堵得难受，鼻子有点发酸，我想给她盖一件衣服，可是当我试图去触碰她时，身上的泡泡就一下子破碎了。

伍　被时间抛弃的孩子

从梦里醒来之后，我第一件事就是掏出手机搜索关于学校一九八六年的信息，哪怕能找到她一丁点儿消息也好，让我知道梦里那个恐怖的无人世界只是一个幻觉，我希望麻花辫是真实存在的，她一直活在这个世界的某个角落，也许现在已经是一个中年妇女，有着幸福美满儿女双全的家庭。

可是，当我将页面往下滑动了几下，一条"一九八六年 H 大学女学生离奇失踪案"的信息蹦了出来。

我颤抖着双手，点进了那个标题，穿着碎花裙的麻花辫出现在我的手机屏幕上，照片上的她十八岁，和我看到的那个麻花辫一样年轻。

后来直到毕业我都没有离开学校，而是等到夏天真的结束之后，麻花辫不再出现在图书馆，我才离开了那里，就在这座城市里找了个工作。

第二年夏天一到，我又回学校去看她，却发现，图书馆和老七教在春天的时候就已经被拆掉了。

现在这个学校是崭新的了，麻花辫再也不会出现。

最后还有话说：关于气泡世界的幻想。

有没有一种可能，在这个世界之外，有个高维度的时间捕捉者，就像是摄影师一样，把一个个场景定格成一张张时间不再流动的照片，而时间捕捉者的照片，不再是一张二维的纸片，而是一个类似于气泡的东西，它以时间向前流动的某一瞬间为节点，将过去的一段时间截了下来，有生命的事物对时间很敏感，所以一般不会在截时间的时候将它们留下来，只有人造物和活了很久的老树，对时间的感受很迟钝，很容易被捕捉。但偶尔也会有意外，某个不幸的人，在这个捕捉的过程中，没能排除掉，便被关进了这个时间，永远都停留在一个夏天的气泡中。而她只是眨了一下眼睛，身边的人却全都不见了。

从此以后，就只有她一个人，既不会老也不会死，什么都不会改变。

非常态而无害的存在

文/陆大牛

常玖玖只有两条人生信条,一是活着,二是只要不伤害他人就可以任意地活着。

常玖玖前阵子又和男朋友分手了,这次交往了三个月,也算是有点进步了。谁都知道常玖玖换男朋友换得勤快,而且只和长得好看的男人交往。有时候是她被甩,有时候是她甩别人,不过只有在她被甩的时候,她才会因为分手而难过。这样的女人,似乎很值得被批判,不过幸运的是,常玖玖的圈子里,没有人会无聊到批判这种事。大约是物以类聚,对待感情矜持而长久的人会聚到一堆,大家有着相同的价值观,互相撑腰批判小三。对待感情自由而不负责任的人也会聚到一堆,有时候捡捡别人扔掉的男人也没什么好丢脸。和前者相比,后者这个团体的凝聚力大约就没有那么强了,至少表面上是没有的。

常玖玖如往常一样，分手之后就和朋友出去猎色，以往她总是很快就能找到新的男朋友，这倒不是因为她太随便，好像只要是个男人就能成为她的男朋友一样，她还是讲究原则的，就和每一个姑娘一样，只对心动的人才出手。不过这样说来，常玖玖每年动心的次数好像有点多。其实要做到这样是很简单的，说不定大多数女孩都能做到，你只要广撒网，多看几个男人，总能遇到长得好看的，遇到长得好看的再心动就容易多了。

常玖玖依然每天晚上和朋友厮混，有个长得很出色的男人非要把联系方式写在常玖玖脖子上，她让他写了，回头就把它擦了，这个男人直接out，太会玩儿的男人她可没把握。

转眼就过去了半个月，本来过得还挺合意，有朋友一起聊天，有帅哥可以搭讪，该工作工作，该看书看书。直到有一天，一个代表正义三观的女人进入了常玖玖她们的小圈子。

那是一个风和日丽的下午，正值周末，常玖玖应几个朋友的邀请去哪儿喝下午茶。其中一朋友带了一个比自己小两个月的表妹来。此表妹是一个学经济的女硕士，才毕业不久，长得还算清秀，举止也是斯斯文文的。

大家伙聊天儿的时候，表妹在前半段的表现还算好，偶尔谈论自己看法，分享自己的所见所闻，和大家还算比较投机。到了后半段，姐妹们开始讨论着今晚去哪个酒吧，说到帮常玖玖钓凯子的问题，大家讨论的时候用到了"空窗半个月""一夜情""男朋友的保质期""性和爱都要自由"等字眼和词组。表妹的话语就变得少了。

当女人不再矜持，她们的言辞也会变得夸张，当几个不矜持的女人聚在一起，谈论起不矜持的话题，往往这言辞就会变得放荡。

或许是忍到了极点，一直沉默地听着、偶尔应和一两句的表妹开始发表自己的看法了，她直接对话题的中心常玖玖说道："玖玖姐，我觉得你应该试着和自己的男朋友多磨合一下，而不是感到一点不对就分手。"

"我和男朋友分手基本上都是因为对对方没感觉了，要不是我厌烦了他要不就是他厌烦了我，我觉得这种情况下是没有再磨合的必要的。"常玖玖觉得这表妹误会了什么，于是和善地跟她解释道。

"那你觉得你们之间有真爱吗？我是指，像你这样，可以在分手后一两个星期就寻找新欢，像什么都没发生过一样，你不会因为分手而难过吗？"

"其实我也有因为分手难过的时候，比如上上一次被 Y 给甩了，不过这一次是我甩的对方，不会很难过反倒觉得轻松多一点呢。"

"你因为被甩而难过其实只是因为一种不甘心吧。"

"也可以这么说吧。"

"那你从来没有过很爱一个人吗？爱到可以包容他的缺点，爱到即使在分手很久之后仍然对他念念不忘的那种？"

"分手后仍记忆深刻的男朋友还是有几个的，不过都是因为他们太奇葩，哈哈哈。"表妹这突然严肃起来的话题让常玖玖有点不知所措，于是便打着哈哈想把这个话题绕过去。

"我想，你从来没有真的爱过吧，对方长得好看是你每一场恋爱的前提，就像你对待爱情本身，只愿意停留在最浅显的层面，不愿意深入去体会其中的滋味。"然而表妹依旧不依不饶，非要将这个话题进行下去。

"也不是要很好看,只要感觉对了,就算长得不好看我也会接受的。"常玖玖被表妹说得有点心虚,她弱弱地用了一个似乎谁都能接受的道理去替自己辩解。

"真的?即使他满口黄牙?即使他挺着啤酒肚?"

常玖玖想象着那个画面忍不住一阵反胃,但是面对着表妹的逼问和内心的心虚,常玖玖还是硬着头皮点了头,故作坚定地说,"是的,即使他满口黄牙,即使他挺着啤酒肚。"

表妹没再说什么,这个话题也在众人的嬉笑打闹中被掩盖过去。

可常玖玖的心里却一直惦记着那个话题,她真的是只爱男人表皮的那种女人?她其实根本就不懂爱情到底是什么?她从来就没有经历过真正的爱情?然而,过去的种种证据都在帮她做着肯定的回答,是的,她好像真的没经历过别人说的那种真正的爱情,但是常玖玖不甘心,她不甘心就这样承认自己真是那样一个女人。

常玖玖就这样思索着这些问题,眉眼也开始不再明朗,和朋友出去玩儿的时候也变得沉默起来,连找帅哥搭讪也没了兴致。朋友嘲笑她该不是真要找一个外表丑陋的男人去刻骨铭心地爱一场吧,她依旧沉默没有作答。几个朋友也觉得无趣,不再调笑。

就这样,常玖玖又过了半个月清汤寡水的生活,她依旧没有想明白,也没能找到机会去证明自己。然后有一天,一个不是特别熟的朋友过生日,请常玖玖去某酒吧参加生日聚会。朋友这次生日聚会中,有几个男的长得还挺标志,其中有一个很对常玖玖的胃口,不管是他的眉眼嘴鼻还是他的身材比例,不管是他的行为举止还是他的言谈吐词,都让常玖玖觉得很合适,完全就是自己想要的。就在她准备向朋友打听那人有没有女朋友的时候,她脑子里突然就闪过上次的表妹说的那些话，她打住了自己的想法，惋惜地朝那位帅哥看了一眼，发现对方也在看自己。然而这又有什么用呢？你又不是满口黄牙，还挺着啤酒肚的丑陋男人。

常玖玖失落地坐到角落里去，一个人喝着闷酒，不一会儿身旁坐下一个男人，这个男人满口黄牙，半躺在沙发上，圆滚滚的啤酒肚骄傲地挺着。常玖玖的心里涌现出一种本能的排斥和一种奇怪的欣喜，她心想着：这里不就有一个满嘴黄牙还有啤酒肚的男人吗？

但欣喜的常玖玖并没有进一步行动，因为她同时也很排斥，尽管她此刻在努力地说服自己不需排斥。就在这时，啤酒肚男人找她搭讪了，常玖玖也尽量礼貌性地回应着，男人问什么，她也尽量回答着，强忍下心里那股想要离开的冲动。到了后面男人的话语开始变得轻浮挑逗，常玖玖心里的不适更加严重了，但是一想到那表妹的话，常玖玖又狠下心来，努力让自己也去迎合他。

到后面常玖玖已经感觉不到自己对眼前男人的排斥了，她开始收放自如地和男人聊着，她只需要尽量忽视眼前这男人的存在就好了，看不见他让人不适的行为，听不见他让人不适的话语。最后她竟鬼使神差地在啤酒肚男人的邀请下走出了酒吧，还鬼使神差地让他牵住自己的手，又鬼使神差地进了一个酒店，终于在她鬼使神差地站在了那间双人房的门前时，她一下子惊醒了。就跟脖子上被扔了一块冰块似的，那冰块从她脖子沿着脊梁骨一直往下滑，滑到了尾椎骨，这下她算是凉了一个透。

常玖玖疯了一样转身就跑，跑出酒店，跑到大街上，跑过了两个十字路口，最后终于想起来拦下了一辆出租车。

等常玖玖从这场滑稽剧里走出来的时候,她和那个啤酒肚男人的故事已经被朋友们传遍了,包括那天生日聚会上那些认识不认识的人,毕竟当时大家都看着他俩忘我地谈笑风生,然后愉快地携手走出酒吧。大家私下里都说常玖玖的品味很独特,那个啤酒肚男人可是出了名的奇葩。

常玖玖知道这些之后,整个人又陷入了新一轮的抑郁中,她懊悔着好好儿的美男不泡去泡什么黄牙啤酒肚。

终于在萎靡了一个月后,常玖玖又重新开始了她愉悦的夜生活,只是她和她朋友们再也没去过上次生日聚会时的酒吧,就连那个区域周围的酒吧也没再进去过。

常玖玖想通了,她就是喜欢长得好看的又怎么样,她的男朋友就是个个都帅有错吗?她看到长得好看的会喜欢很正常啊,不喜欢的就分手也没什么不对啊。她从来就只喜欢好的,她看见闪闪发光的宝贝就会去捡,捡起来发现是块玻璃就扔。

某日,几人又一起喝着下午茶,谈及所谓的爱情这件事儿。

"去他丫的什么真爱假爱,爱没爱过,会不会爱。我不知道什么情到深处的滋味,什么念念不忘什么放不下扔不开的煎熬。但我每一次都真真正正地怀着希望,我依旧是虔诚的。"常玖玖说。

"下次别再带你那表妹来了啊,要是她批判起我挖过常玖玖墙角这件事儿,我才没精力解释呢。"女朋友 A 对着有表妹的女朋友 B 说。

"我也挺烦她老给我强调真爱有多神圣多值得去体验一次什么的。"B 是一个无爱主义者。

"我也不想被问及为什么我和老公各玩各的还不离婚?或者既然

我们互相相爱为什么还各玩各这种问题。"女朋友C说。

"以及同时有两个有NTR情节的男朋友这种事儿，毕竟我是真的很性福。"女朋友D说。

众人幽幽地转过头看着D，默。

天堂监狱

文/陆大牛

如果这里有镜子,我大概就能仔细地看清此时自己的这副尊容了吧,当然,如果光线再亮一点就更好了。不过即使我看不到自己的全貌,也可以向你说一些我能看到的。

我现在光着脚,脚很脏,脚背上有一些干涸的血迹,还有黑乎乎的斑迹,这种斑迹大约是某种黏稠的液体混上了尘土变干掉之后留下的固体块。我穿着深灰色的长衣长裤,没有任何特别的款式和图案,就是长衣长裤,哦不对,衣服背后其实有一串数字,00207,这是我的编号。衣裤很旧,上面有浓浓的消毒水的气味,大约是洗过的,但仍然有一些暗黑色的痕迹,一看就是怎么也洗不掉的那种,类似于血迹或机油什么的。我的双手也是脏兮兮的,指甲被磨得很短,有几片还在出血,这是因为我之前一直在这水泥地上挠的缘故,我也不知道我为什么要挠,大约是害怕吧。我的头发很油腻很乱,头还很痒，可能是长虱子了。至于我的脸，大约也是很脏的。

在我意识到自己变成了这副模样之前，我应该是有过一段意识不清的时间。在那期间发生过一些事情，让我很恐惧，看我的指甲就知道了。但我已经记不得了，只知道我现在是被关起来了，关在一个叫天堂监狱的地方，住在3号男女混合大牢房，编号00207。至于我为什么被关起来，据说是犯了孤僻罪，被判三年有期徒刑。

我被抓之前是一个成天写代码的程序员，不过似乎在很久以前我就没有再写出一个可以换钱的程序了，我最后一个成果是一款叫Only me的游戏，那是我创造的另外一个世界，里面除了我没有任何"有生命"的生物。整个游戏只有一大片草原和几棵树，很大很大一片草原，游戏的背景音乐就是风吹草地的哗哗声，不间断地单一地重复着，因为这个世界里的风不会停。游戏大概算是一个寻宝游戏，目标是找我在草原上弄丢的十七件东西，玩法就是用鼠标在草原上不停地点，直到恰好点到物品掉落点为止。

你肯定会说，这么无聊的东西，我到底是抱着什么心态写出来的。也对，大家都觉得无聊，所以我才会被抓进来。因为我并不觉得它无聊，我在那个世界里待了两年，但一件东西都没找出来。两年里我没有任何收入，经常一个月不洗澡，姨妈也常常两三个月才来一次，我每天做的事情就是坐在电脑前面，不停地点鼠标。一开始我偶尔还会下楼去买吃的，到后来我就不怎么出门了，所有的吃的都是从网上买，快递员把单子从门缝里塞进来，我填好单子再塞出去，他就把货物放在门口，等他走了之后我再开门去拿。

哦，刚才说到来姨妈，才想起我应该在一开始就交代的，我是个女的。

继续说游戏的事儿吧，我原计划是三年找出一件东西，四十多年之后大约就能找齐了，到时候我也老得差不多了，然后把电脑一关，眼睛一闭直接死去就行了，也算是一件圆满的事。但是现实却并不是那么圆满，因为我这样做是违法的，而且早就已经被天堂监狱的高层盯住了。

天堂监狱有一部它自己的法律，并且以这部法律为基础，对全国人民实行着专政，也就是说，不管你认不认可它，它都要对你的违法行为进行判决。而大多数人是不知道这个监狱的存在的，更别说这部法律了，大家只是遵守着大众世界里的宪法法规，看似安安分分地生活着，实际上，却在不知不觉中触犯了另外的法规。

我住的3号牢房里，加我一共有十六个人，这里有犯了性瘾罪的，犯了虐待癖罪和被虐待癖罪的，犯恋童罪的，还有各种恋物罪，例如恋足罪、恋丝袜罪，还有一个犯了伪善罪的以及犯了贪婪罪的，这两个是我最不愿意接触的，因为外面的世界满大街都是这样的人，我最讨厌的也就是那满大街都一样的人。而像伪善和贪婪这样的罪，在天堂监狱的法律里是不用判刑的，而且这样的人太多，天堂监狱的警察也不可能去逮捕他们，但是天堂监狱却有一半的牢房都关押着这样的人，他们大多是自己要求进来改造的，一般在监狱呆两三个月就出去了，出去之后又继续伪善贪婪地活着。而且啊，这种人要想进来还得和警察有点关系才行，不然天堂监狱哪有那么多的牢房。

另外，像我这样的孤僻罪，也得情节较为严重的才会被逮捕，情节较轻微的孤僻罪是不用进行劳改教育的。3号牢房里还有另外一个孤僻罪，编号01099，他是一个三十岁左右的男人，据说之前是一个上班族。好像混得还不错,前两年当上了什么部门的经理,月薪上万,能说会道,很会做人。听说他被逮捕的时候,正和几个下属在讨论当晚的聚餐计划,警察走到他面前,出示证明说要逮捕他时,他只有一秒的惊讶,随后就很配合地伸出了双手,似乎早就知道会有这么一天。而他身后的那群部属,在看到经理被逮捕之后竟无动于衷,仿佛没看见一样,继续在讨论着当晚的聚餐,有人说去吃烤肉,有人说去大排档,有人说去唱歌,有人说去酒吧。

01099被关到天堂监狱之后,就没有再说过一句话,但是这个屋子里,我最愿意接近的就是他了。

如你所见,我们的编号有五位数,人少的牢房里的犯人们可以直接记彼此的编号,叫起来的时候也方便。但是像我们这样的大牢房,编号太多又复杂还没规律,为了方便称呼,大家都直接叫"虐待狂""被虐狂""恋童癖""捧脚的""死孤僻"等,由于已经有了一个"死孤僻",就是01099,所以大家就只能叫我207,虽然我从没有回答过他们一次。

新进来的犯人,要做的第一件事就是去领一套衣服,也就是我们的编号,这些衣服极少有新的,多半是那些已经出狱的人脱下的,简单洗一下再消一下毒就又拿来给我们穿。我身上穿的这件00207,据说有个很不吉利的来历,它的上两个主人都不是刑满释放的,之所以脱下了这件衣服,是因为他们自杀了,也就是说,这衣服是从死人身上扒下来的。衣服上之所以没有特别多的血迹,那是因为第一个自杀的人用的是上吊的方式,而第二个是在浴室割腕自杀的,所以挂在一边的衣服上就只溅上了少许血迹。

而那两个人,恰好都是犯了情节严重的孤僻罪,都被判了十年有期徒刑。所以当我一走进3号牢房的时候，他们就一直在小声讨论，我会不会成为穿了这件衣服第三个自杀的人。我并不想回应这种无聊的话题，当然我从不回应任何话题，自杀什么的，我才不感兴趣。

在天堂监狱里，自杀的例子并不是很多，想想就算是在普通的监狱里，自杀率也不算特别高。大多数被关进监狱里的人，还是想着要为自己赎罪的，或者等待着出狱继续报复社会，但是选择自杀的人却并不多，天堂监狱里的人犯的罪说白了也没什么了不起的，因此也不会有杀了一个人放了一把火那样的负罪感，又没做什么伤天害理的事，自杀做什么。虽然活得会比较煎熬，但熬过了就能像一个正常人一样生活了，这是一件有盼头的事，有盼头的生活再艰难也能过下去。

至于之前的两个207，准确来说，她们的死因不是因为孤僻，而是由孤僻及其他因素引起的抑郁。在天堂监狱的法律里也有一项罪名叫消极罪，也就是抑郁症，犯了这种罪的犯人往往比杀了人还要内疚，天堂监狱可不想去管这群人。把他们抓了来，监狱里的自杀率估计噌噌噌地就上去了。

除了这些在监狱里因犯了消极罪自杀的人，还有其他一些因其他不便于挂在嘴上的理由而自杀的人。所谓不便于挂在嘴上的理由，我想写在纸上应该是没有关系的。另外一些自杀的人，据说几乎都和天堂监狱的狱警有关。关于天堂监狱的狱警，我又有要说的了，当然这些都是听说来的，我虽然不和牢友们说话，不过他们说的我都在听。天生闷骚如此，不过闷骚对于我这样的孤僻罪犯人来说其实算一件好事儿，因为闷骚可以成为我赎罪的契机，只看我自己愿不愿意咯。

　　天堂监狱里的狱警们，大部分是正常人，体格健壮，身材良好，穿一身警服帅气十足，和关在牢里这些灰头土脸的犯人形成鲜明对比。就像是琉璃和黄土，虽然本质是一样的，都是一堆肉和骨头，但是一样的本质却正好说明了这点相同并不会起什么作用。他们仍然是狱警，而你仍然是罪犯。

　　不过呢，在这群优异的狱警中，有那么一小部分，其实也是罪犯，但因为他们的身份是警察，所以他们的犯罪行为就得到了默许。这听上去或许很不公平，凭什么身为警察就可以公然犯罪，而作为平民就不可以。但这种声讨却没有一个人做过，要是谁敢这样做，那他一定是智商出了问题。

　　这群戴罪的狱警，多是处于天堂监狱的高层，是比较有权势和威望的人，他们的狱警身份有的是从娘胎里带出来的，还有的是自己后来考上的。对于现在牢里的犯人来说，大约他们能妄想的最高境界就是变成一名狱警了吧，不用痛苦地为自己赎罪，还能尽情地享受犯罪的快感。可是没有谁知道狱警要怎么考，就连考上狱警的人在成为狱警之前也不知道自己是怎么通过考试的。

　　因此，牢里不免有些犯人就想要去巴结那些狱警，但是下场往往不怎么好。而且，狱警并不是正面的象征，在这个监狱里，人性的陋习往往更多地体现在那些自由的狱警身上。而这种东西太多，我要全写出来，大概可以出一本禁书了。

　　这样说吧，我到监狱的最初那几天，总是被一个有恋足癖的警官带去他办公室，因为他说我的脚很漂亮。他对我做的一些事我不便详解，可以点明一点，我脚背上那些黑乎乎的斑迹，其中的成分大约就是他的体液和地上的尘土。你问我是不是因为被这样对待而愤恨羞耻导致我意识模糊的,那倒不可能。我当时头脑清醒得很,这种事不痛不痒的,又是私人空间谁也没看到,我为什么要觉得羞耻愤恨?

除此以外,我们3号牢房里的受虐待狂还经常被一个虐待狂警官带走,年龄很小的暴力狂经常被恋童癖警官带走,生着美好女相的性瘾罪男子经常被同性恋警官带走。这些在天堂监狱都是很常见的事情。你问那些被带走的犯人会不会反抗,嗯,大多数是不会反抗的,即使他们没有和那些警官们相吻合的罪状也能忍受警官的犯罪行为。原因呢,大约是因为大家都是罪犯这一点共通性吧。另外,少数会反抗的,警官们带走了一次之后就不会再带走第二次了,大家都是图个犯罪的快感,没必要弄得不愉快。当然,这少数的当中,也有因此自杀的。

"清醒了?"一个双腿修长,长相英气的女警官出现在我面前,她用脚尖轻轻踢了我一下,用生硬关切又略带一点嘲笑的语气问我。

"嗯。清醒了。"我鬼使神差地回答道,心里想的却是,清醒个鬼啊。

"那就去洗洗你这一身,脏死了。"她说着就伸出手来,"走,我带你去。"

我再次鬼使神差地伸出了我脏兮兮的手,递给她,她毫不嫌弃地拉了过去。

"醒了就好了,要你再恍惚下去,上头就该判你个消极罪了。"她拉着我的手走在前面,边走边说,好像我们很熟悉一样。

可是我并不记得我和她很熟悉啊,而且我这么厌恶和人亲近,为什么会让她牵我的手？还有这种心安理得的感觉又是怎么回事？

不对，有些东西被我忽略了，那些东西开始隐隐约约地在我脑子里出现，于是我的头又开始疼了起来，似乎又将进入意识模糊的状态了。我放开她的手，蹲在地上抱着脑袋，使劲地锤着这颗破烂头。她焦急的声音在我耳边断断续续地回响，只听到一些"醒过来""消极罪""要加刑"之类的词语。

我再次醒来的时候，是在她的办公室，身体已经被洗干净，也换上了干净的衣服，仍然是罪犯穿的灰扑扑的囚服。她坐在办公桌前处理文件，我看着她的侧影不由得出了神，这个身姿挺拔的女人，是那么地优秀而美好。

睡了一觉之后，我现在身体感觉很好，之前那股堵塞感也没有了，因为先前意识不清的一切事物都已经想起来了，也都想通了，我觉得现在的自己就像是一条河，那些堵在血管里的不明物体随着那身脏兮兮的衣服一起都被清洗掉了，我身体很干净，大脑也清明，我好像还在梦里看见了天上的星星开了花。

至于那让我头疼的原因，你可记得我最开始说的那个游戏，only me，在茫茫草原上寻找我丢失的十七样物品。3号房，犯人十六名，恋足癖、被虐狂、虐待狂、恋童癖……死孤僻，还有穿着死于消极罪的207犯人的囚服的我，以及最后这一名，同性恋女警官，这些都是我不愿意承认并恐惧的。

"你醒了？"女警官转过头正好看见坐起身的我，微笑着问道，语气比之前要温和很多。

"嗯，醒了。"我说。

破烂的人生在裙子里飘

文/舒心酱

"给，六万块"。王老实在离婚处，拎着那只破烂的包。钱小艳伸手来夺。

手指上艳俗的指甲油，很晃眼。抠开，点钱。赶紧塞进自己的冒牌LV里。

王老实捡起破包，皱着眉头："艳子，你，还是跟我过吧。"

钱小艳眉眼懒懒的。

辣哥火气冲天，提溜着王老实的领子："傻×！傻×！傻×！"

壹

那一年，校园诗人王老实，大学刚毕业，二十二岁，天真烂漫面对世界，唱着"给我一张铿铿的吉他，一肩风里飘飘的长发"。

和辣哥一帮子人，在学校旁的小饭馆里，一眼，看见黄昏灯光下的姑娘，钱小艳。老板娘的远房表妹。山里人，黑黑的，瘦瘦的，大眼睛，不爱说话。

王老实以为，年轻和无知，就是淳朴。

他就喜欢这种淳朴。

王老实上门表白。山里的哥哥妈妈来了，表白变成了提亲。

他们给王老实定条件。三年以后，来娶钱小艳，彩礼钱，从现在开始，分期支付，每月一千五。

二十二岁的王老实，从自己刚毕业的可怜薪水里，抠出八百多块，给钱小艳买昂贵的白色裙子。

再每个月抠出一千五，寄给远方的爱人。

他玫瑰色的人生，在远方浓郁的山里，姑娘素色的裙子里，温柔地飘。

贰

钱小艳嗑着瓜子，晃着日子，靠远方的王老实养活。到了年纪，结了婚。

王老实每天教学生《出师表》，早出晚归跑几个校区，赶着作文补习班的课。

他羞于启齿的诗人梦想，那歌里唱的"风到何处，歌就吹到何处"，早已落空。

曾经汹涌的文字梦想，已经在高考六十分的作文格子里，磨灭殆尽。

同样磨灭的还有辣哥。只是他在开广告公司，混得风生水起，让王老实跟着他干。

王老实在五光十色的广告词里，看见干瘪的自己，浓艳的文字。

一顿一顿饭局，一间一间吐到天翻地覆的洗手间，他觉得，酒好苦，生活好贵。

钱小艳没有工作，辣嫂帮她安排了闲差。她不喜欢，生完孩子以后，就在家带孩子。

添了人丁也就添了费用，王老实为了挣补贴，频繁去外地出差。

王老实不舍得电话费，钱小艳也从不电话，只发短信："没钱，汇一千。""两千。""五千。"

钱小艳不爱和他说话，王老实总听见，五岁的小女儿默默说："辣婶婶家，有用不完的钱。"

"辣婶婶家，每次都到处去玩。"

"辣婶婶家，装修得好漂亮。"

"辣婶婶家，有好几辆车子。"

钱小艳无声看着王老实，你为什么，没有让我们，像辣伯伯辣婶婶家那样？

于是王老实的人生，更加干瘪，更加沉默。

钱小艳每天花两个多小时打扮，一个月换一部手机。

钱小艳和陌生男人，开着大车子，带女儿默默四处去玩，告诉默默："你不要告诉爸爸。"

默默玩得很高兴，绝对不说，叔叔 A 叔叔 B 叔叔 CDE。

王老实回家来。

锅是冷的，默默在玩新手机，钱小艳在化妆。

门口的车子，在呼啸。

钱小艳坐上车子，扬长而去。

默默也很想去玩，在门口盼。

王老实牵着默默，在冷风里，一直等。

像等了地老天荒，也等不到，属于他们俩的地久天长。

叁

辣嫂新开了 spa 店。

钱小艳泡在店里。

有男人找上门来。一脸乡镇富豪的油光，笔直抓住钱小艳，一巴掌招呼过去："贱人，你和那个开饭店的，还有那个开台球厅的，到底是怎么回事？"

钱小艳急忙抱住他："你听我解释。"

油光男继续打。

钱小艳跪了下来："你听我解释，他们只是送我钱而已。我只有对你，才是真心的。"

辣嫂急怒攻心，钱小艳甚至都不遮掩一下，当着自己的面，向小三解释，和小四小五的不堪。

辣嫂叫来保安，赶走油光男。

钱小艳竟然要追出去，辣嫂气得发抖："钱小艳，你简直狼心狗肺。正经的日子你不过，你做这么见不得人的事情。王老实是一个多么老实巴交的好人，你给我滚回去，和他好好过日子。"

钱小艳理直气壮："站着说话不腰疼，王老实那么好，你和我换啊！你倒是换换试试看啊，你和好人王老实去过日子啊！"

辣嫂气得从自己店里甩门而出。

第二天，不放心，去看钱小艳。

王老实不在家。

门里分明有动静，却没人开门。

辣嫂等了很久，出来一个戴大颗金戒指的男人。

再然后，是挽着头发，裙子歪七扭八的钱小艳。

辣嫂忍无可忍。

王老实在遥远的地方，求客户的一单大生意，他也不会讲话，拼命喝酒。

喝，喝，再喝，玩命地喝。

提着一只破烂的包，用着最老式的诺基亚老人机。穷得心酸，瘦得可怜。

他看着明晃晃的商场，眯着眼睛就像眯着痛苦。想起歌诗里，他曾挚爱的句子。

"多少眼睛因为瞭望而受伤"。

随着呕吐物，在他心上飘过。

他通通压下，去给她买昂贵的裙子。他不明白，从前她最喜欢这个看不懂的法国牌子，可是现在，她嫌太便宜。

肆

辣哥带着王老实，回到当年的大学。

小饭馆已经不在。两个人坐在文学院楼下，苍凉地抽着烟。

没有酒，王老实邋遢地，声嘶力竭地唱："我是一个民歌手，我的歌，我的歌，敷在多少伤口上。"

辣哥唏嘘。还记得大一时的文学社吗，从《一月》到《十二月》，王老实是石破天惊的羞涩才子，不懂人情世故却有张狂文字，每一笔艳丽的春花，每一抹黄暴的狂欢，都潇洒恣肆，汪洋帅气。少年心事，笔端凌云。却统统，都成了往日的倒影，青春的祭奠。

还记得卡夫卡、萨特和波伏娃吗？那些热爱的作家，都成了贫穷人生里，生锈的念想；狭窄岁月中，沉默的妄想。

你还记得，意气风发的你自己吗？

一霎沉默。辣哥终于问，你还记得，当年的钱小艳吗？

对这个姑娘的梦想，青春时风花雪月的崇高，得了一种叫"钱"的病，已经病死了。

王老实很苍凉：她没工作，怎么养活自己呢？

辣哥气急，傻子，人家哪天都挣得比你多！

王老实还是很苍凉：她以为，那个同乡的皮条客，真会娶她。我不要她了，她迟早会被打死的。

辣哥摇醒王老实，你看看那个贱人，她有一丝悔意吗？你要给她一辈子，在她看来，你的一辈子，还不如一条新款裙子值钱。

王老实泪流满面：她不过是个糊涂人，被那个同乡皮条客勾引，走错了路，也很可怜。

王老实坚决不离婚。可是钱小艳要离。

她穿着艳俗的新裙子，说皮条客教她的话，一二三四五，总之，你得给我钱。我嫁给你六年，一年十万。

王老实没有钱，他所有的工资，都上交给了钱小艳。

一个月的卖命钱,也换不了钱小艳的 5ml 香水。

王老实借了高利贷,人看他穷,只肯贷六万。

他抱着六万块,像抱着饮鸩止渴的希望。

他多么想抱紧,失落的青春与人生。

可是最终手里握紧的,只有绿色的离婚证书。

只有被她嫌弃的,清理出来的旧裙子。

他捏着破烂的包,吃着路边摊,二两米饭,两块豆腐,几口白菜。

再也无法愈合的,意气风发的人生,在远去的爱人的裙子里,孤独地,孤独地飘。

既然来了，好不容易的

文/舒心酱

壹 一百年前，这里有她少年时的男朋友

公元二一一五年十一月十八日。

一百一十九岁的周蜜桃，作为人瑞，常常被拉去参加种种哈哈哈哈的活动。

周蜜桃坐在飞行躺椅上，遥控完重孙子的家庭作业，赶到了A城的会场。不同以往，这次是一场悼念活动，悼念救火时淹死在浅海式灭火器里的青年英雄。

周蜜桃有些忌讳，此前她从未来过A城的公墓。

十九岁青年的照片，安静地镶在大理石墓碑里。

周蜜桃一片茫然，一百年了，谁说没有沧海桑田呢。

一百年前，这里是她念书的大学，有她少年时的男朋友。

旧日时光，如一张过期忘还的账单，重现眼前。因为拖了那么久，所以感慨那么重，她几乎要想不起，还不动。

贰　您的拐杖

一百年前，食堂门口，他们自己搭台子建的小剧场，戏早忘了，她演一个老太太，头一回当演员，太激动拐杖都飞了出去。被砸中的他好脾气捡来她的拐杖："奶奶您的拐杖。"

一百年前。那男孩子为她摘来深白柔黄的鸡蛋花，替她去拿双"十一"的快递，陪她看一部《他来了，请闭眼》的肥皂剧，口是心非跟着她尖叫男主好帅。

九十九年前，那男孩帮她买早餐，知道她吃热干面的时候不吃芝麻酱花生酱，吃西兰花的时候爱放一大勺芝麻油。知道她皱眉，什么时候是因为例假，什么时候是因为无聊。

九十八年前，那男孩带她去见父亲母亲。朴素的一对中学教师，表情从"兔崽子让我抓到你们早恋"转换到"未来小媳妇真乖"，用了很久。

九十七年前，那男孩与她吵架，因为北京有难得的工作机会，她执意要去。大雨下得特别撒泼，他愤然甩手而去。她回到宿舍，把裤脚的积水拧下来，浇他送的那朵鸡蛋花。一转头看到工作offer，再一探头看见他在楼下越来越远，一扬手，扔了花。

九十六年前，她在偌大的城市里孤军奋斗。他在温暖的小城里即将成家立业。

九十五年前,她在影楼楼下,埋伏等到来拍婚纱照的他。两个人四目相对,准新娘迟到了,热情的影楼老板迎了过来,误以为她是正主,拉了二人就往里走:"我们这里的摄影师和设备,那是全城最好的,绝对没得挑。"他看着她冷冷道:"只怕人家北京的,看不上。"老板脸绿了一下:"这是哪里话,我们这里的,比纽约的都好!"两个人都不动,老板毛了:"我们这里预约早都排到明年了,小张说是朋友,巴巴给你们排出时间来的,你们也不要这个样子耽误我们生意嘛,真是的,好不容易的。"他看了看她:"既然都来了,好不容易的。"她沉默。此后于他而言,近百年来,她始终是沉默的。

九十四年前,她给他的新生儿,寄了一个巨大的红包。

九十三年前,她去了美国,念书工作结婚生子。经历过战争,拿过诺贝尔美食奖,离过两次婚,带大了三个孩子。

此刻想起来,那个时候她欠一句勇敢的回答,拖欠了这么多年,早已过期。

叁 一百年了,您的拐杖

有愣头青的记者冒出来:"周老,您很多年没有回来过了吧,这里可有故人要祭拜?"

周蜜桃点了点满是褶子的下巴:"既然来了,好不容易的。"停了停:"那就去吧。"

她老眼昏黄一排排看去,认出来他的墓碑。

一百年了,她都已经忘了他的名字。墓碑上是一张老头的照片,她无端就是知道,那糟老头子是他,是百年前她轻易抛却的少年挚爱。

他的尸骨,躺在旧日食堂边,初见之地。

她一个踉跄,智能拐杖丢了。刚要启动指纹召唤功能,让拐杖自己回来,却忽然忘了,这么多年,这么多事,哆嗦着不知从何开始。

一旁的小年轻,帮她拿起拐杖:"奶奶,您的拐杖。"

一百年了,她扶着拐杖,这样清楚地记得,他们从南北相隔,到越洋相隔,到天人永隔,再没有在一起。

既然来了,好不容易的。你已经老不见了,我的牙也掉光了,再不能演完小剧场,去食堂,吃一碗,三块五毛钱的热干面。

你拉着拐杖,拐杖拉着我。

就好像,真的有明天。

一边，一边

文/舒心酱

壹

豆腐愁死了，她的公安局长爸爸贪污，被抓了起来。等待审理。

豆腐在波士顿念书，消息一出，中国同学朋友圈就炸了。

堂姐豆浆，陪着哭了一场，哭完忙着去秀场，最新的时装周主色调，她好不容易干掉了抹茶，事业正有起色，千载难逢，不能被倒霉拖累。

豆腐的男朋友小葱，马上和她划清界限，我们之间，什么也没有，一清二白。

豆腐给她的前男友肉沫打电话："肉沫，肉沫，你能离开一下你的富太太女朋友吗？"

豆腐想说"姘头"，但是豆腐是一个傻白甜。

热辣辣的词,像着急的欲望,在舌尖滚了一圈,把她炽热的纯白,烫了一个泡泡,终究,不敢说。

豆腐哭累了。抱着肉沫。

肉沫沉默良久,回身抱住她。青春有多旧,心,就有多皱。

两个人窝在肉沫阴暗的小公寓里。

肉沫的电话一直响。

是他的老女朋友,茄子。

豆腐是傻白甜,不清楚他们复杂的肉体和灵魂关系,到底有多苟且。

肉沫挂了电话:"你走吧,她要来了。"

豆腐瑟缩坐在楼下,她怕被肉沫的非正牌女朋友看到,可是"怕"这种情绪,一点实际执行力也没有。

茄子,很成熟,并不妖艳。有一种市井的凶狠,和岁月的酸涩。

笔直朝她笑:"小姑娘,上来吧。"

豆腐手脚都不知道往哪里放,跟着茄子往肉沫的公寓走。

傻愣愣,看着茄子把自己当物证,噼里啪啦,责怪完了肉沫,赖掉了和肉沫的分手费。

贰

肉沫很依赖茄子,风尘里的人情世故,傻白甜豆腐没有。

他满意这样一个姘头,给他钱,给他依靠,给他肉体,给他温度和红尘。

除了正经的结婚证和所谓的天长地久,茄子什么都能给他。

可是茄子厌倦了他，要踢掉他。

因为豆腐，他连分手的最后一次拥抱，都无法染指。他忽然恨急了豆腐的傻白甜。往事就像一个个巴掌，他的心通红一片，无法抑制，这些年，他心里残留的，又傻又甜的纯白情感。

肉沫和豆腐，曾是正宗的青梅竹马。

他们认识的时候，小学五年级。插班生豆腐，在语文课堂上，连"一边，一边"这么简单的造句，都不会。害怕一群不认识的新同学，默默擦着鼻涕和眼泪。

肉沫看不下去，又哭又笑扮鬼脸逗她笑，于是她在作业本上写，"我们一边哭，一边笑。"

直到他爸爸，栽进传销组织，被豆腐爸爸的人抓。

直到豆腐被送往美国念贵族高中。

摆摊子卖菜的肉沫妈妈，苦苦支撑这个贫穷的家。

他记得自己拼命争取到奖学金，过着一个穷留学生最贫困的生活。

他记得茄子沉默温柔的时候，像一个母亲，又像一个宽厚的姐姐。

记得茄子浪荡的时候。他出卖自己的皮囊，一边享受，一边流泪。

他一边想杀人放火，一边明白这不关豆腐的事。

一边想一如既往爱豆腐，一边无法控制，那么痛，那么恨。

多想随时遗忘，重新来过。

叁

豆腐从人人喜爱的白富美千金，变成罪犯家的绿茶婊。

惊恐从童话里醒来。发现从前那七个可爱的小矮人，原来都是黄暴的变态狂。

一年,她从一碗清甜的豆腐花,变成一叠呛人辛辣的麻婆豆腐。

打工,勾心斗角,骗有钱的男孩子。

从豆浆那里,骗到豆浆爸爸的很多银行流水与资产证据。

交给肉沫:"当年你爸爸的传销组织,本来不应该判那么重。是我爸爸的发小,也就是豆浆的爸爸,塞了黑材料。"

"肉沫,我对不起你,豆浆爸爸的证据,都在这里了,你看着办吧。"

豆腐找到茄子:"帮我找你在国内的姘头。捞我爸爸出来,替罪羊,是这个人。"扔上一沓豆浆爸爸的照片。

茄子好笑:"小姑娘,凭什么?就凭你有我和肉沫的艳照门?"

豆腐摇头:"你手上有姘头的把柄对不对?肉沫和你混了这几年,早就悄悄弄了备份。他舍不得威胁你,我,"豆腐用尽了所有的仇恨和委屈,轻蔑一笑,"我对你,可没有什么好舍不得的。"

肆

豆腐成功将豆浆爸爸拖下水。

然而自己爸爸,一分一毫也没能够洗白。

死刑,在春节后执行。

农历大年三十那天,她去探监。

玻璃对面,那个男人泣不成声,这么近又那么远。

这个被世界唾弃的人,是她的爸爸。

他们隔着萧瑟的玻璃,连说一句,新年好,都怕太悲情。

四岁那年。爸爸带她去看爷爷,还有一段路的车要换乘,可是没有钱,爸爸抱着她一直走。那一年大雪,天黑,四处又有雪光茫茫的白色。全世界都好安静,两父女,像是永远也走不到头。

五岁那年。妈妈坐车带着她去看老人。爸爸为了省一张车票,六十多公里的路,骑自行车。豆腐和妈妈呼啸的大车子,经过爸爸,骑自行车的背影,他在路边,歪歪斜斜,颠颠簸簸。

六岁那年。爸爸带着豆腐,去邮局,领《散文》的八块钱稿费,给她买最爱吃的水果硬糖,五分钱一颗,花花绿绿,灿烂了整张桌子。

七岁那年。爸爸远去他方读研。很远的北方城市,火车无座,站三天三夜。

九岁那年。爸爸开始新工作。

十岁那年。很多叔叔阿姨带着礼物上门。

十一岁那年。爸爸很少回家吃饭。

十二岁那年。爸爸离开了妈妈。

现在,她最亲的亲人,要以这样羞耻而惨烈的方式,离开自己。

她的亲人,最后一句话,说你不要来,你不要来看我,好好念书好好工作。

就当,就当,声音喑哑得撕心裂肺,就当没有我这个爸爸。

伍

肉沫悲悯地看着豆腐。

他们都一样,在这汹涌的世间,不知因为什么缘故,不小心丢了最爱的人。

那一年冬天,两个人去领结婚证。

置办简单的家具,做饭,温暖彼此。纽约大雪纷纷扬扬,冷得一点喜气都没有。

他看着穿衣镜里面的她,觉得那么恍惚。

这一生爱恨痴缠,跨越如烟往事的渺渺仇恨,奋不顾身来爱她。

可是他们,其实只是两个千疮百孔的故人。两个心怀鬼胎的亡命之徒。随时,都想彼此挣脱,遗忘爱恨交织。

勾搭着,搀扶着,贼婆子,贼汉子,举案齐眉,一边享受,一边泪流。

江湖

文/流苏

天惶惶，地惶惶，一入江湖路，刀断刃，人断肠。

江湖在哪里？

有人的地方就有江湖，所以每个人心中都有江湖。

很久以前，有个女人找到我，说她弟弟不慎从高处掉了下来，摔断了两根肋骨，她需要一笔钱带她的弟弟去找个大夫医治。

看着眼前这个与我无亲无故的女人站在我面前堂而皇之地索要帮助，我忽然觉得很好笑，江湖中有许多自诩除恶扬善的大侠，也有很多除暴安良的名士，还有更多路见不平拔刀相助的好汉子，但我绝对不在他们之中。

做大侠很累，他们做事要光明磊落，嘴里要说豪言壮语，总之他们不会拒绝别人提出的任何要求，因为他们是大侠，大侠的宿命就是为了别人舍弃自己的性命，为朋友两肋插刀，这样别人才会说他们有情有义！

可惜我做不来侠客，我最多只能算是一名刀客。我的刀很快，越快的刀你就越要小心，因为它可能会割伤拿刀的那双手。

我不想背负任何江湖宿命，所以我只是一名普通的刀客。我的刀短而小，因为它不会用来杀人，更不会用来救人，它只是用来修饰。

只能用来修饰的刀也是刀，只会修饰别人的人勉强也能算一个刀客。我不想在江湖中扬名立万。我的想法很简单，就是拿着手中的刀，把那些绿林豪杰修饰得文雅一些，把那些小家碧玉修饰得华丽一些，把大家闺秀修饰得温婉内涵一些，顺带换上些银两。

在江湖中，不管你是达官贵人还是贩夫走卒，身上少了银两怎么能行，在这个江湖中，没有银两你就没有朋友，你甚至不知道怎么走出下一步，你知道，英雄也是会饿的，越是有名的英雄饿得越快，胃口也就越大。

所以，你想找个英雄帮忙，是决不容易的一件事，比起一腔热血的英雄，更多的人愿意找杀手帮忙，一来杀手便宜，更重要的是你不用去欠着一份人情。

一个人欠了别人钱，你可以很快还光，但是如果你欠的是人情，你要怎么还？用什么方式还？

我不知道基于哪点会让她固执地认为我能帮到她，她就一直站在那里，不说话也不走，我知道有种人是不达目的决不罢休的，很显然她就是那样的人，越是目的单纯直接的人，你也就越没办法拒绝，因为拒绝意味着伤害。

我一直等，我想等到她自己放弃，毕竟我的银两都是从刀尖上挣来的，一个不尊重自己银两的人，也不会尊重自己的性命，我是个惜命的人，所以我挣来的银两总是看得很牢。

但是对于身边的人，我却很大方，你知道，江湖上大方的人已经不多了，每个人都把钱包捂得很牢，对亲戚朋友，对兄弟，嘴里说着一套，心里想着一套。

有时候难测的不是江湖，而是人心。

在江湖上混，每个人都有自己的目的，一个连自己的目的都不清楚的人，是不配在江湖上摸爬滚打的，唯有心中目的明确才会有信念，一个有信念的人就已经立于不败之地。

我的目的也很简单，就是让我来面对赤裸裸，血淋淋的现实，让身边的女人做做白日梦，我要做的就是告诉她，江湖也可以是单纯美好的。

只要你想，只要你愿意，我会去挑战现实，我会跟它拼搏厮杀，而我一定会胜利，我们会用华美的袍掩盖住彼此身上的伤，站在你面前，面带微笑，我要你看到的现实就是如此谦恭温顺，如此称你心意。

即使是家里的一条土狗，我也不介意它一年花我几千银两，你见过得了忧郁症的狗么？即使是在睡觉的时候，你都必须睁着一只眼睛看着它，因为不开心，它随时可能会自杀。

它从来不会跟我提什么要求，因为它不开心，我就有责任去照顾它，它的一个念头我都会满足它。对于一个男人来讲，能把身边的人和狗保护好、照顾好是多么伟大的成就和骄傲。

你不是男人，所以你不能体会那样的苦中带乐。

我看着那个无亲无故的女人在我眼前日渐消瘦，我想我们都是有心事的人。

我曾经爱过一个女人，那个女人一如她，不达目的决不罢休，唯一不同的是，她要什么都会理直气壮地问我拿。虽然她从来不会在我面前许下承诺，但是谁在乎？每次有事的时候她就会来找我，你知道，江湖是个是非地，每天都会有事情发生的，所以我从来不担心会见不到她。

每次她从我手上把银两拿走，我总会很开心，你会发现其实酒并不会带走你的烦恼，银两也不会让你开心多少，而心爱的女人却会带走你的忧愁。

看着她一天天地好起来，笑得越来越大声，你恨不得把身上的所有都给她。

后来她找上了一个小白脸，她告诉我她很爱他，希望我放过她。

我很生气，但是在江湖上混是讲道义的，你可以吼她骂她，但是你绝对不能动手打她，因为女人是打不得的。

我用雷霆手段开始清场，大家都受了些心伤，场面也很混乱，我想他们都把我当做了看客，在我眼前演出一场盛大的戏，那些广泛复杂而又毫无关联的事情，蹚在各种隐喻明扬暗示之后、粼粼潋潋的种种表达里四散蔓延开去，艳光四射，所有的暗点串联起来，恐怖而惊艳。

直到我站起来出手，所有的人都噤声了，没有人敢直面我挥出的利刃，一柄没有刀柄的刀挥舞在我手上，寒光四射让人心胆俱碎。

所有人都畏惧了，退却了，逃了。

我胜利了，这样的胜利你要么？这样的赢你要么？你唯一可以做的就是掩尽刀芒，收敛精光，拖着疲惫的身体往前走去。

小妹妹，我给你讲这个故事，不是想拒绝你，你知道，拒绝永远都是伤害，我只是想告诉你，你没有从我这里得到想要的一切，是你表现得还不够真诚，你知道不是谁的银两都是从天上掉下来的。

我们之间无亲无故，凭什么要帮你？

我知道你是个女人，女人总有办法轻松得到自己想要的东西，你不要误解我的意思，我不是想叫你去卖，你只要开动一下大脑适当有些内涵，你会发现你会比去卖更值钱。

别以为我对你有什么企图，我只是想告诉你，像我这样的刀客根本帮不了你，首先我不屑去做马贼，我也不想去大街上抛头露面卖艺，更不想去坑蒙拐骗，刀客也要面子，也要吃饭，也需要银两。

如果你长得不好看，我会劝你死了这条心，回去好好地炖几只鸡蛋给你弟弟吃，给他讲几个江湖中的侠义故事，让他开心地走。

但你偏偏是个好看的女人，你这种好看的女人会有很多人英雄救美的，与其在我这里浪费时间，还不如找个大户人家嫁过去，那你说的烦恼都不再是烦恼。

那个女人走的时候，天已经完全黑了，听到她的呜咽渐渐远去，我忽然有种心酸迟暮的感觉。

但这就是江湖，每个人都有自己的无可奈何，每个人都有自己的身不由己，而我也只是一名普通的刀客而已。

我小心地磨着手中的刀，它才是我最诚实的朋友，唯有它始终坚持如一地陪伴我，我曾听人说过，一入江湖，人就再也没有回头路了……

节操

文/流苏

壹

  我不知道你找男朋友的标准是什么，但是你我都知道这世上真正的王子其实没有几个，你可以偶尔做做梦，有个王子对你一见倾心，开着他的劳斯莱斯幻影，手里捧着超级大的玫瑰，攥着几千万的支票天天等在你的楼下，只要你点头，你就能成为世界上最幸福的女人。

  既然是梦，睡醒的时候就应该面对现实，世人都不是傻子，如果只有你当真，要么就是国产肥皂剧看多了，要么就是脑子真的有问题。

  如果你想找个成功的男人也不太现实，因为成功的男人都比较聪明，大部分的成功男人能一眼看出一个女人的本质。

  找男人么，就跟做生意差不多的，眼光要放得长远点，就当做投资啰，当那个男人还是只青蛙的时候，你就应该把他培养起来了。

如果你有本事，那么你也可以把人家辛辛苦苦培养出来的好男人抢过来呀，反正这是个不讲究规则的社会，但不是你培养的男人，你用着会舒服么？你会觉得这样的好适合你么？

如果你遇见他的时候，他已经蜕变成了王子，你就更该醒醒你的春秋大梦了，今天他能够跟你在他的宝马里车震，难免明天不会跟你最好的小姐妹在这辆车里震一震，做人么，知道什么时候该认真，什么时候该开心是最好的。

贰

如果你长得不好看，胸部又小，而且脑子又不灵光，我劝你还是死了这条心，找一个普普通通的男人过日子，生上一堆儿女，在劳碌中享受一点小小的幸福，因为在一个标准的成功男人眼里，你不会比一辆QQ更值钱。

如果你有胸又有脑，而且天生长着一张骗死人不偿命的脸，那我也不会坐在这里跟你聊天，你知道，这样的女人身后总有无数更成功的男人死心塌地地围着你，讨好你。一个女王坐在国外路边摊国内号称星巴克的高档场合，纯粹就是浪费自己的青春。

聪明美丽的女人都知道，红颜易老，靠脸吃饭的日子其实不会长久的。

不是我装，每天早上我都会吃两只花卷再上班，我不敢说我有多厉害多成功，至少能吃得起花卷的男人，多少都有些真本事。你看看满大街的人，就是那几位，西装革履头发油光水滑，走路的样子都得意洋洋，手里还拿着 iphone，但是你有没有发现他脸带菜色，一定是早上没有吃东西的缘故，没准他买手机就已经割了自己一个肾，没准他还在为手里的 iphone 还银行贷款。这样的男人，你放心将你的身体和灵魂交给他么？

我不敢说我每天都能带着你到星巴克喝咖啡吃牛排，我想说的是，如果你要谈情说爱，至少你要找一个能让你吃饱穿好的男人。

叁

如果你觉得不喜欢我，那也没关系，反正我也常来这些地方吃饭，多带一个人只是多加一双筷子而已，所以我希望你吃得欢，而且随便点。

我们从坐下到现在已经过了十五分三十秒了，其间那个挺有姿色的 waitress 已经过来两遍问我们需要点什么，你说随便，你难道不知道随便这种东西很玄乎？

请你为我解释解释什么叫随便？

坐下到现在你的眼光没有在我脸上停留超过三秒钟，接着就开始刷微博，聊 QQ，在这期间我喝了三杯 Chivas12，用手在盘子里直接抓起牛排吃得津津有味，过后用这双油腻腻的手抽了一支烟。如果你不能从我这些行为里看出我从心里看不起你，那我真怀疑你的智商有问题。大家都有自己的期望，但是吃个饭这样的事情是不需要抱有任何期望的，开心就好。

我的原则就是，吃得开心一律我埋单，吃得不开心，那么我们AA 制。这顿饭少说也要花我一千大洋，所以你从现在开始，必须对我强颜欢笑。你是个聪明人,应该知道该怎么做。

不是我怀疑你的品质,现在你聊的那些东西,无非就是些滚床单的事情,从你脸上的表情可以看得出。

别以为我在打你的主意,我只是不擅长拒绝别人的要求而已,或者说,只要我有时间,我也没有拒绝过别人让我请吃饭的要求。

你看到刚才过来的 waitress 没有,她眼睛里有妒忌,以前我每次过来总会跟她搭话,要建立一段若有似无的暧昧其实很简单。我想过扑倒她,但是她永远都不会知道我心里真实的想法,就如你不知道我现在的想法一样。

你也别以为单纯的女人很好骗,越是单纯的女人越直接,有时候直接到你都做不出那些卑鄙无耻的事情,但是像你这样的女人我却见多了,只要腰包里稍微有点钱,带你去银泰买几件衣服,你会脱得很快。我是个直接的人,所以请你原谅我的粗俗。

肆

也许你还活在一个没有规则的世界里,毕竟我们是两个世界的人,从你现在的表现,我就能想象得到,你原来的男人是怎么对待你的。

一个男人,想让自己的女人成为什么样的人,就会用什么方式去对待她,比方说他想让她成为公主,那么他就会用对待公主的方式去对待她,满足她人前人后的虚荣与骄傲,满足她大大小小的要求,将她的生活照顾得细致入微,尊重她的每一个决定,即使看起来很愚蠢的决定,都会将她惯得不行,全世界只有她知道,不管遇到什么麻烦与困难,他都有本事给她解决掉。

你也许会认为这世界都不靠谱，有的人靠谱起来，就算你再积三辈子的福气你也没办法走近他的身边，你不明白他的世界，不明白他的一意孤行，不明白他前进的方向，你自然就会出局。

所有的事情都是有规律的，包括感情，得到是一个拣选的过程，将一些劣质的、不适合自己的剔除掉，剩下的，就是自己最宝贝的事物了。

伍

我知道你们都是聪明人，在网络里读到过几条三脚猫的心理学，自认为智慧地判断别人对你好不好，爱不爱。可这些有没有让你开心过？你有没有真正地贴近一个人的心？

连真假都分辨不清楚的人，每天不断地鼓噪着感悟。

你甚至对自己都没信心，一个连自己都不相信的人，她怎么会相信这世界是真实，可靠的？

相信自己的心是最大的冒险，很早以前我每当站在十字路口，都会恐慌，因为我不知道应该去哪里，经历了很多事情以后我才发现，原来跟着自己的心走，才不会有惊慌和恐惧。

如今的我就算内心扛住千斤重，脸上都只有淡淡然，不要让任何人同情你，你要主动去同情、可怜别人。

我们都活在一条肮脏不堪的臭水沟里，但是我为什么比你过得好？因为我在仰望星空，记住，世界上最美好的事物是不能够被看到或触摸到的，它们必须用心去感受。

就如这顿不算愉快的烛光晚餐。

茴香城堡

文/阿狸姑娘

　　花住在我家的隔壁，不胖不瘦，扎两根小辫子，笑起来的时候能够看到她的一颗小虎牙。我从穿开裆裤的时候就开始和花一起玩耍了。

　　我们的感情很要好，从来没有吵过架，也拉勾勾说永远不会吵架。每天只要一有空，不是她袜子都没穿好就来我家门口，一边拍门一边嚷着"小野，开门！"就是我端着饭碗到她家门前，一边吸溜面条一边口齿不清地喊"花，出来玩！"

　　我的身边因为有花，所以不孤单，我们约好要做一辈子的好朋友。

　　我所在的城市中央耸立着一座城堡，城堡很大很大。周围分别安着三个机器人保安，两只猎狗和一个身体强壮的护卫。这在我们这个一共只有一个警察的城市，完全算得上是戒备森严了。于是也没有人知道这个城堡从什么时候开始就矗立在这里，没有人见过城堡里面的人。大概是因为保密工作做得太好，久而久之大家也都渐渐打消了对这栋城堡的好奇心。

但是花却是个例外，打从我认识她，她就对城堡特别好奇，经常撺掇我去城堡周围玩耍。可是无奈我虽然是个带把儿的，但是生性胆小，每次我怯怯懦懦地找理由推脱的时候花都会很生气。但是我们约好了不吵架，只好商量出一个最公平的方法，那就是猜拳。

俗话说得好，上帝在关上一扇门的时候，总会为你打开一扇窗。虽说我生性胆小，但是运气却很好，十次猜拳有八次都是我赢。

可是话又说回来，那不是还有两次输的嘛，就像今天面对出了剪刀的花，我看看摊开的手掌，埋怨自己的同时，只好被花连哄带骗拐去城堡跟前，可还没溜一圈，便不是被大狼狗追到摔跤，就是被凶神恶煞的护卫吓到差点尿裤子。

回去的路上我哭丧着脸，花费尽了心思安慰我。

"哎呀，小野真勇敢！"

"……"

"你不要不理我嘛，我知道你最好了，明明害怕还陪我来，最喜欢你了！"

"……"

"回去我让我妈给你包饺子吃啊！"

"……"

"茴香馅儿的！"

"真的？"我试探地问道。

"真的！比珍珠还真呢！"花见我终于说话，笑了起来，露出那颗小虎牙。

那天回去的时候太阳正下山，我们旁边是一条长长的河流，河水不湍不急，温婉地慢慢流淌着。夕阳的余晖照在波光粼粼的水面上，折射出好看的光。花站在我对面，小小的手拉着我。她歪歪脑袋，背后的光便爬过她毛茸茸的脑袋打在我的脸上，我被晃得眯了眯眼，一颗还没来得及收回去的眼泪掉下来，正好砸在她的手上，她又露出那颗小虎牙笑了起来。

"胆小鬼。"她笑着说。

第二次我输给花，是三周后的一个清晨。那天天刚蒙蒙亮花就在门口喊"小野！快出来玩！"就在我揉着眼睛刚打开门的时候，花狡猾地喊了一句"石头剪刀布！"然后迅速出了一个布。我愣了三秒钟，都没来得及把揉眼睛的手摊开来，只好愿赌服输又陪花去城堡边上玩。

大概是因为早晨没睡醒，我犯了这辈子让我最后悔的一个错——踩到了正在睡觉的大狼狗尾巴上。大狼狗正要跳起来咬我的一瞬间，我吓得晕了过去。所以，我也不知道，在背后揪住狼狗的守卫最后带走花的理由是不是因为花保护了我。

醒来的时候已经是傍晚了。我躺在自己家的床上，睁开眼睛想了半天才确定不是在做梦。我去敲花家的门，喊了好几声"花，出来玩。"都没有人应答。

站在大街上的时候太阳已经下山了，夜晚的风仅有些丝丝的凉意，我握紧的手上却全是汗。

抬起头，月亮已经渐渐爬上了天空，城堡依旧高耸在不远处。低垂的夜幕使它看起来比平时更加恐怖了些许。

"左手是我,右手是花。"我哆哆嗦嗦地比划着。

"石头剪刀布!"

在我挪到城堡门口的时候,汗水已经浸湿了我的后背。现在我特别特别特别害怕,我望着凶神恶煞站在那里的守卫,有点想跑。但是我突然想起那天和花在一起时的下午。

那天很热很热,我们缩在空调房里,我问花要不要吃西瓜,她点点头。等我把一半新切开的西瓜递给她的时候,她拿起勺子,在最中间的地方挖了一勺,递到了我的嘴边。

"最甜的一块。"她把勺子向我这边伸一伸,"给你。"

那口西瓜是我这虽然还不太长的一辈子中吃过最甜的西瓜,从那时起的花也是我长这么大除爸爸妈妈外最喜欢的一个人。

我咬紧了牙关,走向城堡。一只蝙蝠从我耳旁掠过,我吓得一哆嗦,却还是朝着守卫走了过去。

"可……可不可以把花还给我?"我鼓足了勇气站在他面前,结结巴巴地说。

"进入城堡请说出暗号。"守卫的声音不带一丝感情。

"她一定是为了救我才被你们抓进去的!"我害怕的同时却还有些忧伤,忧伤的时候还带着点愤怒。

"进入城堡请说出暗号。"

"什么鬼暗号我才不知道!我想要花跟我一起回家!"

"进入城堡请说出暗号。"

"呜呜呜……哇……"恐惧和悲伤的情绪在面对着这个凶巴巴的守卫和再也见不到花的情绪侵袭下,我忍不住嚎啕大哭起来。

"进入城堡请说出暗号。"

"呜呜……花……出来玩"我一边哭,一边口齿不清地朝着守卫大声喊着。

"暗号正确,请进入城堡。"守卫突然收起一副扑克脸,弯下腰对我鞠了一个还蛮绅士的躬,城堡的大门也随即应声而开。

我挂在脸上的泪还没干,就稀里糊涂被守卫带进了城堡,见到了花,她没事。

回去的路上,我看着和平常几乎没有两样的花,感觉到一阵阵的幸福。

"就是我进去以后他们让我定个暗号,猜对了就让你带我走。猜不对明天他们就会送我回去。"花坐在花坛旁边,一边晃着脚一边抬头看着月亮说道。

"哎呀,我觉得你一定会来救我的,就随口一说,而且我觉得你一定能把我救回来的你说是不是。"说完,伸过手来捏我的脸。

"嗯。"我低着头。

"关于城堡的秘密我以后再慢慢给你讲,不过真的很开心你能够来救我。"花说着说着笑了起来,露出那颗小虎牙。

"反正不管我救不救你你都不会怎样。"

"哈哈胡说!你不来救我的话,我会伤心的啊。"花一纵身,从花坛边上跳下来,站在我面前,"我们不是最好的朋友吗?胆小鬼。"花明明是在笑却掉下了一颗眼泪。

"你刚吓晕过去的时候我也很怕的啊,可是我想保护你。我知道你那么胆小,我想要你来救我却又不想要你来救我,可是你来了。我真的很开心。"

"走吧。我们回家。"我也跳下花坛,牵起了花的手,往家的方向走去,"你都说了我们是最好的朋友啊。"

"嗯啊!"花又笑了。

回去的路上月光皎洁,晚风也不再凉,而是轻柔地拂过我们的脸庞。昏暗的路灯周围,萦绕着细细碎碎的小飞虫,不睡的蝉藏在一旁枝繁叶茂的大树里,为这样美好的夜晚唱着一支支永不休止的歌。

"胆小鬼。"花走在我前面,时不时转过身冲我扮个鬼脸。

"……"

"生气啦?"

"……"

"哈哈,我错了嘛,莫生气,生气会显老哦。"

"……"

"真的生气啦?"

"……"

"理一下我咯!"

"……"

"我让我妈给你包饺子!"

"真的?"

"嗯!茴香馅儿的!"

渡山

文/猎猎清欢

壹

余晖落尽时,我站在崖边上,对师父说:"我要下山,去拯救黎民苍生。"

远处万千灯火,镶在支离破碎的山河。

师父说:"苍生即为苍生,自有天命,他人如何救得?"

师父转头看了看我固执认真的脸,又补充说:"你既为苍生,又如何救得苍生?"

我说:"用一颗普世的心。"

师父说:"看来今天悟得不错。"

他抬头看了看墨黑色的天空,又说:"天色不早了,洗洗睡吧。"

我说:"师父你别转移话题,我要下山去。"

师父说："此崖间无路，你如何下得去？"

我顺着崖边望了望，觉得师父说得好有道理，于是紧了紧衲衣，转身回庙里了。

有救世之心的那年，我十三岁。

贰

我问师父："我们出家人的归宿是什么？"

师父指指天。

我抬头，看见鸟群飞过，一滴白色的鸟屎，落在师父铮光瓦亮的头上。

我恍然大悟："师父你是说死？"

师父摇摇头："是天道！"

后来师父告诉我，出家人求的是六根清净，悟得凡尘皆为虚妄，四大皆空，五蕴皆空。不入轮回，是出家人的最高归宿。

我说："那普通归宿是什么？"

师父说：入轮回，来生开始下一番修行。

我说："那什么是四大，什么是五蕴？"

师父皱皱眉："一次讲太多你参不透，先潜心念经，我回房整理，明日与我下山化斋。"

我知道师父是答不上来，所以回房翻看经书去了。

经书放在师父榻旁的箱子里，箱子里除了几册经书，还有弟子规这类杂书，另外，还有两张春宫图。

师父下山化斋的日子里，我常偷看这两张图，如痴如醉。

叁

我从记事起就和师父在茶山上,守着一座枯庙。

庙前生罂粟,秋天果裂子散,来年春天风拂而生,满覆整座茶山。

有次我问师父:"我从哪里来?"

师父沉思片刻,指了指庙前的罂粟。

然后说:"你死后十年,罂粟新生,花开十年,结果十年,季秋壳裂,子随风而聚,生你。"

我说:"原来我是花仙子啊。"

师父说:"不,你是毒瘤。"

我说:"师父你从哪来?"

师父说:"叶随花落于季夏,融于泥,生我。"

我说:"师父原来你是土地公公啊。"

师父拾起一片枯叶捻碎,不说话。

后来师父对我说:"我本行于天道,因生爱恨,被贬为凡人。在凡间断了七情六欲,空了四大五蕴,方可重回天道。"

师父说他是我在天道时,手中执弄的一串佛珠。

风卷云过,我问师父:"我们在人间怎样才会有来生?"

师父说:"心事未了,爱恨不断,此生种下未完的因果,皆由来世所偿,此为轮回。"

肆

我想了半宿,还是没明白师父给我讲的因果与轮回。

化缘路上,我问师父:"轮回就是,我们平时化缘来的东西,下辈子要化给别人对吗?"

师父很生气:"榆木脑袋!不是这个轮回。"

我说:"那是你这辈子常去找翠姨,下辈子就换她来找你了吗?"

师父说:"再乱讲就滚回去守庙。"

我急忙闭嘴。

我和师父下山,一般有两种情况。一是没饭吃了,我们下山化斋。二是没钱用了,我们下山化缘。

而每次化缘后,师父都会去找翠姨,和她共度良宵。

伍

翠姨是夜仙楼的几大招牌之一,她还有个女儿,叫小翠。

师父和翠姨共度良宵的时候,小翠会拉着我一起去赏月。

有时我会松开她的手,说:"出家人授受不亲啦。"

小翠说:"喝酒吃荤好女色,算什么出家人!"

夜黑云轻,圆月高挂。我转过头,一脸认真地说:"我和师父修的是大乘佛法,大乘佛法不拘泥于吃喝。所谓酒肉穿肠过,佛祖心中留。"

小翠问我:"那你们平日里都做些什么?"

我说:"吃喝睡觉,思考人生。"

小翠说:"那不是猪吗?"

我说:"猪会思考人生吗?它们顶多是思考猪生。"

小翠捂嘴笑。

月亮一寸一寸爬到半空。

小翠又问我:"那大乘佛法厉害吗?"

我说:"很厉害,能普渡众生,让我成为一个盖世英雄。"

小翠听完这句话,很崇拜我。但其实除了我想当个盖世英雄外,余下的都是师父跟我讲的。

陆

那夜师父到子时还没出来,其间小翠问了我很多问题,我有些不耐烦,于是拿起一个鸡腿嗷嗷嗷地啃起来。

我啃鸡腿的时候,小翠说:"我一不卖身二还有艺,你别嫌弃我。"

后来我才知道,她只是个被翠姨收养的孤儿。

我说:"我没嫌弃你。"

她说:"那你成了盖世英雄后,不许忘记我。"

我说:"有鸡腿儿吃,我不会忘记你的。"

小翠说:"你当了盖世英雄,如果没忘记我,就要来娶我!"

我说:"啊?可我是个和尚呀!"

小翠说:"骗你的啦,呆瓜。"

月光照在我光亮的头上,倒映在她眼里,成了一道皎洁的光。

离开夜仙楼时,小翠说:"告诉你一个秘密。"

然后她靠近我耳朵,偷偷亲了我脸颊一下。

很久之后我才知道,那晚小翠眼里闪动的,其实不是月光。

柒

小翠的吻,像一把钥匙,打开尘封的门。

尘世喧嚣,七情六欲。终入心扉。

那年我十六岁。

捌

回去时,我问师父:"出家人戒律中不是不准近女色吗?"

师父说:"世事冰冷无情,但你个人有。若我们已抛却世间情感,此事又何异于吃斋颂佛。"

我说:"师父你就是这样骗翠姨的吗?"

师父持棍打我。

寅时夜深,山路清冷,我把我和小翠发生的事讲给师父听。他沉默许久。

我问师父:"修得大乘佛法后,我能成盖世英雄吗?"

师父说:"为什么要当个英雄?"

我说:"救碌碌苍生,渡一切苦,除世间厄。"

师父说:"我早就跟你讲过,世间苍生皆有天命,由他们自己而写,一人一笔,即成一个时代。世事冰冷无情,你若当个英雄,也不过拯救自己的七情六欲而已。"

行至山腰,师父问我:"累否?"

我说:"累。"

师父说:"处世如渡山,我们出家人,修大乘佛法,习的不是平山之法,除却万难,而是渡一颗平常心。懂了没?"

我说:"懂了。"

其实我是觉得师父不懂,他不懂这世间,他不懂爱。

他就是我在天道时手中执弄的佛珠,冰冷无情,他什么都不懂。

玖

翌年,北盗犯境。狼烟四起,民不聊生。

我随师父习武。

师父教我棍术,我学得认真,却隐约觉得师父教给我的招式,一横一挑中,满是杀气。

于是我问师父:"我们为何习武。"

师父说:"防身。"

我说:"那不习武之人呢?"

师父说:"听天命。"

我说:"为什么我们不能保护他们呢?"

师父很生气:"有救人之心即是动情,你还想不想回天道!"

我说:"那我只保护小翠呢?"

师父甩袖而去,罚我在庙前跪一晚上。

我跪在庙前,看见山下霜华满地,盖住支离破碎的山河。

翌日，师父问我："你醒悟了没？"

我说："从何而起，从何而断，虔心向佛，我会做到的。"

师父叹了口气，说："爱起，则不灭。七情六欲，皆由此生，爱而不得生怨，得而生贪，你早晚被其所伤。"

我说："我想下山去。"

师父问我："为何？"

我说："入世，入世方得出世。尝人间疾苦，受其恩，感其害，后断七情六欲。"

师父说："你还是没懂。"

之后我被罚在庙前跪三个晚上。

山下生灵涂炭，万千民众困于水火。我空有一颗救世之心，恨不能行。

拾

那年冬天结束时，我十八岁。

贼军攻克都府，国灭。

师父把所有功夫都教给我后，把我叫到庙前。

他说："你不是想下山吗？我们明日下山，西行。但你要记住，此行是让你去清心寡欲，空四大五蕴的，不是普渡众生！"

我说："我记住了。"

我暗自猜想师父是不是上了年纪糊涂了，这样狼烟四起的乱世，去清什么心，寡什么欲。

后来我才知道，茶山上已经没什么可以让我们吃了，山下城池被尽数烧毁，我们无处化斋，只能西行碰碰运气。

师父是我见过的最精明的人。

路过夜仙楼时，那里只剩一座废墟。小翠在旁边开了间酒肆，聊以为生。

听小翠讲，乱军曾到此，焚毁了夜仙楼，而翠姨，也死于乱军戟下。

师父掩面，挥手示意我走。

小翠跑上前来拉住我的衲衣，递给我一只凉掉的鸡腿。

她贴着我的耳朵说："你一定会成为盖世英雄的。"

我说："我是去要饭的，不是去当英雄的。"

拾壹

西行一月，我和师父风餐露宿。

途中遇人易子相食，师父拉我匆匆而过，嘴里说些"世事百般，皆由天命"这样的话。

我和师父赶路，三天没有进食，后来借宿在一大户。

大户信佛，见我和师父面善，又恰好是出家人，便一日三餐地款待着。

大户见师父，有种乱世逢知己的激动。自我们到此，他便每日拉着师父饮茶道佛。

大户还有个女儿，叫小钰，身材窈窕、生得貌美。

师父饮茶论道的日子里，我坐在院落里念佛诵经，小钰隔段时间会过来送些茶水。

她说:"你们西行要去何处?"

我说:"去求普渡众生之道。"

她说:"乱世之中,你能保护爱的人吗?"

我说:"能。"

她说:"那你一定能成为盖世英雄。"

我对她笑,然后说:"曾经有个女孩也这样对我说过,可我还有自己的使命,我做不了盖世英雄。"

小钰说:"那也是个伟大的人。"

在大户家待了五天之后,我们准备离开,继续西行。

大户说:"乱世之中,望彼此珍重。"

小钰为我和师父各做了一套新的衲衣,递到我手里时,她小声对我说:"如果你没有出家,如果这不是在乱世,如果你还能遇见我,我一定嫁给你。"

拾贰

告别大户后,我和师父碰上贼军掠城。

传闻贼军铁蹄所到,鸡犬不留。

我见他们闯进大户家时,便努力往回赶,师父跟在我身后。

我们到的时候,贼军已散,大户死在厅前,被一箭穿心。小钰被铁戟刺穿胸膛,躺于院前,衣衫褴褛,满身是尘。

师父用力拉住我的手说:"你别冲动。"

我身体有些发抖。

师父说:"他们渡我们一程,此生种下好因,来世既有好果,宿命都已被写定，我们不能自陷于此，你要再三记得我们西行的目的。"

血染红整个院落，天地安静，我什么都听不见。只有小钰的那句"你能保护爱的人吗？"在我耳边回响。

贼军聚在城前时，我用力推开师父的手，拾剑而起，冲入万军从中。

我以剑为棍，施展师父教给我的功夫，却倍觉行云流水。天地晦暗，只剩战马倾倒，头颅落下的声音。

夕阳染红半边天时，师父瘫坐在一旁。

我连斩百十人，数十骑，鲜血染红僧衣。

看见身旁尸横遍野，我第一次觉得一件事有意义所在。

拾叁

师父自我斩杀贼军那日起，再没开口说过话。

无处可去，我们只能暂住大户家。

我连斩贼军的消息随风传出百里，次日，有义军来投，邀我共襄义举。

师父整日打坐念经，再不提西行的事，我一度以为他是中风了。

我对师父说："我先救苍生于水火，再断七情六欲，和你重回天道。"

师父继续诵经，装作没听懂。我转身离去，认定他是默许。

之后的几个月里，王军旧部纷纷来投，众人尊我为王。

凡与贼军战，战必胜，攻必克。

各城百姓皆称王师归来，北盗闻名，无不闻风丧胆。

翌年，我率军攻取旧都。

备战前夕，参军告诉我有人暗中遣散兵卒。

众人商议，谏斩此人于帐前。

后来我才知道，他们说的这个人是师父。

我把师父叫至军前，百般询问，他仍然不开口说话。

之后，我把师父流放到他乡了。

临走时，我说："若我此生不能重返天道，那就在人间再过一个轮回。但你要相信，能入世，就能出世。情能生，也能灭。"

拾肆

端月，我收复旧都，逐贼军至北境。

众将效于我麾下，百姓奉我为新王，我重振旧都，建新国，换年号为佛立元年。

我率众人出城围猎，路遇贫寒人家，见有人曝尸街边。

贼除国立，百姓却仍处水火。我除了一颗普世之心，和一身好武艺之外，别无他能。

人世苦寒，我开始沉溺于宫中酒色。

佛立二年，逢大旱，遇荒年。

盗贼四起，百姓怨声载道，拒纳赋税。我无良策，只能派兵征缴。

次月，叛军起，灭王军。传闻叛军中有一人，能于万军从中，取百十人首级。

佛立三年，四地起叛军，众人弃我而去。

叛军围城时，称要就地诛杀我。我骑马冲杀，从城东而出。

离开都城，我向东驰行四天，到了茶山下。

小翠看见我，还没关酒窖，就急着跑上来了。她的酒肆因常年饱受战乱，如今已残破不堪了。

她奔至我马前，说："你回来啦。"

我说："我没有成盖世英雄。"

她说："你还没忘记我，就很伟大了。"

我说："有鸡腿儿吃，我不会忘记你的。"

小翠拉我进她的酒肆，然后递给我一只鸡腿儿。

我嗷嗷嗷地啃着鸡腿儿，小翠在一旁看着我吃。

她突然说："看看看，剑的寒光倒映进你眼睛了，真好看。"

其实我只是眼睛湿了。

其实那天小翠说的是："你动情的样子，真好看。"

拾伍

师父说的那句"情生，则不灭"是对的，我知道，我断不了这人间的七情六欲了。

我决定回茶山，虔心念佛，终了此生。待罂粟花开子聚，我再开始下一番修行。

小翠让我留在她的酒肆过夜，我坚持要回茶山。

其实我身受重伤，上不了茶山。

我骑马绕过半座城，找到了一间残破府衙，躲了进去。

月光清冷，透过窗子照进来，满地的旧书县志。

我拾起一本看，满纸荒唐言，尽写着"生灵涂炭""民不聊生"。

有一卷宗中抖落一张纸，我打开看，是一张缉拿告示，上面画着师父熟悉的脸。

我把那份卷宗打开来看，上面记录着：杜空图，茶山东营县人，自幼习武，技艺超群，为当地侠客，与一女子相好。邦定十五年，女子远嫁他乡，杜空图挽留，不成。后至女子嫁者，为夫见，遭送府衙。邦定十六年，杜空图戮其家十人，女自刎于门前，后携一幼子而去，遁山林，终不见得。

邦定十六年，我一岁。那个幼子，即是我。

师父告诉我的一切都是假的，我们不是出家人，也没有天道。

大乘佛法、小乘佛法都是假的。

他教给我的也不是棍术，而是剑法。

我生而为人，既有七情六欲，所以趁师父下山时，我会偷看箱子里的春宫图。

融于世间，既离不得世间。所以师父告诉我情生，则不灭。他处心积虑让我断了七情六欲，不要动真情，只是怕我被七情六欲所伤。

爱而被毁生恨，爱恨此起彼伏，情欲愈长愈浓，一生便受尽其苦。

我明白，我是师父的救赎，是他所有的弥补和立世的意义所在。

可我还是恨他，我恨他杀了我父母，恨他因为想保护我而骗我，让我想爱却不能爱，一心救世却又被这尘世所困。

拾陆

翌日，叛军围城。

乱军从中，我看见师父那张熟悉的脸。只不过他身披甲胄，蓄了长发，一身豪气。

我坐在府衙中央，旁边散落着那张缉拿告示。

师父走过来，说："你都知道了？"

我说："我们会有来生吗？"

师父说："喝了孟婆汤，前世爱恨皆忘，即使有来生又如何。"

我说："你不懂。"

师父说："你安心去吧，早早结束在人间尝过的苦厄。"

这是师父的逻辑，以他自身为例，觉得爱恨带来的伤痛比刀剑钝重十倍，他杀我，是为了不让我在人间受爱恶欲的折磨。

我说："帮我照顾好小翠。"

师父叹了一口气。

当日午时，我被斩于茶山下。

拾柒

师父渡我，救我于七情六欲。我渡黎民苍生，救百姓于水火。皆无果而终。

我还记得当初回茶山时，师父给我讲的那番话。

师父说："你若当个英雄，也不过是在拯救自己的七情六欲而已。"

师父还说："处世如渡山，我们出家人，修大乘佛法，习的不是平山之法，除却万难，而是渡一颗平常心。懂了没？"

我说："懂了。"

其实，我和师父都没懂。

师父骗了我一生，可有一句，却是真话。

他说："你即为苍生，如何救得苍生？"

师父即为凡人，如何救得我。

拾捌

被缚在刑场上的时候，小翠来看我。

她把一只鸡腿儿塞到我嘴里，说："你来生如果成了盖世英雄，不许忘记我！"

我说："有鸡腿儿吃，我不会忘记你的。"

小翠说："告诉你一个秘密。"

然后她贴近我的脸，用力吻了我一下。

小翠说："我爱你。"

日光倾城，映在她眼里，她的眼睛金光闪闪。

我的眼眶溢出一滴滚烫的泪，划过脸颊，落在地板上，晶莹剔透。

我还记得小翠说的那句"你动情的样子，真好看。"

拾玖

闭上眼的瞬间,我做了一个梦。

梦见我被人葬在了茶山之上,风吹草伏,很久很久之后,山上的罂粟成片成片地开。

秋风拂过时,一个十三岁的我站在罂粟丛中,说要去拯救黎民苍生。

年轻的时候,我听算命先生讲过,人的梦境都是和现实相反的。

我想,我可能不会有来生了。

我在山南，你在海北

文/猎猎清欢

姐姐和我说，在我三岁那一年，她因为摇我的小窝太用力，一个侧翻把我盖在了下面。对于这件事我一直耿耿于怀，所以在后来一段漫长的童年生活里，我和她理所当然地成了冤家。

小学三年级，针叶杉的叶子落满整个校园的时候，我趴在桌子上嘤嘤嘤地哭。早晨起床的时候，我才想到之前交给姐姐的暑假作业，她一个字还没写，于是我和她发生了争执，然后大打出手。我的指甲在她的脸上划出很多道伤痕，她坐在床上呜呜呜地哭。父母闻声进来，在得知事情原委之后，我被要求以后不准再打姐姐，姐姐被要求写完我的暑假作业。然后我站在旁边，看姐姐一边抹眼泪，一边写我的暑假作业，暗自窃喜。去学校的路上，姐姐走在我前面，时不时抹眼睛。在看她捂着脸跑进教室的时候，我的心里空落落的。

交暑假作业时,老师问我假期有没有做一些有意义的事,我想了三秒,然后说没有,回到座位后,我忽然想到姐姐,然后趴在桌子上嘤嘤嘤地哭。

回首往事的时候,我们总会发现自己做了太多的错事。可其实我们从来不后悔,也不想再走一遍,因为我们也找不到一个更好的方式来重走一遍那样漫长的过往。

十月桂花香溢满那个小村子的时候,姐姐脸上的伤已经痊愈了,只留下几道白白的疤。在去爷爷家的时候,姐姐时不时照她的小镜子,然后一路上呜呜呜地哭。

我说,姐姐你别哭,坏人会笑。不要低头,王冠会掉。

姐姐说,都是你个小兔崽子。然后抹抹眼泪,四十五度角仰望一大片树林。

我说,我是兔崽子,那你也是兔崽子,你干嘛骂自己?

姐姐一个人大步走在前面,不再理我。

姐姐留着一头乌黑秀丽的长发,清风袭来,发间馨香。不过我是想说,头发长的人,一般都没什么头脑。后来事实证明,姐姐就是这样没头脑的一根筋,整天在我面前一副刚正不阿的样子就像要去炸碉堡的英勇战士。

在去爷爷家的路上,我问姐姐,我可以让爷爷给我买蛋卷吗?

姐姐摇摇头。

我说,那猪蹄呢?

姐姐还是摇摇头。

我摘过路边的一朵桂花,在手里碾碎。看着姐姐摇头的样子,我好难过。

所以后来到爷爷家的时候，我是这样对爷爷说的。我说，爷爷，姐姐想吃蛋卷和猪蹄，你可以买给她吗？

姐姐在旁边一脸委屈地说，我没有我没有。

我说，姐姐你别装了，来的时候你都嘀咕了一路。

后来，我坐在爷爷的肩头，一手蛋卷，一手猪蹄地往嘴里塞，顺带呼吸上层的新鲜空气。姐姐生气地走在前面，满脸委屈，买来的东西，她一样都没吃。

那个时候，我讨厌姐姐，觉得她很作。那种厌烦的感觉，就像学生时代厌烦那种在老师下课时提醒老师还没布置作业的学生。

我还记得当初在上学的路上，有好几只无人看管的狗。小镇夏季的雨水丰沛，道路经常泥泞不堪，我经常在这样的路上被狗追，一路踏着雨水，溅上一身泥飞奔而去。奇怪的是，这些狗从来不咬姐姐。

于是我问她为什么。

她说，我是个正直的人啊，狗一般不咬正直的人。

我信了。我一直认为姐姐这样的正直让她有点异于常人，比如她不吃那些年我们小孩子都爱吃的蛋卷，比如她从来不跟父母要零花钱，比如她听话乖巧一点都没有青春期孩子该有的戾气。

在流行音乐渐渐代替宋祖英式的民歌并且开始火遍大江南北的时候，我跟同学借来了几张光碟，在碟机上没日没夜地放。

我以为姐姐会像往常一样反感这些东西的时候，她却主动来找我借光碟。她说她爱死了卓依婷的那首《我的眼泪不为你说谎》，然后我以两根冰棍为报酬把光碟借给了她。她拿到光碟的时候，笑得眼睛眯成一条线。

之后的很长一段时间里,她都抱着自己的 CD 机,插上耳机,嘴里哼着那首歌。

有次我问她,姐姐你懂爱吗?

她说,不懂。

我说,我懂,我好像喜欢上了班上的一个小女生。

她把光碟递给我,说,呐,给你学,然后去追你喜欢的小女生。

我说,这么娘炮的歌,我不要。

后来我选了刀郎的那首《2002 年的第一场雪》,虽然在那个年纪里,我连这个名字像昆虫名的人是谁都不知道。可后来我还是把他的这首歌练到了炉火纯青的地步,即使这只是自我感觉。

我把这首歌唱给姐姐听。她说,嗯,不错。追追这个年纪的小女生应该没问题。

我带着满腔的热情和自己认认真真写的字迹潦草的情书,准备去告白的时候,却在学校外碰见了她,和她的父母。那天恰逢她转校,她扬长而去,被留下的,只有我一腔无处安放的情感。这件事给我留下了很大的阴影,此后我觉得,我们的人生,总是这样地戏剧和不凑巧。

后来我把这件事说给姐姐听,她笑得人仰马翻。我看着她狰狞的笑容,愈发生气,一怒之下把那张光碟拿出来掰成了两半。

姐姐的笑容凝滞在空气中,停顿几秒之后,她说,你掰吧,反正不是我的。说完,她带着自己红红的眼睛,一个人跑进房间,锁上门。因为这件事,姐姐僵持了一周,没跟我讲话。

再后来,我学会了刀郎的那首《冲动的惩罚》,照着里面的歌词唱出来,自以为很懂。其实,那个时候,我们什么都不懂。很多歌,都是你在唱了很多年之后才真正明白它的道理。

姐姐初中毕业的时候,我还在那个漫长的期末中挣扎,她把她的饭卡留给了我,里面还剩好几十块钱。我第一次在拿着钱准备挥霍的时候动了恻隐之心,节衣缩食地度过了那个期末。放假时,我去买了一盘磁带和一个单放机,送给姐姐,里面有她最爱的那首《我的眼泪不为你说谎》。不过后来我羞于谈及此事,因为自己第一次有心给姐姐买礼物,但钱竟然是她给的。

姐姐以全校第一的成绩升入初中,又以全校第一的成绩离开初中。我被要求以她为榜样,但其实我挺不甘心的。我问她,你天天学啊学的,生活有什么意思啊?

她说,我并没有成天都学习啊!我还做了很多别的事,只是别人都选择看不见。

我心想,切,真虚伪。过了很久,我才明白这个道理,身处第一的,往往没有一颗想当第一的心。

姐姐高中那两年,第一次被男生追。听到这个消息,我才渐渐相信她的生活并不是空白得只有学习。放假的时候,我和姐姐站在大堤上看夕阳落下,流水经过,柳叶依依。

我问她,姐姐,是不是有人喜欢你啊?

她说,你消息可真灵通。

我继续问她,多长时间了?

她说,三个月。

我哦了一声,思考片刻,然后说,凭借我缜密的推理能力,他应该不是好人,你别答应他。

姐姐问我,为什么?

我说，别人追女生，都是先去讨好弟弟的，他都追你三个月了，还没给我买东西，显然没诚意，不是好人。

姐姐说，滚。

后来姐姐的确没有答应他，我不知道是不是因为我的推理说到了姐姐的心里，不过在高中剩下的那几年里，她倒是一个劲地塞给我钱。但我一直不知道，为什么父母给她的生活费比我少很多，她还能留下那么多的钱给我。

姐姐高考毕业的那个夏天，她去参加同学会，然后陪同学去唱K。临走的时候她问我，你要不要跟我一起去？

我脸上的细汗蒸发在盛夏的风中，然后把脸扭到一旁说，你的同学会，我才不要去。

其实我多么想说，好啊好啊。

我被留在家里，吃西瓜，看电视剧。我第一次觉得夏天的西瓜那么难吃，假期的电视剧那样枯燥无聊。

姐姐回来的时候，给我带了城南的烤鸭，我扯下一只鸭腿，和她去大堤上，吹夏天原野的风。

姐姐已经剪掉了她的长发，披肩短发被吹散在空中，眼中满是希望，眺望远方。那个傍晚，我一句话都没说。告别的时候，想挽留，却又不想被别人看出来，所以我们总是觉得说什么都是多余。

姐姐的大学选在了北方，一个出门就能见海的城市。假期回来的时候，她给我看很多照片，都是她到处旅游拍的。同时，还带给我各个地方的小工艺品。

我从来都没把她当做自己的榜样，可是在高中生活的后一段，自己的成绩还是突飞猛进，在告别高中生活的时候，给了自己一个圆满的结局。姐姐打电话祝贺我,我说,这点小事,还难不倒我,毕竟我从小就出类拔萃。

她在电话那端说,你真虚伪。

同学会吃完饭去 KTV 唱歌的时候,我把刀郎的歌唱了个遍。后来,我又点了那首《我的眼泪不为你说谎》,没人会唱。我们一起看着大屏幕,歌词一句一句滚过。

我的眼泪不为你说的谎

有人太爱希望

还有什么值得我去收藏

是受过的伤

一遍一遍试着去体谅

给你圆满的收场

究其一生,可能都不会再见到比这更动情的歌词。我一个人坐在房间的角落,眼泪在眼眶打转。我多想听姐姐给我唱一次这首歌啊,哪怕一句也好,可是她从来没有。

后来,姐姐又陪我去了大堤上。站在最熟悉的风景里,我问姐姐,是不是以后,我们就会离这个地方越来越远,直到有天再也不回来。

姐姐很认真地告诉我,不知道。

每个少年总会有这种时刻,把告别自己熟悉的东西,去接触一个新的世界这件事当作成熟,把永别看成是历经沧桑。其实,我们只是还太幼稚了,我们说告别一个人的时候,还不懂一个人。我们准备告别一个世界的时候,还不懂这个世界。我们走得太急,忘记了拥抱,可是等想起来的时候,却再也见不到彼此。

我把大学选在了南方,一座群山围绕的城市。在收拾东西离开的时候,我翻出了当初买给姐姐的那个单放机,换了块电池,还能发声。第一首就是《我的眼泪不为你说谎》,熟悉的旋律,就像再熟悉不过的往昔。按了播放键,不愿再停下。那些逝去的记忆,如果能像这首歌一样重新播放,该有多美好啊。

只是分离和成长,对我们来说必不可免。就像逐渐长大的鸟,会被推下去自己觅食。我们总不能一直当棵风雨飘摇的小草,不长成大树。告别那些曾经你最不愿意失去的人,一个人走,有自己的婚姻,组成自己的家庭,都是这个社会约定俗成的。我们都得按照这个路线一步一步走下去,只是在经历和告别的时候,尽可能动情一点吧,任性薄情,总会留下太多遗憾,但多情,是不会错的。

小学的时候,我老是说姐姐没头脑一根筋,一点都不温柔。

离开那座小城去车站的时候,下起了倾盆雨,姐姐撑着伞,护着我重重的行李,一路艰难地把我送进站。我突然想起了小学时一个阳光明媚的午后,天气骤变,昏天暗地。风卷着乌云,可以把人吹走,冰雹携着硕大的雨点袭下来。姐姐扯下她的书包,挡在我头上,拉着我一步一步艰难地朝前走,表情认真刚毅,比晨曦更温柔。

知何处

文/猎猎清欢

残阳

夕下竹篱闹。萧萧狭路,相逢不可逃。桃园举酒言醉老,竟惹陌路小儿笑。

壹

我自私,内向,不爱讲话,不懂分享。所以我不爱交朋友我也没有朋友。

三年级,父母离异,我被安排住到爷爷家,我没有抗拒,也没有争取一个完整的家庭。我觉得大人的事永远和我无关,只要他们每个星期给我固定的零花钱,不论他们吵得多么惊天动地,我都能安然自若。所以他们在决定离婚的时候,是那么毅然决然,没有一点后顾之忧。

我像空气一样没有存在感。所以他们决定把我放到爷爷家的时候，没有问我的感受，而我也没有感受。因为我没有任何可以留恋的东西，我没有朋友的关心没有老师的问候，唯一值得我在乎的东西——那些陪伴了我大半个童年的玩具，都被装进一个大塑料袋里，然后被沉沉地摔在了大卡车的车斗里。

我和我童年的宝物，一起被摔在车斗里，摇摇晃晃去了几十里外的爷爷家。我躺着看这里安静的夜空，点点星光镶满了一片天。我觉得在这个超凡脱俗的地方，我会找到很多给我小宝贝当朋友的东西，所以我感觉还是蛮开心。

爸爸领着我进门，我用力抱着自己一大袋子的玩具，把袋子用力从胳膊上缠上一圈。

爷爷接过我的袋子，随手往墙角一丢。把我带进卧室，我跑去捡我的袋子。爸爸转身出门，背影如释重负。

我没有叫爷爷，没有说一句话。他把我安排妥当，叹息一声，就继续回去睡了。

爷爷家的墙很薄，我能听见他和奶奶的谈话。

"这孩子还是不讲话，和小时候一模一样。"

奶奶应和："长大也没出息。和他爸一个样，好不容易讨个老婆现在又闹这样。"

两个人沉默一会，又陷入长长的叹息。

我把玩具全部倒在床上，芭比娃娃毛绒熊，小骑士和水晶天鹅。我一直玩到累了然后躺在床上呼呼睡去。

奶奶打开房门的时候，我的床上铺满了小玩具。玩具上脏兮兮的泥全都染到了被子上。她用力抖一下被子，玩具散落一地，我亲眼看着水晶球砸在地上变得四分五裂，像我的心。

眼泪在我的眼眶里转了好几个圈，还是没有出来。我静静看她把我的小宝贝扫到墙角，毫不怜悯。

其实我还是有变的，如果是在之前，我肯定会用清晨的啼哭叫醒整个山野的。

爷爷用他接近报废的自行车送我去学校报到。山间的风很舒畅很清凉，可是横杠凸起来的地方硌得我很疼，我表情狰狞，但始终没开口叫痛。

自我介绍的时候我一句话没讲，老师挥挥手让我下去，我被安排在教室最后排的一个角落。

我把小骑士摆在桌子上，开始翻书。

有人给我传来纸条，"小东西拿来给我们瞧瞧。"

我把纸条揉碎从窗子丢下去，耳朵被阳光晒得通红。

于是我下课被人叫了出去，他们把我逼到墙角。我手里紧紧拽着自己的宝贝，低着头，不敢看他们的脸。

"东西就给我们看一下，你不给我们可就要抢了。"

有人推开人潮，说："你们凭什么欺负他，东西是我的，我就不让你看。"我看见一个长相很清秀，个子高高的男生挤了进来。

他们开始推推攘攘，后来扭打在一起。我躲过一劫。

一放学，我匆匆捡好东西回家。第二天上学的时候看见他脸上贴了好几个创可贴，手上有被指甲划裂的血痕。

后来我知道他叫晨木，成绩倒数第一的那个。

爷爷家和他家隔很近，所以每次放学，都能遇见他。我把小玩具捏在手里，他常常凑上来看。我说，给你玩。

我没有任何想改变自己的想法，但那个时候的的确确就是想把东西借给他玩。

他很感激地看我，然后用手接过去。

他叮嘱我，以后如果谁再欺负你，你就和我说。

之后便如战士奔赴战场，消失在夕阳里。

贰

晨木喜欢弹弹弓，很准，好几米开外能打碎一个小瓶子。他常常上课无聊的时候拿着弹弓弹窗子外的桂花树，一个小石子过去，细碎的花瓣哗啦啦往下落，像下雪。

每次他拉开弹弓的时候，都会给我打一个手势，让我朝窗外看。

我很不爱写作业，晨木也不喜欢。我不跟别人讲话，只能硬着头皮写。晨木会买各种糖果到处送人，千求万求求来一份答案。

他会分享给我，所以那段时间我从来不为作业发愁。

他很爱钓鱼，自制鱼竿，到湿地里挖蚯蚓。他常叫我一起去，奔波几公里山路找到一个池塘。

爷爷要喂猪，要割草，每天都有好多活干。我从来不帮，因为我觉得这些事情我都做不来，所以我不做。作为回赠，爷爷不让我出门。

晨木来叫我的时候，爷爷都会说，在附近逛逛就可以了，远了不准去。

晨木每次都会说，好。然后帮爷爷喂猪扫院子，和爷爷聊东聊西，例如关心爷爷的身体，例如说说最近村子里发生的趣事。

我还是玩自己的东西，一言不发。因为他们讲的，我都不懂。

等到把家里的事情忙完，晨木就会和爷爷说，爷爷我们出去玩了，然后推着我往外跑。

爷爷会对着我说一句，玩去吧，以后多跟晨木学学。

我没有嫉妒晨木，但我真的不知道要跟他学什么东西，他成绩没我好，也不讨老师喜欢。

他每次能钓到很多鱼，旁边有人一个下午都钓不到一条。临走的时候，他总把大部分鱼分给旁边的人，然后自己留下一些带回去。经过爷爷家的时候，再塞很多给我。

他提着空荡荡的鱼篓，踏着星光回去，沿途花草树木都在微笑，像他的脸。他总是很高兴，但却好像什么都没得到。他像能制造快乐的机器，一直给予，却也从来不缺快乐。

他声音很难听，却很爱唱歌。他没读过人生哲理，可是却能让每个人都喜欢他。

我们沿小路去上学，见到躺在路边的流浪猫，后来每次他都用袋子装一点剩饭拿去喂它。

晨木不讨老师喜欢，因为他成绩差，上课还爱睡觉。他的成绩一如既往地烂，我不知道为什么我突然成绩就变好了，所以之后的作业他都不用再去讨好别人了。我通过他认识了很多人，他们都喜欢和我做朋友，因为可以抄我的作业，还能玩我的玩具。

我并没有抗拒。可能我从开始就不介意分享，只是不敢主动和别人做朋友。

叁

转眼到进中学。开学一个月,有人来找我的茬,实际是我没钱给他。

父亲把我丢在爷爷家后,说是外出工作,从此销声匿迹。

爷爷年纪越来越大,没有太多钱给我。

课间,攒动的人挤满了整个走廊,我被别人拉了出去,站在阳光里,不知所措。

晨木从人潮里挤进来,手里提着"凶器"。

他朝我示意,我们心照不宣地对着那个人拳脚相加。我根本没考虑过后果,在那个无知年岁尚未健全的世界观里,只凭晨木的一个微笑,我觉得跟着他做什么都是对的。

我没想到里里外外围来的人都是看热闹的,后来那个人被晨木一棒子打得头破血流,众人唏嘘后退,跑去叫老师。

这件事情的结果是,晨木被开除,我被记过。

晨木走的时候对我说,没关系,我学习不好,而且我妈早希望我不读了,说我念书浪费钱。

我没说话,只是帮他把行李收好。他在旁边深呼吸,长吐了几口气,然后背一个大包踏出校门,包很重,压得他的背有点佝偻。

其实我知道,他回去了会被打会被骂,他表现得很洒脱,只是不想让我内疚。他成绩不好,可他什么都懂。

学校放假,我去晨木家。他的父母见了我只是叹气,然后说他去了哪里哪里工作，说他走的很洒脱。

我脑中突然就出现了一个场景，一个阳光帅气的大男孩，背着包走了很远，背影萧瑟，可他却突然回头，送你一个微笑。

那个冬天，我再没见过他。

第二年的夏天，他来学校找我。一见面，他往我手里塞钱，红艳艳的好多张。我有点激动，推让半天，他还是把钱塞进了我的兜。

他说，我是替你爷爷给你的，我现在有工资了，就当我先借你，你以后还我。

我嗯了一声，声音有点抽噎。因为长时间在学校营养不良，我的身体消瘦得很厉害，压抑的情绪无处释放，看见一个特别要好的人，心理防线崩塌得不像样子。

他带我出去吃饭，点了最贵的菜。我一阵狼吞虎咽，他看了笑。

我说，你在哪里工作，还要人不？我也不读书了，我也去。

他有点不悦，对我说，不缺人，你好好念书，以后出人头地。

他说完这句话我就笑了，很不屑。他也笑了，很期盼。

我送他走的时候，他跟我挥手道别。我看见他的手磨了很厚的茧，他看见日光下我单薄的影子，我们两个眼眶都有点湿。

晨木每过一段时间都会来请我出去吃饭，然后塞给我钱。我都拿了，而且拿得心安理得。

我没说过谢谢，我也知道他肯定不希望我说谢谢。

他来看我的时候穿得很朴素，但很干净。泛白牛仔裤，白球鞋和很薄的T恤，我知道这已经是他精心整理过的样子。因为他只会对别人好，不会对自己好。

肆

　　父亲在我中考的那一年出现，带了一大笔钱回来，我从爷爷家搬回县城。我中考考了一个好成绩，去了县城最好的高中。

　　晨木后来也转到县城工作。我说请他吃饭，他说好。

　　快到他工作地方的时候，他给我发短信说抽不出时间了。后来才告诉我，同事临时有事，他只好替同事代班。我说那下次吧。他回我一个微笑的表情，我知道电话那边的他的确在微笑。

　　高中三年里我只见过他几次，都是他来找我。

　　每次见我，他都会说，很抱歉，最近太忙抽不出时间。

　　他和我谈的话题越来越单一，除了让我好好学习之外还是让我好好学习。

　　他很聪明也很懂分寸，所以从来不把他圈子里那些我不感兴趣的东西拿出来跟我讲，他能跟我谈的越来越少。

　　我每次见他，他都一次比一次老成，额间开始爬上细微的皱纹，背也变得佝偻。他在夕阳里安静的身姿，让我觉得他老得比时间快很多。

　　我高考也考出了好成绩，父亲在爷爷那留给我一笔钱，又杳无踪迹。

　　我一个人去了另外一个城市念大学，晨木留在那个小山村。

　　爷爷去世的时候正值期末，听说父亲已经处理好，我便没抽时间回去。

　　四年里，我唯一回去的一次，是参加晨木的婚礼。

坐出租车回那个熟悉的山村时，司机问我，是不是很多年没回来了？

我嗯一声。他继续说，是不是感觉故乡变化挺大？

我没继续讲下去，因为感觉鼻子很酸。故乡的变化的确很大，水泥路，枯白杨，新房子和灰蒙蒙的天。这些以前一样都没有。

晨木和他家的好多亲戚等着迎接我，我一下车，众人过来把我拉进他家的新房子。走进门的时候身后鞭炮齐鸣，声音震耳欲聋。晨木跟我说了很多话我一句都没听见，我侧过脸看他，他笑的时候脸上的皱纹已经很明显了，头上也生了很多白头发，他穿一套很不合身的西服，不搭，但又感觉很帅。

那次的酒席我喝了很多酒，尽管之前我根本不会喝酒。我醉得一塌糊涂，躺在他家的沙发上睡了一整天。

那天我做了一个梦，梦见我和晨木一起去当兵，我们每个人严格训练，都梦想有一天能够上战场。后来我经历过很多磨练，终于被选去奔赴前线，我哭着和很多人道别，然后去战斗，建功立业，衣锦还乡。然后再上前线战斗，哭着道别，如此循环直到一天战死沙场。

我走的那天，有人正在用电脑看《心灵捕手》，看到那句："我每天到你家接你，我们喝酒嬉闹，那很棒，但我一天中最棒的时刻，只有十秒，从停车到你家门口。每次我敲门，都希望你不在了，不说再见，什么都没有，你就走了。"

我终于泪流满面。

晨木问我毕业之后打算去哪。

我说，四下战火知何处？

伍

自此以后，我再没回过故乡。

晨木打电话说他有了孩子，我恭喜他，然后买一些儿童用品给他寄回去。

晨木说孩子会讲话了，然后让孩子在电话里叫我干爹。我买了很多好吃的好玩的寄回去。

……

他叫晨木，晨曦的晨，枯木的木。

他是早晨最柔软的一束光，是愿意用自己奉献温暖的枯木。

我在漫长人生最孤寂的童年遇见他，相拥着走完了好长一段路。有缘再聚｜天真的声音已在告退｜彼此为着目标相距｜凝望夜空｜往日是谁。

我开始留意并喂养路边的猫。

我开始主动和别人接触交往。

我开始愿意付出不在意回报。

我开始越来越像当初的一个少年。

我一生中遇见很多人，很多人都教会了我成长。不得不承认，有些人从生命里经过之后，在我身上刻下的痕，一辈子都无法磨灭。我还记得当初那个懵懂自私的少年，在那样浓烈深刻的陪伴里开始蜕变，活出了另一个人的影子。

我一直内疚，如果没有当初的年少轻狂，晨木一直念书，能不能一辈子不淡出我的世界。世事无假设，只是这种分离，越来越让我觉得这个人世是一场无声的战争,我们勤学苦练,为建功立业,挥泪告别。

四处硝烟起,遍地战乱。你我,知往何处?

金戈铁甲烽火绕。阳关万处,别离不曾道。各自扬镳念发小,一去经年愿相告。

念去去

文/杜公子诗若

瓶盖一直不喜欢"瓶盖"这个名字,为此瓶盖烦恼了很久。据说这个名字的由来是瓶盖爹在他出生的时候手里提着半瓶没了瓶盖的酒,邻居刘大妈问瓶盖爹孩子叫什么的时候随口取的,有大侠韦小宝给孩子取名板凳的即视感。

瓶盖在名字问题上反抗地主阶级数年,皆无果,因为瓶盖娘一语定终身。她老人家说这个名字叫得顺口,开饭的时候往村口一站,气沉丹田,胸中浊气一吐,都不用叫第二声的,不像李家的阿猫和王家的阿毛每次都会叫混。瓶盖爹深以为然,于是瓶盖小朋友彻底失去了翻身农奴把歌唱的机会。

瓶盖姓秦,当然不会叫秦瓶盖的,瓶盖的正名是小叔给取的,曰"秦梓"。

瓶盖起初对这个名字也是有成见的,虽然不难写,但读不来。

然后只见小叔一脸严肃,摇头晃脑地说:"梓为百木长,故呼梓为木王。罗愿云:屋室有此木,则馀材皆不震。"瓶盖虽然不知道小叔读的是什么,但每当小叔摆出这个严肃表情的时候,瓶盖就肃然起敬,这大概是每个小孩子对未知事物的天然敬畏。

瓶盖的小叔是村里唯一的大学生,不过大学没有读完,据说是因为大学的时候感情上受了创伤,抑郁成疾,辍学归家。

瓶盖娘起初对无所事事、只会读书的小叔是很有成见的,但自从小叔说"秦梓"这个名字的寓意是"木之栋梁、人之英杰"之后,瓶盖娘觉着这个"半吊子大学生"并不是那么一无是处。

那天,深刻在瓶盖记忆里的不是他名字里包含了多么深远的期望,而是他看到小叔哭了,他在无意中知道小叔心中的那个女子也叫"梓"。多年之后,当瓶盖拎着他那没有瓶盖的半瓶啤酒在枯黄的路灯下游弋时,他才知道小叔为什么要哭,却没能阻止自己比小叔哭得更为惨不忍睹。

瓶盖觉得自己还是对得起秦梓这个名字的,他在小叔的熏陶下读了很多书,知道了很多故事,比如说小伙伴们总喜欢月夜下聚集在村口的麦堆上讲故事,有人讲嫦娥奔月,有人讲牛郎织女,有人讲狐妖树精,而瓶盖讲的却是将军夜引弓。那些金戈铁马的故事在心中堆砌久了,长成的是一种胸怀,彼时的瓶盖并不知此,只是乐此不疲地讲着那些大英雄的故事。

瓶盖对于农村的记忆在十五岁的那年戛然而止,那年瓶盖爹跟人合伙在市里包工程,举家搬迁到了那个雁门关外小小的城。

九月的雁门关外,早已没有了暴烈的酷热,校园里的垂柳经过一个暑假的疯狂生长,几乎都垂到了地上,使得原本宽敞的林荫大道显得拥堵不堪。校门口的两棵通天杨笔直而立，直入云霄，瓶盖不知道树上藏了多少知了，聒噪的叫声尖锐而悠长，仿佛要随着那树冠破天而去一样。

高中开学第一天是要公布分班结果的，一张张大红的榜单粘贴在教学楼的墙壁上，里面就藏着一个个少年的名字，以及他们纠缠不清的缘分。

瓶盖被热情的人群吓傻了，孤零零地站在一个硕大的花坛旁边，火红的颜色淹没了花坛里所有的绿色，不知道名字的花儿在那九月的校园里肆意地开着，仿佛和那拥挤的人群一样兴奋。

在瓶盖看着这片红色发愣的时候，一个女孩子走过来问道："同学，知道八班在哪里吗？"

瓶盖还沉醉在用"花与残霞一样红"和"雨余红更娇"哪句能更好地描述这片红花的意境中，竟对这位同学的问题置若罔闻，直到那个女孩子问了第二遍，他才讷讷地说："我也不知道。"

那个女孩子丢下一句"你个木头"以后，扬长而去，柔和的阳光透过她的发梢打在瓶盖的脸上，将她矮矮的背影无限拉长。多年以后的瓶盖再回忆起这个场景，他说那一刻他觉得那倒影竟是比岁月还悠长。

瓶盖在那一刻突然觉得小叔最喜欢的那句"人面桃花相映红"竟是那么美，他突然有点埋怨那一坛红花，埋怨这临秋的九月，要是是桃花盛开的季节该是多好啊！

瓶盖在人群散去之后找到了自己的名字，八班，居然也是八班，要是同样都在一班的话，瓶盖都要怀疑这个学校是不是只有一个班了。瓶盖认真地把所有的名字都看了一遍，有意思的名字不少，但他猜不到那个女孩子叫什么,瓶盖突然觉得自己好傻,在心里骂了自己一句之后慢吞吞地去找教室了。

楼道里站了许多家长,闹哄哄的,瓶盖不喜欢这种氛围,就像老爸每次带朋友到家里喝酒的情景一般。

瓶盖走进教室里,好多人已经就坐,只有后排还零星地有几个空位,他在张望之际,只听到一个脆生生的声音"木头,这儿"。在所有人的注视下,他这块木头只好硬着头皮走到了那个挨着窗户的角落,他想木头这名字他怕是要坐实了。

挨着那个女孩子坐下,瓶盖竟是有点局促不安,他干咳了一声,说道:"你怎么坐这么靠后啊?你来那么早,抢个前排应该没什么问题啊。"

"他们都傻,这个位置才是黄金宝座,我早早就看上了。"

这个女孩有个性,瓶盖告诉自己,就冲那句"木头,这儿",就得罪不起。

"木头,你叫什么名字?"

"我不叫木头,我叫秦梓。"他认真地把自己的名字写了下来,重复读了一次。

"这个字我虽然没见过,不过既然是木字旁嘛,叫你木头,也不算我冤枉你。"她把自己的名字也写在了纸上,白淑一,字迹工整娟秀,却是谈不上好看。

"木头,你的字写得真好。"她把身子挪过来一大截,几乎趴在了瓶盖的背上,长长的头发洒在了瓶盖的脖子里,痒痒的,女孩子特有的那种香气固执地飘进了瓶盖的鼻腔,那是一种带着甜味的刺激,在那一刻瓶盖明白了古诗里的"临风谁更飘香屑,醉拍阑干情未切"是什么个意思。后来的生物课上,瓶盖又想起了这一幕,他想那一刻他的荷尔蒙一定升高了吧?

拜小叔所赐,瓶盖同学的确写了一手好字,起初小叔逼他练字,他总会以鬼哭狼嚎来抵抗一番,以前一直和瓶盖站在统一战线上的母亲在这件事上竟是完全支持着小叔,在度过三个月"新兵蛋子"式生活之后,瓶盖就爱上了写字,看着唐诗宋词经过自己的笔尖流淌到白纸上,那种感觉甚至比讲了几个故事更能让人喜悦。

白淑一的名字是不在大榜里的,瓶盖觉得很委屈,看了那么长时间,脖子都酸了,居然就这么被生活给欺骗了。

班主任进教室的时候已经夕阳西下了,很干净斯文的一个小伙子,让人打心眼里喜欢。他说:"今天我们没有什么安排,学校要求每个班都要做一期板报,有没有谁擅长这方面的,可以自告奋勇一下。"

白淑一同学几乎没有思考,瞬间就弹了起来,对,就是弹了起来,日后瓶盖用这个词嘲笑了白同学好久,她巴巴地看着这位有点呆萌老师说:"老师,我来,保证不辱使命。"

"那好,那个,你叫什么名字?"

"我叫白淑一,我同桌也擅长板报,我向您推荐他。"

瓶盖此时在心里把白同学骂了十八遍,但还是硬着头皮站了起来,他说:"老师好,我叫瓶盖。"

此语出口,全班爆笑,瓶盖觉得此时要是有块镜子的话,里面那个人的脸色一定和饭桌上的猪肝一个颜色。他只好硬着头皮说:"我爸妈平时都这么叫我,大家以后也可以这么叫,我正名叫秦梓,秦叔宝的秦,木辛梓,梓是一种树,古文中有'梓为百木长,故呼梓为木王。罗愿云：屋室有此木，则馀材皆不震'这么一句，这就是我名字的由来。"

瓶盖只记得那天，班主任带头鼓掌，而他莫名其妙地成为了班长，往后的岁月是那么长，而那个引起了这一场骚乱的女孩子却是悄无声息地离开，再也没有回来。

板报的事情其实很简单，白淑一画画，瓶盖写字，完成得颇为漂亮，令瓶盖不满的是，白同学总喜欢把扬起的粉笔灰往他这边吹，他再吹回去，最后就发展为白淑一擦掉了瓶盖刚写好的字，瓶盖抹花了白同学画好的画。

座位在开学不久之后做了一次大调整，在白淑一的赖皮下，瓶盖发挥了作为班长的大公无私精神，把他们两个留在了黄金宝座上。

很快，瓶盖就知道了黄金宝座的宝贵之处，比如说上课睡觉不容易被察觉，再比如说桌洞里的零食可以在任何时间段内被消灭。瓶盖觉得自己在助纣为虐，数次教育无果后，他安慰自己说有些敌人是无法被感化的，只能被消灭。于是，白同学常常在睡醒之后发现自己脸上多了一只小猪，新买的零食总是剩下一个空袋子出现在瓶盖的桌洞里。

北国的冬天总是来得颇为突然，几乎在一夜间就彻骨地寒冷，又在一夜间就满城飞雪。

瓶盖从小就喜欢雪，因为边塞诗里最豪迈的句子总是和大雪脱不了关系，比如说王维的"风劲角弓鸣，将军猎渭城。草枯鹰眼疾，雪尽马蹄轻。"年轻的我们总是会被悲壮的东西没来由地感动，好像日后带着非主流味道的忧郁就像一场遥不可及的梦一样。

垂柳的枝条在开学后的第二天就在全校学生有意无意的共同努

力下回到了暑假之前的水平，此时光秃秃的枝干上堆着厚厚的雪层，弯曲的枝干好像随时要被压垮一样，白雪却是浑然不觉，同学们还是喜欢一如既往地把小伙伴叫到树下，然后在树干上跺上一脚，撒丫子就跑，等待背后的叫骂声。

屋檐上的积雪被北国的烈风吹落下来，长着眼睛一般钻进行人的脖子里，瓶盖看着他们哆嗦的神态总是会想到演义小说里的一个词，叫做"虎躯一震"。然而他却不想笑，因为白淑一那天没有来上学，虽然老师说她请了病假，但瓶盖心里还是有点担心。他不知道这种情绪是从什么时候开始的，似乎忘不掉，也赶不走。

晚上放学的时候，班主任吩咐瓶盖去白淑一家里一趟，把今天的作业带过去，顺便代表全班同学慰问一下。那一刻老师的嘱托就像一段浮木一样，漂在了溺水的瓶盖眼前。瓶盖对这个捡来的班长职位有一种前所未有的喜欢，对班主任也有一种前所未有的好感。

瓶盖出了校门之后想到自己是要去慰问同学的，所以假公济私地用班费买了一个硕大的烤红薯揣在了书包里，雄赳赳气昂昂地去慰问病人。

后来白淑一说，那天是她第一次做作业，因为作业都是烤红薯的甜味。

白淑一总说瓶盖是铁公鸡，她以为那个大红薯是瓶盖掏腰包买的，所以从铁公鸡身上拔下毛的她很是兴奋，第二天就在瓶盖的脖子里塞上了她冻僵的手，在瓶盖的嗷嗷尖叫中，她把手越伸越靠里，等到瓶盖知道那是她的手之后，竟是不反抗了。他说那是他第一次和母亲之外的女人肌肤相亲，然后迎来一通暴揍。

不知愁滋味的岁月总是过得飞快，转眼间就到了期末，瓶盖的成绩还过得去，让众老师欣喜的是白淑一的成绩有了长足的进步，所有人都把功劳归在了任劳任怨的班长身上，最后就连瓶盖都觉得这个功劳是他自己的，只是他再也没能看到白淑一的成绩更进一步。

年夜里白淑一打电话给瓶盖拜年，她的目的也很明确，公鸡拔毛，于是他们决定元宵节把小吃街的小吃都吃遍。

那天大雪染白了整个城，旧城的鼓楼在暮霭沉沉的天色里像一个孤独的老人，街道两旁的树干上挂满了彩灯，在黄昏的寒气里散发着冷冷的微光，行人第一次不是那么行色匆匆，牵着小孩的父亲在那一刻是那么慈祥，拿着糖葫芦的孩子东张西望，可爱极了，没有车辆的街道原来是那么地宽阔，仿佛也在享受这难得的清闲。

瓶盖和白淑一走在闹哄哄的小吃街上，比赛谁能把白汽吹得更远，不知什么时候白淑一的手插在了瓶盖的兜里，而那只原来藏着手的手套孤零零地挂在她脖子上，随着他们的脚步摇曳飞扬，仿佛是在抗议着什么。

那天他们真的吃遍了所有的小吃摊，而且非辣不吃，瓶盖不记得自己的压岁钱流失了多少，只记得最后舌头麻得几乎说不清话。在人流涌动的广场上，他们和扮成叮当猫的人偶合了一张影，照片中白淑一笑得几乎闭上了眼睛，而瓶盖悄悄地吻了她的脸颊，身后的叮当被人群挤得歪在了一旁，咔嚓的快门声中，留下了那再也回不去的年少时光。

"我要转学了。"白淑一说，"去一个很远的地方，木头，你会想我吗？"

"不会。"

"就知道你会这么说，你还有钱吗？我们去喝酒吧。"

瓶盖记得那天是他第一次喝酒，他们是在喝闷酒，几乎没有说话，他们都可以看到对方眼中的悲伤，却无能为力。

瓶盖把白淑一扶回了她家。回去的路上，寒风吹过灼热的脸颊，有一种说不清的刺痛感，他仿佛清醒了三分，又醉了三分，在烟花升空的喧嚣中泪流满面。

"白淑一，我会想你的！"他对着漆黑的夜空大声地喊着，可是她能听到吗？

新学期开始的时候，瓶盖一个人守着窗子，看着垂柳开始萌芽，杨花满城飘洒，桃花终于红遍了大街小巷，春风里还有没有笑靥如花？

母亲告诉瓶盖开学那天有一个女孩子打家里的电话，说了一句"木头，对不起"，然后哭了很长时间，母亲问他是不是欺负谁了，他说没有。

哪里是没有，他一直都在欺负她，等到他终于明白的时候却是那么晚，该说对不起的是自己吧？

"对不起，淑一。"

伽蓝

文/杜公子诗若

一念是师傅捡来的。

师傅说,那是一个初春的午后,河水解冻不久,远远看着就能让人感到彻骨的寒凉。桃花沿着河堤开放,在微寒的春风里显得是那般病怏怏。那天喜鹊叫了,仿佛是对一个多年不见的老友的欢迎,抑或是离别叮嘱。

一念被装在一个大木盆里顺着河流漂了过来,挣扎哭泣中,他将自己的小半边身子暴露了出来,冻得通红。

师傅说,当他把一念贴着自己的胸抱着的时候,一念身上的寒凉穿透了他的胸,却温暖了他的心,因为那一刻一念突然不哭了,小眼睛眨巴眨巴地看着他,居然咯咯地笑了出来,仿佛是别人搔了他的痒。

那一刻师傅决定要亲自抚养一念,那只是一念之间的决定,于是他给这个孩子取名叫一念。

　　师兄说，一念不是捡来的，是人贩子卖给师傅的。其实，一念不在乎自己是怎么来的，师傅和师兄都对他很好，寺院里又不常见世俗的亲情，一念从来都不知道爹和娘对孩子意味着什么，他跟着师傅念经，跟着师兄习武，觉得世间的亲情也莫过于此。

　　一念所在的寺院叫"伽蓝寺"，伽蓝，意为众生，为寺名，取守护之意。在一念眼里，伽蓝寺只是一个破落的小院，小院里住着师傅师兄和一念三个人，正殿里供奉的佛祖身上金泥早已斑驳脱落，眉目中却有让人安心的慈祥，殿侧的八部众形态各千，有神态俊美、颇似女子的天神部帝释天，也有三头六臂、凶神恶煞的阿修罗，有施云布雨的龙王，也有专吃恶龙的金鹏大鸟迦楼罗，有奏乐舞蹈的紧那罗，也有飞天的乾达婆，有罗刹和夜叉，也有大蛇摩乎罗伽。一念听师傅说了很多他们的故事，结局总是佛法无边云云，而一念却喜欢问师傅：帝释天为什么总能打败阿修罗？迦楼罗为什么没有吃完龙部？佛祖割肉饲鹰到底疼不疼？师傅说，一念本不该是和尚的，没有慧根，佛缘也太过浅薄。

　　在伽蓝寺里，一念最喜欢的地方就是后院，那里有一方小小的菜畦，每年夏末的时候胡萝卜会长得很大，一念喜欢挑个头最大的拔出来，雕刻成师傅和师兄的模样，然后和正殿里的大佛摆在一起。

　　菜畦旁是几棵桃树，每年春天来的时候，粉红的桃花开满了半个院子，落下的花瓣铺在大石板上，就像一块毯子，一念喜欢折一支编成花环戴在头上，可他光溜溜的小脑袋怎么也架不住，往往变成了项圈，每当这个时候，师兄总会说一念俊得像个姑娘。

　　一念就是在这样一个日子里捡来的，每当桃花开得最盛的那天，师傅会给一念过一个生日，而师兄那天也会喝一点酒。

一念问师兄是不是也是捡来的，师兄说，他不是捡来的，但他的那条命是捡来的。师兄曾是一个杀手，武功很好，有一次他去杀一个人，在将军府的森严护卫下，他最终没有得手，重伤脱逃的他到了伽蓝寺，师傅治好了他的伤，也留下了他的心。他不喜欢念经，却是喜欢上了这份清净。

一念十二岁的那年，师兄还俗了。

那天，伽蓝寺所在的马蹄山上来了好多人，是远处的一群山贼，他们打劫了整个村子，一个常来寺里求佛的女子逃到了马蹄山上，粗布裙裾被沿途的树杈挂破，苍白的皮肤露出星星点点，后面的那群禽兽像受到了鼓舞一样，嗷嗷地叫着，吓得女子脸色如白纸一般。师兄知道这个女子体寒身弱，不知道是什么样的毅力才让她支撑到了这里，她扑倒在师兄怀里的瞬间几乎是晕厥过去的，挣扎着央求师兄救救村子。

一念虽然随着师兄习武，但他从没有见过师兄出手。那天浑身是血的师兄抱着一个女子回来，给师傅跪下磕了三个响头，然后他从房梁上取下两柄剑，一长一短。师傅没有责怪师兄，问清了大概情况之后，居然从房梁的另一侧取下了一支长枪。

他们双双杀入村子，师兄仿佛又做回了那个刺客，幽灵一般，他所经过的地方鲜血溅在地上，像极了河堤两岸落下的桃花，而师傅的那杆长枪，正气凛然，大开大合的招式在那一刻是那么气度森严，让身边的山贼不断倒下。两个平日里慈眉善目的和尚那一刻仿佛就是佛殿里的阿修罗，灰色的僧袍一快一慢地在村落里飘荡，杀戮的声音那时就像是生命最后的挽歌，比那晨钟暮鼓都要庄严肃穆。

夕阳西下，晚霞残红，山贼的尸体最终被官府的人带走，而这两个杀神却无人过问。师兄拎了一坛酒，倚坐在一棵大树下，大口大口地喝着，他把酒试探性地递给师傅，果然，师傅比他喝得更豪迈，他们回首相视，哈哈大笑。

师兄终于知道当初那个干瘦的和尚为什么敢收留他了，师傅一定比他杀过更多的人，从师傅的招式里可以看出，那是一种一往无前的杀意，只有战场上才会有。

师兄回去之后，在佛殿里跪了一晚，第二天就离开了。他救下的那个女子的父母都死在了混乱中，他决定照顾那个虚弱的女子。最后他们成亲了，师傅亲自主持的。一念从师傅的脸上看到了一种从未见过的神情，多年以后，他也见识了太多的悲欢离合，才明白了那久经沧桑的欣慰。

从那以后，师傅常常坐在佛殿里，他再也没有跟一念讲过佛祖的故事，他只讲自己的故事，一念知道师傅是在忏悔自己的一生。

师傅年轻的时候是一个将军，住在离伽蓝寺最近的那个城里，在那里他有一个喜欢的姑娘。那年，春天比以往都要冷，桃花却是如同往年一样开得绚烂，他奉命出征，去很远很远的地方，打一个他永远都打不过的人。

那天，她到城外送他，问他何时归来，他说等桃花再次开成今天的样子，他就会回来，回来娶她。他折了一支桃花插在她的鬓角，那么美，在他今后所有的梦里。

那一仗，他输了，很彻底。按照朝廷的律例，他是要被杀头的，所以他没有回去，虽然他知道那个城的桃花一定开了，一定比他走的时候还美。

又过了几年,终于朝廷里忘记了他这个人,他回到这座城,在一个桃花盛开的日子。他没有见到那个姑娘。人们都说每年桃花盛开的时候她都会站在城门口眺望,后来她一年比一年憔悴,却还是没能等来他,不久前她去世了,就葬在马蹄山的山坡上,可以望到城门的地方。

师傅摸了摸一念的小脑袋说:"从那以后,我一直后悔没有早点回来看看,哪怕丢掉了性命,能跟她说句话也是好的,可惜再也没有机会了。"

佛说,人生有八苦,生苦、老苦、病苦、死苦、爱别离苦、怨憎会苦、求不得苦、五阴炽盛苦。师傅害怕死苦,却未料爱别离更苦,如果还有选择,他宁愿回来去上断头台。

师傅在马蹄山上建了伽蓝寺,院子里种了桃树,桃花年复一年地开着,层叠着年复一年的相思。

一念二十岁那年,师傅去世了。临终前,他告诉一念,在他建伽蓝寺之后他的心就死了,他这么多年来苟活于人间,不过是在还他的罪孽。师傅说这么多年来,他开心的时候只有两次,一次是一念会叫师傅的时候,一次是师兄成亲的时候。

在他心中,一念从来都不是徒弟,而是儿子,是他所有的精神慰藉,是他忏悔虔诚,上天给他的唯一的恩典。

师傅说,师兄成亲那天,他仿佛看到了自己也穿着大红的礼服,那鬓角插花的人儿仿佛一直都在,城门前的石板似乎并没有那么冰冷。他去看过故居,那里春草萋萋,依旧飘荡着他们年幼时的身影,他每天都能听到牧笛,却是有好多年没有吹过了,她说过他吹得最好,他说过她最美。

一念和师兄把师傅葬在了马蹄山的山坡上，可以看到城门的地方，他们在坟前种满了桃树，大概明年春天就会发芽。

此时的师兄已有一对儿女，为人父的他早已丢弃了杀手的冰冷，学会了憨憨地笑，不知为什么，一念突然竟是有点怀念那个爱捉弄自己的师兄了。或许，师傅想要的一生不过是师兄现在的样子，而一念想要的一生不过是小时候的样子。

一念和师兄嫂子道别，他要去外面的世界看看，看看这大千世界的芸芸众生。小丫头问他："叔叔，你什么时候回来？"

"等你爷爷坟前的桃树会开花的时候，我就回来了，别忘了给它们浇水啊。"

师傅还在世的时候，最喜欢小丫头叫他一句爷爷。

嫂子给他打点行装，师兄嘱托了他好多其他的东西，那时候一念才知道，俗世间的温情并不是跟着师傅念经，跟着师兄习武，他迫不及待地想去看看这个世界所有的容貌。

在往后的几年里，一念路过了村落，见识了京都，跨过了荒无人烟的大山，遇到了烟波浩瀚的大海。他看到战争的残酷，也看到了战士间的舍命相救，他看到黎民百姓的疾苦，也看到了朱门酒肉臭。

一念走到北方一个小城的时候病倒了，一个老郎中救了他，他认识一念贴身的那块玉佩，那是一念被捡到时身边唯一的饰物。一念从未想过去探究其中的秘密，却不料它出自帝王之家。老郎中说，一念或许就是那个失踪的前朝皇子，他嘱托一念把玉佩收起来，再也不要示人，如果被其他人看到了，或许会挟持他造反，或许也会把它送到官府换取赏金。

老郎中是前朝御医，如今躲到了这个小城中隐姓埋名，却不料还能见到旧人，自是欣喜万分，他取出了珍藏多年的好酒，才想到一念是和尚，喝不得。几样普通的小菜出自郎中的女儿之手，甚是美味。一念突然想到了师兄，他每天过的就是这样的日子吧。师兄刚成亲的那两年，一念还小，他总喜欢偷偷跑到师兄家里，嫂子会专门给他做一个素菜，味道就如同今天的一样。

他竟是开始怀恋那样的日子了，一念想起了师傅的话："你本不该是出家人的"，是啊，他为什么要出家呢？师傅为了怀念，师兄为了宁静，而他却又是为了什么呢？

老郎中的女儿叫吴萱。萱草，又名忘忧草，亦是中药的一种，主清热调和，凉心止血。老郎中给女儿取名吴萱，愿景不过是能安安心心过一辈子，得心忘忧。

一念知道她名字的时候，却说："焉得谖草？言树之背。愿言思伯，使我心痗。如若取名于此，仿若取名红豆，本就是相思之意，早已背离了忘忧的期念。"

萱草姑娘一点也不生气，只是笑着问道："你怎么也读《诗经》，你不是和尚么？"

"佛祖没有说弟子不能读《诗经》，若要博爱众生，便要知众生之苦，相思苦便是爱别离之苦，阿弥陀佛！"

"狡辩。"她咯咯地笑着，明亮的眼神里抖落了晶莹的光芒，让一念不知所措。那一刻，一念仿若看到的是黑夜里那颗最明亮的星。

一念记得有一次他月夜行路，乌云骤起，很快就辨不清方向了，在他茫然无措的时候，天空的一方出现了一颗星，那么亮，那时一念就像一个溺在水中的人抓到了一截浮木，足以让他念一万句"阿弥陀佛"。可这一次呢？一念觉得自己似乎更愿意溺在其中。

这是一种什么样的奇怪感觉，一念说不清。

小城的冬天来了，有一天早上起来，白雪掩盖了整个城，干干净净的。那条叫做"黑牛"的大狗，在小小的庭院里撒欢地跑着，雪地里拱出了一条条阡陌交通的小道。看到吴萱出来，它立马窜到女子的怀里，用它长长的大舌头舔着她的脸颊。她躲着，咯咯地笑着，更多的雪沾在了她的鬓角，落进了她的脖颈，冷飕飕的。

一念用袖子给她轻轻拭去头发上的雪，他看到她的脸红到了耳根里，却以为是冻的，一念又把他的僧袍给她轻轻披上。而她那一刻就像一个木偶一样，任人摆布。或许有一个人愿意一生这样摆布她，才是她期待的忘忧吧！

春节过罢，一念说他要走了，回他的伽蓝寺，师傅坟前的桃花大概要开了，他该回去看看了。吴萱问他还会不会来了，他说不知道。

是啊，他是出家人，回来又能怎么样？

一念的行囊是吴萱收拾的，她在里面放了一封书信。里面只有一句"焉得谖草？言树之背。愿言思伯，使我心痗"。

只有他才是她的忘忧草，想不到他当时随意的一句话竟是一语成谶，玲珑骰子安红豆，入骨相思知不知？

一念回去的那天，桃花果然开了，炙热的粉色开满了山坡，几乎都看不到师傅的坟茔。

师兄脸上的皱纹比他离开的时候深了许多，嫂子还是那样和气，气色却是好了太多，完全不是当年那个憔悴的女子。小丫头也长大了，懂得了羞赧，不再叫他光头叔叔，而那个当时还在牙牙学语的小子也到了编花环戴在头上的年龄。

给师傅上罢坟，一念问师兄，生活是什么味道？师兄没有说话，递给他酒壶，示意他喝一口。师兄问："这酒是什么味道？"

"初入口，辛辣，然后苦，最后有一丝甜味，经久不衰。"

"生活就是这般味道，五味杂陈，但无论是哪般滋味，到最后回味的时候，都是甜的。"

三天后，一念又离开了，向着北方而去，他说："我大概找到自己生活的味道了。"

会计的江湖

文/李忘记

壹

"三十三万三千三百三十块三角三分三厘三毫,你说过的,差一角,差一分,都不行。"

周小丫说完这句话后咬着嘴皮,眼神坚定,那模样恨不得活吞了我,就像有人欠她一生一世一样。

平常的这个时候我会在发小经营的酒吧外,独自端个凳子坐在河边,任凭河风吹动头发,品味刚从隔壁啤酒厂拉出来的鲜啤,思考一些事。

当我还是少年时经常和发小逃课出来喝酒,那时候隔壁酒厂还没与它合作,服务员端上来的总是一些叫不上名的啤酒,喝完后头疼跑医务室也是经常发生的事,我们回宿舍时,也免不了又塞几瓶给门口的保安大叔,可是他们总是觉得这酒很好。

有时候我似乎看到他们在我背后竖着大拇指,这也让我格外开心。总之,这个酒吧是有些年头了。

今天桌子对面多了一个凳子,上面坐着一个女人。我也不知道该怎么形容她,也不知道该怎么描述此刻的场景,反正她就这样学我搬了个凳子坐到了对面。对了,今天稍微还是有点不同:发小的酒吧生意不错,隔壁卖烤鸭的老板蹲在门口抽烟看着这里,老妈打电话让我早点回家,每天穿丝袜的 OL 小妹没有路过这里,酒有点凉了。

发小从酒吧走出,右手端着一盘花生米:"大嫂你们这是干嘛?"

我不作声,默默看着河水,有几条鱼正在河岸边吸着泥土。

"你看他,"周小丫开口,语气里还带着几分哭腔,试图吸引我的注意。"咳咳咳,嘿……"发小看我样子不对头,跟她打哈哈转身回店里了。

沉默片刻后。

"我们到底什么时候结婚?"周小丫抬起手扯着我的衣角。要说周小丫是个什么样的人,从前我觉得她像金庸笔下的黄蓉,再然后我觉得她像李莫愁,最后她像任盈盈,此刻她却像极了东方不败。

我停下看鱼,说道:

"东方不败,呃,周小丫。"

"我们不可能有结果的,先前对你说过的承诺都是骗你。"我对她说道。

"我知道,但是即使你没有三十三万三千三百三十块三角三分三厘三毫,我也愿意嫁你。"周小丫满带渴望地看着我。

人世间会有很多偶然的事,可是大多数都是必然发生的。

我记得小学时候同桌的美丽女孩子也这么跟我说过:"李三,你要是给我看一下卷子,我就给你好处。"我听后张开双臂狠狠靠在后桌,活活地撑了三分钟的懒腰,结果众所周知她并没有嫁给我,甚至抄完后以"全是错的"为理由把我从头到脚抓了一顿。

但是周小丫不是美丽女同桌,我还是比较相信,即使我没有那么多钱,她也会嫁给我的。她做得出来。

我叹了口气,对她说:"首先,你父亲位高权重,有富可敌国的产业,每年交给国家的钱就不止我一辈子的收入。我很羡慕你有这么一个父亲,可是你不是不知道我处在这个岗位上,是很敏感,我不想失去这个工作。"

周小丫激动地反驳道:"这个算什么问题,外国政要子女也经常联姻,难道你也能说他们是在卖国吗?对于这种事情,你我相爱,和国家、金钱都无关,他们说让他们说去就行,我们彼此问心无愧就好。"

"倘若我问心有愧呢?"我说。

周小丫一愣,撇过头去看河水,也许她也看到了鱼在吸泥土。

"其次,你知道的,明年的 IAC 我非去不可,而此去也许一去无回,一我不想让你思念我,二我也不想让你打扰到我。"我说。

周小丫转过头泪眼汪汪看着我,轻轻地说:

"什么国际会计大赛,我让我父亲给你同样的奖金,别去了好不好。"

我摇摇头,喝了口啤酒,今晚这酒确实有点凉了。

贰

"三十三万三千三百三十块三角三分三厘三毫,你说过的,差一角,差一分,都不行。"酒醒后,当我还在为这句话发愁不知如何是好时,我就站在了西山脚下。

青石板阶梯一路延伸到山顶,两边的花草迎风摇曳,往日人少声少,今日喧哗吵闹,就像隔壁县的烈士陵园一样,每年有几天会格外喧嚣。

有时候会觉得自己空学了大半辈子的会计本事全无一用,累死累活,偶尔给人做账也得不到肯定,他们更乐意运用计算机。一切先进的技术,以喜闻乐见的方式压死了我们这些手艺人。

"本次比赛,不比武功,只比苦工。"县长秘书代表县长发言道,拿着稿子的手瑟瑟发抖。清晨的山风吹乱了她的秀发,若隐若无,看上去很美。

"第一个项目,数钱。"随着某个德高望重的局长一声令下,擂台各处的比试正式开始,各个门派的会计高手使出浑身解数,手上舞着动作,心里默念几番,试图把其他人都一一铲除。苦练二十载数钱的我暗暗庆幸,论这一回合,整个县,甚至整个江湖,都不是我的对手。

我边数边抬头张望。

靠墙的财政局代表小黑满头大汗,把全身多余的重量分担在墙上,集中精神对准手里的钞票,阳光在他脸上分外刺眼,身背整个门派的荣辱,压力自然不小。

国税局的小王是这一届的热门人选,手撕小额信贷大佬,斩国企三雄,这一件件事迹历历在目。此时他慢悠悠地点着钱,不时抬头看看我,给我一个大大的微笑。

还有更多叫不出名字的人用着奇奇怪怪的体位奇奇怪怪的姿势。

轻而易举地,我赢了这回合。

"第二个项目,扎钱。"主席台传来这句话。

我怀疑自己是不是听错了,在这个新时代里竟然还有比赛扎钱。

周围的人皆迷惑,一一双目相对,望着眼前的一张张钞票手足无措。

这东西我也仅在我师父在世时学过几个月,我心慌了,这是我第一次在这个比赛上紧张。

我扯出几根绳子,胡乱缠在叠好的钱堆上。

一次,倒了;两次,倒了;三次,又倒了。

我记不起那天究竟倒了几次,扎了几根绳,只记得旁人异样的眼光让我两颊发红。

终于还是愧对了师父。

那年下山,他拍着我的肩膀说道:"山下的人不比寺院,这个论文我给你过了,可是以后还必须得勤学苦练。"

这句话在我看来异常刺耳,却又不得不佩服师父的功力。

"第二回合,小王胜。"

"第三个项目,"秘书顿了顿,"远程支付。"

"What?"我心里默默说了句,省略了不少脏话。

自此以后,我知道,江湖,不再是我的江湖。

"技术并不可耻。"夺了武林盟主的小王拿着奖牌挑衅一样看着我，又笑着瞅了瞅场边助阵的周小丫。

我不知道，自此以后，不止是江湖，连周小丫都不是我的了。

叁

"三十三万三千三百三十块三角三分三厘三毫，你说过的，差一角，差一分，都不行。"

往后的日子我会想起那夜的河边，身为大学生志愿者的我与周小丫对坐谈人生，感受着这句话一字一字从她口中说出来的情绪，这常常让我彻夜无眠。

如果名声和IAC在我眼中没那么重要的话，我会长出翅膀在天空中遨游，飞来飞去吧。

可是历史没有假设。

如今的我即使绘出表格，敲出算法，修好算盘，也没再像以前一样感动开心了。

发小的酒吧还是在开，我也回到了那个凳子上，走过一遭后突然发现，现实中有很多你无可奈何的事情不断地在发生：隔壁烤鸭店早已经转让，成了现在的一家成人用品店；我妈催着我别回家赶紧在外面找女朋友；每天下班的OL牵着一个孩子的手，提着菜路过这里；周小丫的父亲生意越做越大，好像已经移民了；IAC自从我交了报名费后就人间蒸发了，后来我在刑事新闻上看到过它的名字出现在某个名单里。

而此刻这些都不那么重要了。

除了上面的那些，让我记忆深刻的还有周小丫说过的一句话，也是对我说的最后一句话。

那天她穿着一袭白色婚纱,捧着花,拉着国税局西装革履的小王,过来敬酒,轻轻地低下头对我说道:

"花有重开日,人无再少年。"

肆

直到最后我才明白,武林高手所不在意的那些儿女情长,真正是用来辜负的。

倘若你有天也遇到了那个天真的周小丫,别忘了告诉她你爱她,还有劝她少看点武侠小说。

Yes, I do!

文/自言自语的丁丁

我遇到了一个合适的人,我要和他结婚了。

我们的爱情没有所谓的轰轰烈烈来衬托,不过仍然彼此相爱。我们一起携手经历过关于幸福的每一件小事,毕生都值得回忆。

好的爱情,不是信手拈来,而是需要两个真心相爱的人彼此相互理解、包容、爱护而后经营得来。

只要你愿意等,真爱总会属于你。

壹

我的意中人,不是一位盖世英雄,他只是一个可爱的人,可爱到因为表白紧张,能憋出一泡尿。当我接过求爱的玫瑰花,羞羞答答表示默许之后,他仍追问到底,直到我亲口答应才急忙下车找地方解手。

一直以来,我以为对的人,应该和自己三观一样,兴趣爱好相符,未来规划一致,不要求完全吻合,但至少不天差地别。比如我喜欢看书,他至少能知道东野圭吾、亦舒、三毛是谁,比如我喜欢游玩,他至少能不认为到一处地方玩只是换一处地方消费,比如我不喜欢的明星,他至少不应该把杨幂作为自己心目中的女神。

遇上他以后,我才知道,其实一个爱你的人,从你的一个眼神中就能读懂你,你要闹自然也会愿意陪你疯玩下去。没有那么多的条条框框,只要是你喜欢的,只要是能让你开心的,只要是你想要的,他都愿意。

贰

我们从不吵架,也就我偶尔会矫情矫情,耍耍性子不理人,顺便说一些让人自个琢磨的反话。印象比较深刻的是有一个晚上。

我说,我没事,我睡觉了。

他说,好的,那我也睡觉了。

后来寻思,觉得不对劲。因为之前有点闹别扭不愉快,他惹我不开心了,我也没有释怀。原先他是没意识到问题的严重性,后来仔细一想可能觉得,女友的气不能隔夜吧,不然后果不可想象。

他说,等下,给我十分钟,先不要睡。

他说这话的时候,我的气基本上已经消了。我大概能猜到他接下来会怎么做。

楼下一声巨响。

他开车到我住处,下车后摸黑狂奔,生怕我消不了气,上楼进门后,腿瘸了一只。

楼下有个大坑,天黑视感不太好,人又在着急的状态下,不免疏忽,就狠狠地摔了一跤,脚崴了。

毫无理由地就这么留下来过夜了,自此以后,就再也没离开。

这是我第一次知道,他如此在意我。

叁

很多人觉得,合适的人就应该是无条件接受自己的人。接受得了自己的小脾气,接受得了自己的任性,接受得了自己的蛮横,真爱就应该是无条件的。

我相信有一种盲目的爱,或许是如此。但真正相爱的人,绝不会只一味要求别人,既不会索求,也不会强求。

我知道有一小部分的女孩子,总是埋怨自己的男朋友不够浪漫,不够体贴,也不够风趣。看到别人的男友又是送礼又是带着出去玩,就开始不停使性子、闹脾气、阴阳怪气地鄙夷自己的男朋友对自己不够真爱。

肆

他知道我爱玩,每逢周末或者假期来临之际,都会提前问我,想去那里玩。只要我想去哪,他都愿意带我去。

他不是个爱玩的人，在没遇到我之前，连自己城市里著名的景区都未曾去过。我是一个只要能出去走走，就无比开心的人。他是一个只要能跟我一起出去走走，就无比开心的人。

　　我爱他，我不贪图短暂的快乐。

　　游山玩水谁不喜欢，只是大笔的开销总是会叫人望而却步罢了。

　　我们每次出去玩，所有的开销都是相互分担的。你不能叫一个微薄薪资的人去富养你，你既没嫁过去，也没有婚约，没有人理应要养着你。

　　有些女孩子可能会觉得，不叫男人多为自己付出点，那将来万一有一日没能嫁给他，自己岂不是亏了感情，又失了青春。

　　若你总有提防，那爱情又怎么来得真诚。

　　我想着，若是有一日我嫁给他了，那么他的就是我的，我的还是我的，岂会在意这点小私小利。若是真嫁不成，这感情的事，还不是你情我愿的。

　　我爱他，如同他爱我一般。

伍

　　我们彼此约定过，只要有过吵闹当天就必须解决。隔夜的气，会憋成一股怨气，时日久了怨气慢慢累积，总有一天会爆发。绝望是由一点一滴的失望汇聚而成的。

　　记得有一次，一个大商场开业试营业，他迫不及待地带着我去找好吃的。我知道他为了逗我开心，为我做了很多。不过当天嘴上过瘾以后，逛商场开始我就没状态了。一路回来，他也郁闷我为什么不开心,但是为了能叫我再次开心,决定第二天还要带我去一次。

实际上,他仍然不知道我为什么不开心。第二天,我们依旧闷闷不乐而归。

我喜欢新鲜事物,喜欢可爱的小玩意儿,喜欢逛各种潮流小饰品店看东看西。他一开始不懂,觉得那些东西都是孩子气的玩意,有什么好看的。

我说出去玩,就是为了放松,只要你陪着我玩,不买也很开心。

他因为我一句话,委屈地哭了。

我说,早知道还是这样的状态,就不出来了。

他说,很多事他还不懂。以前没逛过,不知道要怎么做。他只是努力地想让我开心而已。

自此以后,我在闹,他也在闹。

陆

其实,我早就想嫁给他了,只要一个简单的求婚,天涯海角我都愿意随他去。

他知道我喜欢小动物,就想办法给我带来了一只小贵宾。不管品种是否贵重,这是心意,也是爱。

小不点刚来那会,性子有点暴躁,半夜经常醒,醒来就要开始闹。他为了能让我多睡会,大冬天的自己爬起来陪小不点玩,玩尽兴玩累了自然就睡去了。

可是一夜醒来个四五次,他自己也玩清醒了,就很难再入眠。

半夜我踹被子,他会小心翼翼地替我盖上。有时候我把被子卷走,他没得盖的时候,就干凉着自己,说怕扯被子把我给弄醒了。

有时候睡觉睡得迷迷糊糊,他伸出手臂让我枕上,然后抱紧我,暖暖的。

他舍不得我辛苦,会帮我分担家务,会帮我吹头发,会照顾小不点,会带我去玩,会给我买礼物,会……

这满满的疼爱,叫我怎么不去深爱他。

我仿佛看到了我们将来孩子出生后的景象,他一定是位体贴的老公,也一定是位体贴的老爸。

我一定是个好老婆,也一定是个好妈妈。

给我未来儿子的一封信

文/长尾基督

儿子：

当我等待在产房外面时，我心就如同怀春的少女一般小鹿乱撞，听着你娘撕心裂肺的喊声，我万般焦急又万般无奈。活了几十年，生命走过了三分之一还多，我终于看着自己的小蝌蚪茁壮地成长了，变成了一个大胖小子，你老子我再也不用把它们涂抹在卫生纸上。儿子，你知道么，你来到这个世界上，是我最开心的事情之一。从此以后，终于有一个人，心甘情愿地让我叫儿子，并且还能亲切地回一声爸爸。

儿子，你的出生其实没有选择，因为你没有可能拒绝，没有可能说不，说我不想来到这个世界上。其实任何一个人，在出生的时候都是被动的，我们很多时候，都是在履行繁衍这种古老而充满膜拜感的行为。降生到这个世界，意味着一段罪恶之行的开始，你爹我不是什么虔诚的教徒，可我相信因果轮回，相信每个人的一生都是在赎罪，正因如此，生命才会不息。

所以我想在你还没有出现在这个世界的时候给你写一点什么，我犹豫了很久，尽可能地像朋友那样跟你去交谈，而不是父与子。虽然这个朋友比你大了好几十岁，并且创造了你。当然，这离不开你娘的支持，让我们一起对她说一声谢谢。

儿子，就算你爹我再怎么想你有多特立独行，我也不会让你跟这个社会脱节，因为我不想看到小小的你忽然有一天跑来问我说，爸爸，为什么周围的小盆友都不喜欢跟我玩，说我是怪胎。我所希望的，就是能让你保持自己独特的思想，正常地生活着。

在中国，子女一般都被寄予了很高的期望，当然这些期望是非常美好的，代表了父母对你的祝福。可往往有很多时候，这些期望都会变成一种压力，让你迷失在到底该怎么样去活着这种奇怪的循环思考里。我想，在我力所能及的范围之内，尽可能地去满足你发自内心喜欢的那种爱好，而不是像别的小盆友那样，课余生活充斥着各种补习班。你爹小时候，我们那般大的孩子都有一个敌人叫做别人家的小孩，被教育时总会被说到别人家的小孩都在学习，就你在玩。好的，我保证不会让这个莫名其妙的小盆友出现在我们家的生活里。比较的目的是要让自己清楚地认识到自己的不足，而不是让自己产生虚荣心或者沉重的负担。

在很多时候我们都会发现，自己成了父母的续集，他们年轻时所承受的苦难与遗憾，或多或少都要从自己的孩子身上找回来，以求弥补那些过往的失去。可他们不明白，时代在变换，思想不再是定格的照片，人生是一部电影，他们想当导演啊，觉得孩子是自己创造出来的，就应该按照自己的意愿去活着。这个对么？宝贝儿，你爹我觉得吧，这完全是个错误。你是一个独立的个体，作为父母，只是给予了你来到这个世界的机会，但生活是你自己的，你应该自己做导演，善于听取别人的意见，不做专横独断的人，我等着你的首映，让我做你忠实的观众。

儿子，我有你的时候应该差不多是30来岁的人了，我结婚晚，不代表我是晚婚晚育的典范。你爹从小都在过一种称不上是漂泊但也绝不是稳定的生活，一直不知道自己的家在哪里。你爷爷奶奶离婚早，当年你爹我牛逼哄哄地对着你爷爷嚷到老子以后绝对比你有出息。

其实那个时候，怪他们没有给我一个安定的生活环境。所以，这个才是我真正想给予你的，可能没有多少荣华富贵，但绝对够温馨。儿子，我唯一想从你身上找回来的，仅仅是不想让你跟我小时候一样，没有父爱。

每个小盆友都不应该跟别的小盆友比较物质上的东西，虽然这种情况越来越多，但实际上我知道，每一个小盆友其实需要的，仅仅是一个在业余时间陪他们一起玩耍的爸爸。会说好听的故事，会玩有趣的游戏。我以前上大学时看蒂姆波顿的大鱼，哭的花枝乱颤，梨花带雪。在你年少的时候我会让你看这部电影，虽然你应该很难明白。你知道么，有一个会说故事的爸爸是一件多么幸福的事情，我想，在你每天入睡之前，都能看到我虽然不强壮，但绝对猥琐，擦，绝对伟岸的身影，坐在你的床头，跟你说各种各样好玩儿的事情，看着你安然入睡，开心度过每一天。

其实听故事跟说故事，往往很多时候故事的本身都是次要的，这是背景，是道具，我们所享受的，更多的都是讲述与倾听的过程。儿子，我不需要你在学习上多么认真，不需要你凡事都争第一，更不想像别的家长那样，自己的孩子会投机取巧、会占小便宜就觉得他们很聪明。尊敬长辈，能处到真正的朋友，有人喜欢，讲理，讲道德，便已足够。这个世界上，没有人是百分之百完美的，儿子，你要学会分辨，有些不重要的人，他们的话，可以当作是放屁，别人的评价是重要的，但不是绝对，不是唯一。

儿子，在你上学或者走上社会的时候，记住不要被人欺负，也不要欺负别人。跟人说话要客气，但道理永远都是讲给愿意听的人，如果有不讲理的人，惹不起咱躲，不要因为一时的冲动去做傻事。洒脱一点，有时候才会让你看起来更像一个男人。现在有的小盆友因为父母的教育问题，蛮横不讲理，在学校或者在家脾气都是一样的臭，如果他们欺负你，不要害怕，一巴掌甩他们脸上，大声告诉他们，老子不是你爹不是你妈为什么要惯着你。这不丢人。然后回来告诉我，我给你解决后面的事情。

虽然你爹是个比较理想比较随性的人，但缺点也是显而易见的。作为一个男人，一定要有点儿拿得出手的东西，无论是在工作上或者是在兴趣爱好上，要做到专注且专一。我做事情就不能坚持，导致现在一事无成，也不知道你娘是怎么想的。啊，这个就不要深究了，我就是发一句牢骚。你若喜欢踢球，我给你当陪练；你若爱好吉他，我指导你入门；你若喜欢摇滚，我带你去看现场；你若喜欢读书，我争取一个月带你去一次书店；要是爱好泡小姑娘么，你老子我会帮你打探情报，但前提是我能打得过那姑娘她爹。

这是个势利且浮躁的年代，我不知道你能成长为怎样一个人，但我希望你有自己的梦想跟追求，并且能为之付出。人人都向往自由，但你要明白，这个自由永远都是相对的。很多人都说，为了理想可以放弃一切，我并不希望你变成这样的傻瓜。有很多时候，理想不能拿来当饭吃，但你可以通过自己的努力，去将通往理想的那条路，变得更加通畅，而不是像现在很多的年轻人那样，一边吃着父母的要着父母的，一边叫嚣自己为了理想能放弃全部。作为男人，要敢作敢当，要有责任心，要学会说不，而不是随波逐流。

　　儿子，我爱你，也爱你的麻麻。无论你以后在哪里，结不结婚，工作好不好，只要你认为值得，过的开心，我们就永远支持你，做你坚强的后盾。所以儿子，为了你的将来和以后，我也要好好努力，你爹我可能一直都会是个平凡的人，但我希望，我能让你觉得骄傲与自豪，我跟你麻麻组成的家庭，能一直和睦幸福。能让你知道，无论你身在哪里，哪个地方，都会有一个温暖的家，在等待你的归来。

图书在版编目（CIP）数据

愿你已放下，常驻光明里 / 寒露，吖丫编. —上海：上海社会科学院出版社，2019
 ISBN 978-7-5520-2720-4

Ⅰ.①愿… Ⅱ.①寒…②吖… Ⅲ.①中国文学－当代文学－作品综合集 Ⅳ.①I217.1

中国版本图书馆 CIP 数据核字（2019）第 054007 号

愿你已放下，常驻光明里

主　　编：寒　露　吖　丫
特约编辑：冯亚男
责任编辑：霍　覃
封面插图：流浪猫吉姆
封面设计：黄婧昉
出版发行：上海社会科学院出版社
　　　　　上海顺昌路 622 号　邮编 200025
　　　　　电话总机 021-63315900　销售热线 021-53063735
　　　　　http：//www.sassp.org.cn　E-mail：sassp@sass.org.cn
照　　排：南京前锦排版服务有限公司
印　　刷：上海颛辉印刷厂
开　　本：890×1240 毫米　1/32 开
印　　张：10.5
字　　数：232 千字
版　　次：2019 年 6 月第 1 版　2019 年 6 月第 1 次印刷

ISBN 978-7-5520-2720-4/I·327　　定价：39.80 元

版权所有　翻印必究